草木底色

王太生 著

中国民族文化出版社

北 京

图书在版编目（CIP）数据

草木底色 / 王太生著. — 北京：中国民族文化出
版社有限公司，2021.8
ISBN 978-7-5122-1486-6

Ⅰ.①草… Ⅱ.①王… Ⅲ.①散文集—中国—当代
Ⅳ.①I267

中国版本图书馆CIP数据核字（2021）第157521号

草木底色

作　　者：王太生

责任编辑：万晓文

责任校对：李文学

出 版 者：中国民族文化出版社　　地址：北京东城区和平里北街14号

　　　　　邮编：100013　联系电话：010-84250639　64211754（传真）

印　　装：三河市金元印装有限公司

开　　本：710mm×1000mm　1/16

印　　张：15.25

字　　数：218千

版　　次：2021年9月第1版第1次印刷

标准书号：ISBN 978-7-5122-1486-6

定　　价：55.00元

海陵红粟文学丛书编辑委员会

前　言

　　红粟作为海陵的人文符号，流传已逾千年。

　　海陵人文荟萃，"儒风之盛，夙冠淮南"，历史上一直是文化昌盛之地，有着深厚的传统文化底蕴，素有"汉唐古郡、淮海名区"之称。香粳炊熟泰州红，随着岁月的流逝，海陵地域和空间面貌发生了沧桑之变，却遮掩不住海陵文化的神韵飞扬，这为文学创作提供了丰富的精神滋养和灵感源泉。平原鹰飞过，街民走过，花丛也作姹紫嫣红开遍，从这里走出的小说家、散文家、诗人、评论家，无不用自己的笔讴歌家乡的美丽，书写人生的梦想，彰显海陵与时俱进、开拓向前的文化力量。海陵之仓，储积靡穷的不只是红粟，海陵人还以文学的方式，记录多姿多彩的形态与品性，标记一代又一代海陵人的辛勤探索与不断创新。因为执着，故而海陵历经沧桑而风采依然。

　　文学的生命力或许就在于这样繁衍不绝、生生不息地传承与开拓。2015年海陵区文联成立十周年之际，海陵区曾集萃本土十二位作家，推出一辑十二卷的海陵文学丛书。著名作家、江苏省作家协会原主席范小青为之作序，她指出这套书"不仅是一个'区'的文学，更是地级市泰州乃至江苏省文学的一个缩影。为此，我们有更多的期待"。如今五年已过，而这份期待还在，海陵文学也在这份期待中奔腾不息地流淌和前进，大潮犹涌，后浪已来，那份律动依旧，我们也能从中感受到文字的力量和写作的意义。"海陵红粟文学丛书"的推出就是对此的检验，一辑十册，分别是：

　　　《碧清的河》　　　　沙　黑

　　　《青藜》　　　　　　刘渝庆

　　　《日涉居笔记》　　　李晓东

　　　《草木底色》　　　　王太生

　　　《雪窗煨芋》　　　　陈爱兰

《本色·爱》	董小潭
《船歌》	于俊萍
《泰州先生》	徐同华
《纸面留鸿》	李敬白
《长住美与深情里》	姜伟婧

　　如同一粒又一粒的红粟，唯有汇集，才有流衍的可能。十本书中有朝花夕拾的拾趣，人间至味的煨炖，深秋韵味的老巷，青藜说菁的今古，寻本土丹青翰墨真味，或半雅半俗生活，或山高水长追思。生活总是爱的表达，愿在这桃红花黄的故乡，因为文字，截留住生命里的美与深情。

　　我们处在一个伟大的时代，既然"生逢其时"，必然"躬逢其盛"。文化特别是文学的繁荣，渊源于悠久的历史，植根于今天的实践。历史赋予我们这一代人的一项任务，就是要充分挖掘海陵文化的丰富宝藏，古为今用，推陈出新，更好地为社会经济发展服务。我们将常态化推出文学系列丛书，以继续流衍的姿态，不断丰富、延伸、充实海陵古城当下的文化内涵。

海陵红粟文学丛书编委会

2020 年 6 月于海陵

目 录

第一辑 繁花记

第二辑　一座城

第三辑　半雅俗

第四辑　雏啄字

第五辑　柴火香

第一辑　繁花记

看艳丽的花、淡雅的花；看硕大的花、
一丁点的花；看耀眼的花、不起眼的花；看
妩媚骄傲的花、卑微孱弱的花；看生在高处
的花、低到尘埃的花……

每朵花都表示它的存在，每朵花都有自
己的世界，就像一个人有自己的性格、脾气、
爱好、思想。

这满世界的繁花。

繁花记

一扇漏窗，当得起繁花，或者牡丹、芍药，或者茶花、绣球……在江南的园子里。

繁花在窗口摇曳，边线形状和几何图案，把一朵花加框固定在那儿，便呈现出它的姿态和神韵，浓与淡，动与静。

孟春看花，看辛夷、杏花、茶花、桃花、梨花……看艳丽的花、淡雅的花；看硕大的花、一丁点的花；看耀眼的花、不起眼的花；看妖媚骄傲的花、卑微孱弱的花；看生在高处的花、低到尘埃的花……地脉上升，所有的花儿都开了。

纯白杏花，有淡香，花开活泼，仪式感极强。杏树先开花，后长叶，"花褪残红青杏小"，花落之后始见"青小"，一颗、一颗，细细圆圆的小青杏，懵懂青涩，让人不忍手摘。杏花是"青小"的序曲，"青小"在花事已尽，青青了了、细果累累的枝叶下，那一簇簇白色小花早已不见踪影。

那些迫不及待的，总是先开花，后长叶，就像一个故事，先有结尾，再从头慢慢叙说，一点一点地丰满一棵树。玉兰打一个苞儿，然后慢慢舒展，花骨健硕，长得有形，花开泼泼。

茶花开得红艳，一方苞、一方苞绽满枝头。花骨硕大，配碧绿的叶，在清透的空气中格外醒目。

我所在的城市，出城三十里的水乡小镇上，一个老院子里站着一株宋代古山茶，八百年的树龄，枝叶已高过屋脊，千朵万朵，那一树大红金心的花朵如火如荼，惊艳袭人，是这个季节的人间花讯。

站在小镇高处，青砖黛瓦，古朴旧色中，那一丛千朵万朵的古山茶花，探出院墙，噗噗怒放。

繁花就像古人解甲归田，隐逸民间。《牡丹亭》中有碧桃花、木笔花、剪春花、玉簪花、豆蔻花、孩儿花……叶色碧碧，其华灼灼，花间人影，落英缤纷。

太平花，枝叶茂密，花朵聚簇，乳黄而清香。宋代杨巽斋诗云："紫芝奇树谩前闻，未若此花叶气薰。种向春台岂无象，望中秀色似乡云。"季羡林在《大觉寺》中记述了寺庙里的花开顺序："此时玉兰已经绿叶满枝，不见花影，而对面的一棵太平花则正在疯狂怒放，照得满院生辉。"

"吾家蔷薇开矣，盍往观乎？"清人笔记《西青散记》中说。两少年在春天的旷野上割草，割喂牲畜的草，一个扔下镰刀，笑着对另一个说："我家蔷薇开花了，可否愿意前往观赏？"于是，两个小伙伴，一个跟在另一个的屁股后面，到了对方家。但见"老妇方据盆"洗圆溜溜的鸡蛋，婴儿光着脊背趴在地上，在一旁观看。庭院无杂花，只有一架蔷薇开得正欢，风吹花片飘落在台阶之上……风景在寻常人家。

先看高处的花，再看低到尘埃里的花，每一朵花都有它开花的理由。

荠菜在温度回升之后，在三月初便开始出薹开花。荠菜花可爱的是那又小又轻的花朵，花瓣像米粒，嵌在绿色上。如果不仔细观察，是分不清花瓣与花瓣的分离交汇处的。

小香葱花开了，葱尖顶花。碧绿的小香葱，怕被草木淹没，顶处膨一小花苞，纤细的身段竟有如此托举力量，玉白粉绿的小香葱，比之前长了一寸。

苔花，细小而卑微的花，生于墙角阴湿处。为了一朵花的尊严，拼足全力，骄傲地绽放。清代袁枚吟哦它："苔花如米小，也学牡丹开。"米粒大的小花被许多人疏忽，还是那样倔强，花开如常。

每一朵小花都有它的快乐，就像小人物的快乐。

小茴香花，黄色小花，像打开的降落伞，一个个小伞很好看。

韭菜花，朴素纯白。花与下面的纯绿茎相搭配，看似简简单单，却洋洋洒洒，朴素真挚，还透露出一股子机灵劲。好多韭菜花聚在一起，热热闹闹，兴高采烈。

"开花一管子心"，是韭菜花茎的生态特征。"一管子"，就是一根。梁启超在《台湾竹枝词》中写道:"韭菜开花心一枝,花正黄时叶正肥。愿郎摘花连叶摘,到死心头不肯离。"以韭菜花的一心一茎来比喻人间爱情的坚贞。

一朵花,以各自不同的方式开了。它们张开自己,浑身颤抖地表示它们的欢欣和激动。

我想在三月给爱人写封信,总不如那个古代帝王。

吴越王钱镠的夫人吴氏王妃,每年春天都要回乡省亲,并在娘家住上一段时日。吴氏去久了,钱镠心中便有思念。有一年,吴氏又去娘家未归。一日,钱镠走出宫门,见西湖堤岸已是杨柳依依、芳草萋萋,想到夫人多日不见,不免生出一份牵挂,便提笔写信,问候,亦有催促之意,其中有这么一句:"陌上花开,可缓缓归矣。"这是怎样的一幅美丽画卷,江南野径仙踪,流泉淙淙,藤蔓牵衣。虽寥寥数语,却情真意切。

我所理解的繁花笺,就是路两旁的花太多了,慢慢走啊,当心踩到花,或与花撞个满怀。

每朵花都有自己的世界,就像一个人有自己的性格、脾气、爱好、思想。

这满世界的繁花。

卖花人去路还香

春暮夏初，挑一担花去卖，是件芬芳而风雅的事情。卖花人挑着担子，在街市停停走走、走走停停，所经过的路上，留下淡淡的花香。

宋徽宗在《宫词》中记录了开封城的叫卖声："娇云溶漾作春晴，绣毂清风出凤城。帘底红妆方笑语，通衢争听卖花声。"一代帝王，听到街市的卖花声，满心喜欢，也流露出对民间生活的恋恋不舍。

古代卖花人，游走于街市。南宋词人蒋捷写过一首《昭君怨·卖花人》："担子挑春虽小，白白红红都好。"小小花担，挑着无限风光，白白红红的花朵，每样花都很可爱。

孟元老在《东京梦华录》中记载，宋代"卖花者以马头竹篮铺排，歌叫之声清奇可听"。都卖些什么花？牡丹、芍药、棣棠、木香之类。

寻常人家，雨巷深深，粉墙黛瓦易着花，爬一面老墙、半爿屋顶，给自己欣赏。

我如果出生在古代，住在小巧安静的一座城，会挑一担花去卖。

栀子花，精巧，一朵一朵地卖。夏初，栀子花生在矮花墙上，一花苞玉白，一花苞纯白，凑到鼻子下嗅，卖花人自己先赏花。不懂得赏花的人，也不会去卖花。

白兰花，文雅，放在小玻璃盒子里卖，上面覆着半湿的薄巾，白兰花是需要呵护的，呵护它的花香水分。有一个弯眉、削肩、长脖子的姑娘，衣上扣一朵白兰花，站在绿幽幽的树荫下，人与花一样清芳。

汪曾祺在《夏天》中把栀子花和白兰花相比："苏州姑娘串街卖花，娇声叫卖：'栀子花！白兰花！'白兰花花朵半开，娇娇嫩嫩，如象牙白玉，香气文静，但有点甜俗，为上海长三堂子的'倌人'所喜，因为听说白兰花要到夜间枕上才格外的香。我觉得红'倌人'的枕上之花，不如船娘髻边花更为刺激。"

在这个香水飘逸的年代,我有时会想,白兰花,生在何人家?

白兰花在粉墙黛瓦、深深庭院里。院子里有棵树,一朵朵,小巧的,带着雨珠的白兰花,躲在绿盈盈的叶子底下。

我们这地方,两千多年草木繁盛的一座城,幽深的院子里藏着许多花。

夏天幽静的是芍药,映着花格木窗,长在窗台角落。读书的人,放下书,便看见花。

蔷薇爬在邻家的旧瓦墙头上,蔷薇花骨簇簇织一面墙,说明有人住着的房子,有生气。

有个老者,原先住楼下,在空地上种花,凌霄爬了一竹竿,晚饭花铺了一地。他用细竹竿搭一拱门,叶色碧碧,其华灼灼,经过的人都要停下来,看一会儿花。后来,老者搬走了,他种的那些花依然在不同的时间里开放。一个人走了,他种的花还开着。

在生命的花开季节里,每个人都会遇见一朵花。

我到皖南山中,遇一子子村童,蹲路边,瓶中插几根高茎黄花。问是何花?小儿不知,回答是野花。回去后查资料,方知是古典风雅的萱草花。

我的书架上,有一本丰子恺书画集《卖花人去路还香》,这是先生一幅画的题目,也是整册书的立意。其中有一幅《春在卖花声里》,画面中的卖花女童并未露出正脸,但仅从她纤细的身姿,两条小辫儿,袖间一抹粉色,便能想象出少女干净的面庞。她提着竹篮,里面是刚采摘的鲜花,微醺的春风,在卖花声里带着香气吹来了。

风正吹拂,空气流动,时光会带走许多。丰先生走远了,这位"卖花人",走过的路上,还留下淡雅的芬芳之气。

草木深

草木茂盛的城市

好多年前，我还是一个少年。惊蛰过后，雨水接踵而至，天空有隐隐的雷声。那时候，我的外祖母总要拍拍床，提醒我们这些小孩子，蛇虫醒了，它们睡了一冬天，该出来了。

外祖母让我们拍床，是要驱散那些蠕动了的蛇、虫、百脚，她要让我和弟弟在醒了的大地上，在裸露腿脚奔跑时，不被蛇虫叮咬。

草木茂盛的城市，有诗歌、鲜花和爱情。有天晚上，我在小酒馆里喝醉酒，回家的路上，有一段闭着眼睛在走，听到叶子和风的絮语，窸窸窣窣，恍若看到一个古代高髻女子脖子后面摩挲的细碎发丝。

我栖身的城市，在江的下游，有 2000 多岁，是个老人，白发苍苍。春江水涨潮的月夜，我感觉到，一大片泱泱的水，在头顶上，顺着一个巨大的阶梯，一节一节，铺天盖地涌来。有个朋友从上游给我发邮件，我学古人给他回信：君住江之头，我住江之尾。你看，我的问候，溯流而上，"嗖"的一声，迅捷到达。大地上，一条江，使我的生活从此变得有诗意。

一个城市，还能看到油菜花，这是我生活在这座城市，感到最奢侈的事情。

清明前后，大地铺展壮美的油画，郊外的油菜花开了，沿田埂一路奔跑，点染水中的垛田和村庄。我的外祖母就睡在金黄的油菜花丛中，听着耳熟能详的子孙足音，渐渐地，由远及近，隔着光阴来看她。

时间把一条宋代水渠掩埋在老城墙下，又把它裸露出来。那深埋在地下曾经汩汩的清流，似乎还咽咽淌着从前的流水，不知道它曾浇灌了哪一株稻禾。

有人挖地基时，一不小心挖到老祖宗的坟墓。饱含清气花香的雨水，让一段已经风干的记忆复苏。那些不朽之身，被浸泡在博物馆的福尔马林药液里。荣华与富贵，过眼烟云，转瞬即逝。满足或失落的表情，让子孙们去猜想。

在一个民间鉴宝会上，有个女人，捧着个大陶罐，请专家鉴定。这是一只朴素的陶罐，女人说，家里建房时，在一棵银杏树根须下挖到它。陶罐的釉光早已退却，有明显的流水纹。可以想象，一只罐子，在地下埋了这么多年，雨水从它的一侧流过，留下痕迹，又悄然渗到地下去了。这只陶罐是谁的？为何埋在这儿？埋它的人会想到日后落到谁人之手吗？这是大地上的事情，大地有大地的秘密。

我早起看天青色。其实，在我之前，已经有很多人早起床了，他们在大地上行走，去做不同的事情，他们是一些卖菜的、做早点的、打工的、开出租的……晚上我睡得迟，在聆听城市安详的天籁，朋友给我打电话，他们没睡，正开车去大山梯田的路上。我以为起得早，其实有人比我起得还早；我以为自己睡得迟，其实有人比我睡得更晚。所以，大地上的事情，总是这样让我始料未及，我不是最幸福的人，也不是最痛苦的人。

在这个草木茂盛的城市，我经常会与一棵古树相遇。仰望这些枝叶沧桑的高大乔木，它们是时光码头的上游和下游。它们从远古来，站在城市的某个角落，像若干年前来到这座城市的祖辈那样，是这里的老居民。

我住在一幢楼的顶层，写着一些俗气的文字。一个朋友知道后，不解地问我，你写的这些，别人写过，会不会落俗套？我说不会。每个人都生活在大地的一角，每天面对的，是不同的俗世。朋友是 1980 年出生的，那时他喝的第一口牛奶，和现在喝的牛奶，肯定不是来自同一头奶牛；现在吃的桃子，和从前吃的，也不是同一棵树上结的。这大地上的牛粪、庄稼、汽车、楼房，许多事情，并不重复，也不一样。从高处看，人就像树上的一条虫子。

每个城市总有几棵古树

我一回头，见城里的古树，溶溶月色中，朦胧树影，点晕濡染，墨色迷离，像一团静止的云。

有年轮的城市，总有几棵古树。城里的古树和城里的月光不一样，月光照着城外，也照进城里，城里面很少有古树，树大多站在旷野上，城里没有足够多的空间，容纳它恣肆地生长，能够留存下来的，都是草木王者，真正的大树。

城有古树，把城池守望。从前，有几个子子书生坐在树下，盘腿读书。树影如瀑，它只是默默注视这一片青砖黛瓦。树干里，有一条小溪在奔流，我有时感到它雨雾弥漫、水汽迷蒙。

一个在城里生活很久的人，会记得这里的每一棵古树。有天，我喝醉了，夜晚回家迷了路，东倒西歪，抱住一棵古树，有这样一位默默看着你不说话的老街坊指引，跌跌撞撞找到了家。

我住的附近，有一棵 800 年的古树，据说是一位髯须飘飘的老先生所栽。我小时候望它，差点儿把头上戴的小棉帽掉在地上。城里的大树，看城里的人，像地面上的一个个小蚂蚁。这些像小蚂蚁一样走动着的人，纤纤红尘，芸芸众生，他们在忙着什么？喜悦，或者忧伤？

有时候，人们为了纪念一个人，会崇拜和尊敬这个人生前手植的一棵大树。虽然这棵树在这个人手植时，并没有这么大。时间的牙齿脱落了，这棵树也就成了大树。这个人，也就成了这座城沧桑的精神高度。

有古树的地方，就有情调和营生，最起码从前那个地方就有人居住，垂荫下，铺衍富贵贫穷，人间烟火味。夏天，花影婆娑，一团绿云稠厚，浓得化不开，这些平民百姓住着的地方原来很美。

人与古树肌肤相昵。我的邻居张二爹，是个蹬三轮的，在这座城东游西转，困了，累了，会把车推到经常歇脚的老地方，在一棵 600 年的银杏下睡觉。那棵大树一阔浓荫，张二爹在树下呼呼大睡。醒来时，喝口水，抽根烟，跷着二郎腿，悠闲地坐在树下乘凉。

还有一棵古银杏，在一大院里。这棵大树成了鸟儿的天堂，每天傍晚集聚了数万只麻雀，从四面八方飞来，黑压压地在树上过夜。在入睡前，雀们会兴奋得叽叽喳喳，在树上开会，交流一天的工作和体会。到了第二天凌晨，一批批麻雀，为了生活和爱情，飞走了，留下一地白花花的鸟粪。

我的一个朋友，是位诗人，曾多次徜徉在树下寻找灵感，写过春鸟和寒雀。在朋友眼里，寂寂独立于城里的大树下，就应该学古人头戴斗笠，沉默不语，左手执竹帚，右手写诗，一地鸟粪不扫，何以扫天下？他在大树下，觉得身上有一股书剑气。有天傍晚，朋友在树下吹风吟诗，忘记了树上的雀。几只麻雀，许是吃得太饱，消化不良，数粒温热，"啪嗒、啪嗒"滴落到脖颈、头顶上。诗人用手一抹，不禁开怀而乐：哦，城里的大树上，落下幸福的鸟粪。

有年轮的城市，都有几棵古树。有些树，我们看不到了，只存在于记忆之中，就像古典名著里描写的那些树。

《水浒传》中的大树也是古树，花和尚倒拔垂杨柳，野猪林、黄泥冈上那些蓊蓊郁郁的树。《清明上河图》里，东京汴河边，那一抹墨绿浅绿，房宇掩映其间，河边那些疏疏密密的树，是高大的唐宋古树，点缀在一座城市繁华背景之中。

那是几棵温存我们精神和情感的古树。

出城几里

从一座城，往外走，出城愈远草木愈深。三里不同村，五里不同景，七八里草木植物长势不一。

出城二三里，草木深一寸。

深一寸的草木，可以藏鸟，戴胜、灰喜鹊、白头翁在草木间散步，初春的梅花、杏花、梨花、桃花开了，深深浅浅，浅浅深深。

晚清诗人高树痴迷于城外的草木芬芳，在鹅坊的墙壁上题诗："出城二三里，林木喜苍蔚。地无市廛声，茗有沙泉味。"坐在寂静乡间深处，一壶茶喝出清泉的甘甜味道。

　　出城五六里，草色添一分。

　　蚕豆花，茁了一分。河坡上，蚕豆花浅紫色，有着大大而俏皮的眼睛，像一只只美丽的蝴蝶，一阵风吹过，在郁郁葱葱的绿叶间婆娑起舞。

　　婆婆纳，宽了一分。不起眼的荒地上，婆婆纳的蓝色小花，星星点点地点缀在绿地上。凑近看，这些小花有细长的花柄，花冠淡蓝色，四片花瓣上带着放射状深蓝色条纹，显得好看。

　　麦地青芒，趁人不注意，长了一分。在这个季节，麦地青芒深了一寸，像古戏里老生的胡须，只是老生的胡须是花白的，麦子的胡须是青的。在雨水的浇灌下，胡须旺盛生长。

　　小茴香，深了一分。翠绿，看上去养眼，在田垄地边、茅厕角落，一场春雨，追一阵暖，一丛丛小茴香长得精神抖擞，绿葳葳的。细碎乱丛状的茴香叶上，晶莹玉珠，星星点点。蔓延，是一种姿势。植物生长深处，看不见的星火燎原。掐几根鲜嫩的小茴香，指尖会染上浓郁的香气。

　　出城七八里的地方有油菜花，花蕊蓬松开来，圆了一寸。油菜花在城里看不到，只有走到阡陌纵横的城外，才能看到它花开磅礴的神韵。

　　朋友张老大住在乡下，他在春天最满足的事情，就是在傍晚盛一碗粥，坐在门槛上捧碗看花。春天的乡野很寂静，也很喧闹，捧一只碗，欲吃未吃，眼睛却被面前的景物勾引了，暂且停下来，愣一会儿神，怔怔地看花。

　　城外有桃花，枝干扶疏，柔朵丰腴。一株两株绿野碧桃树，组合成林，或粉或红的花开得颇有阵势。所以，城外荒野的小酒馆，让人低吟浅酌，也有风雨亭可供歇脚，水田漠漠，鹭鸟翔集，耕牛、村舍、古桥……淹没在一片青绿之中。

　　城外有杏花。杏花村这样的村落，往往都在离城不远的地方，正如杜牧"牧童遥指杏花村"的所在——几间茅舍酒肆。古时杏花村，"酒垆茅舍，坐落于红杏丛中，竹篱柴扉，迎湖而启，乌桕梢头，酒旗高挑，猎猎生风，令人未饮先醉"。

城外有白兰花。有一回，我在城外十几里的村庄，在一个扳鱼人的河沿房舍前，意外地看到一株白兰花。一直以为白兰花长在安静的深宅大院里，与才子佳人相伴。我见到那株白兰花时，它被栽在大花盆里，有一人多高，正开着洁白花朵，散发清雅幽香。

我所在的城，城外三十里有一片古银杏林，树龄一二百年的古树连片成林，村庄掩映其间，房舍、林木错落有致。几场雨过后，银杏树枝爆出新芽，风吹过，叶子渐渐稠厚。

西安城外的灞桥，在古代是亲人或好友东去相送离别的地方，有人还折柳相赠。晚唐宰相郑綮被人问起是否有新作时，他回答：写不出来，"诗思在灞桥风雪中驴子背上"。

扬州城外茱萸湾，年轻时，我去古城寻师访友，常从那儿经过。旧籍记载"汉吴王刘濞开此通海陵"，流水汤汤的古邗沟以此为起点，一只运盐船，又一只运盐船，船首撑篙，船尾生烟煮饭，首尾相衔，驶往远方。湾北有茱萸村，安静的乡野村落遍植茱萸树。茱萸是一种落叶小乔木，开小黄花，果实椭圆形，红色，味酸，可入药。我在山区县城的菜场见过，红艳夺目，惹人怜爱。想那扬州城外茱萸湾，每年到茱萸结果的时候，红果子缀在绿树上，鸟雀争啄，光影婆娑，该是一处让人流连忘返的所在。

一个人，淹没在城外春天的草木深处。

谷雨落，万物生

清明前后，雨棚瓦檐上，有沥沥水声。有个人躺在木板床上，听到声响，一骨碌翻身下床，顺手拿下门后的斗笠蓑衣，哗啦一声，拉门而去，消失在烟雾水墨里。

——这是谷子的雨。那个人听到声响，把沟渠里的水，引到嗷嗷待哺的田地。

谷，得雨而生。《月令七十二候集解》说："三月中，自雨水后，土膏脉动，今又雨其谷于水也。雨读作去声，如雨我公田之雨，盖谷以此时播种，自上而下也。"——只有农人听到这雨声，才用一种端庄虔诚的方式去承接。

雨，是云中君。屈原《九歌》中，有一群人，扛着耕犁农具的厚土小民，对天顶礼膜拜。谷子的雨，打在谷物上，呈一朵花状，飞珠四溅，也溅在农人身上，细雨沾衣。

雨水在云头积蓄蒸腾，云中君在云之端。有一条胖头花鲢，嘴里叼着一瓣落红，在桃花春水里一上一下地凫游。

天空中的云朵，像狮子，似骆驼，它们被镀上金边，在头顶散步。

我在微信中问远方的朋友，春天的茶山是什么样子？对方说，雨水是什么样子，茶山就是什么样子。山上生长着新茶，一场大雨把春天的山浇成活泼泼的样子。

少年的我，在春天的一场雷电大雨后，跑到松软的池塘边，去观察那些被雨水浸泡、被风吹来的鱼子，是怎样从一粒子，变成针尖大的游动小鱼的。

我也曾观察一只刚从蝌蚪转变而来的小青蛙，躲在一簇蒲草根底，它在为一场雨水的到来而欢欣鼓舞，呱呱鸣叫。彼时，春水初涨。

在我的家乡，两千年的流光空间里，曾经生长过一种红粟，色泽微红的粟米，先民们用大锅煮饭，侍桑弄麻，筋骨强健，我虽没有吃过热气腾腾的红粟饭，鼻息却有着一种古老的水意芳香。

在春天的夜晚，半夜下起了雨，我能明显感觉到雨水顺着植物的茎秆滑落。雨水是专为谷物而准备的，幽深的旷野，有谷物遇雨后散发古意浓郁的清香。

这是麦子、蚕豆的呼吸，在这个农耕的城里，气息如兰。城与谷物融为一体，谷物的呼吸，也是城的呼吸。

我在一个清亮的早晨，坐上一条船，在雨中出行，便可抵达江南。天空中那片谷子的雨云，将隐隐后退的谷物、桥、树和房子，点染成一片迷蒙。我觉得最风雅的事情，是坐船到江南，去寻新茶。

在温润的雨中，孔尚任写《桃花扇》。戏里的《桃花扇》这样唱道："乍暖风烟满江乡，花里行厨携着玉缸。笛声吹乱客中肠。莫过乌衣巷，是别姓人家新画梁。"谷子的雨，浸润着谷物，也浸润着文人的心。文人是需要谷子雨的，他们的字，氤着烟霭，也氤着水汽。

恍如一株谷物，我在这个雨水充沛的老城，生长了几十年。老城的瓦楞上，雨水顺着青瓦流泻，如线。看古代谷子的雨，我在一处明朝的老宅里，从那些古树缝隙里向上仰望，看它湿漉漉的样子。老宅里，不见谷物，它们曾经在墙外的咫尺田园，在雨水中盆鼓而歌——我见到的，是明朝的谷子雨。

谷子的雨，适宜烹茶。那些从瓦檐、水槽跌落下来的水，明晃晃地汇到一口大水缸里，郑板桥老先生煮瓦壶天水菊花茶，农人也喝谷雨天水茶，农人和文人一样风雅。

谷子的"谷"，细雨的"雨"。微闭上眼睛，就可以想到谷物和雨在这个季节的形状。麦地生青芒，像古戏里一个老生的胡须，只是老生的胡须是花白的，麦子的胡须是青的。这是一株谷物，在雨水的浇灌下，旺盛生长的胡须。

我有时也模仿谷物，触摸自己的胡须。我曾经就是谷雨天里一株被湿润着五脏六腑，内心畅快清新，喜欢雨水的简单谷子。

雨天，我去小镇上拜访朋友。爬上他家的屋顶，看一条船，从桥的一端，漂过另一端，很快便滑向细雨霏霏的油菜花丛深处去了。那个被雨水浸润的空间，水声哗然，布满整个谷物的生长姿势。

草木土著

　　草木土著，在某个地方一直生长，爆了几辈子的叶，开了几辈子的花，做了几辈子的梦。

　　属于慢长。比如，一棵槐树，在城河边慢长了几十年，还是那个样。

　　慢长的树，用来打家具最佳。与纹理细腻的木厮磨、纠缠，你若生根，也会变成一棵树……

婆婆凳，打碗花

　　婆婆凳，是柏树的果子，从前我们小孩子都叫它婆婆凳。婆婆凳，外婆的小板凳，这是一个人蹒跚学步时曾用过的扶手、拐杖。小孩子扶着、搬着，就渐渐学会走路了，丢掉了心理上的依附。

　　婆婆凳，极像外婆的小凳子，捏在手心，有一种很浓的怪味儿，柏树的树脂味道。

　　一棵树，它的味道，在果实上很浓郁地体现。可见，婆婆凳是一种奇特的果子。柏树长在墓地里，幼时邻居沈家大门天井里就有埋着祖宗的坟冢。院墙边长着两棵柏树，我们捕鸟时，站在围墙外，抬头就见到柏树上挂着许多婆婆凳。

　　鸟不啄，婆婆凳缀在柏树条缕间，小孩子喜欢踮脚摘，把它藏在衣兜里。

　　小时候缺玩具，婆婆凳是一种玩具。这种小果子，圆圆的，有五只脚，极像一只小圆凳儿，放在手心四平八稳，小孩子好想坐在上面，可是婆婆凳只允许童话里的七个小矮人坐在上面。

　　婆婆凳，一只平民色彩极浓的小凳子。那时，我经常看到炸炒米的驼背老头儿，他坐在小凳子上，一只手添加木炭，一只手摇着爆米机。修鞋子的皮匠，也坐在小凳子上。他坐在小凳子上，拱起的腿膝夹着一双鞋子。修鞋人的整个世界，全在一张全神贯注的小凳子上。小凳子成了手艺人的随身家当，难怪小孩子也这么喜欢婆婆凳。

有一种实物的比照和心理暗示，它容易让人想起外婆的小圆凳儿，坐在上面听大人讲故事。

同样有心理暗示的是打碗花。那时候，大人说，摸过打碗花的手，容易打碗。

一只碗，在许多年前，非常金贵。小孩子一不小心，落到地上，把碗打碎，是犯了天大的错误，少不了挨揍。小孩子不想挨打，就不敢去摘打碗花了。但是，打碗花就长在一丛丛乱枝上，绿叶配淡粉红的花，煞是好看。小孩子禁不住诱惑就想去摘，一想到那花的咒语就不敢摘了，摘一朵花好难哦，心里七上八下。

忐忑地摘下一朵打碗花，凑到鼻尖去嗅淡淡的清香。碗状盛开的打碗花，花形如盏。花蕊上，有淡淡微黄的粉质花粉。

摘打碗花容易打碗，不知道是真是假。一朵花与一只碗之间有什么关联？如果是因为摘过了打碗花的手，暴殄天物，小孩子当天又不慎将碗滑落打碎，这不知是一种巧合，还是某种心理暗示。

不想发生的事情，偏偏发生了，怪就怪摘过打碗花的手让人心虚。

打碗花长在路边，伸手可及，是一道天然的花墙。贩夫走卒往来匆匆，墙里有墙里的诱惑，墙外有墙外的精彩。

寻打碗花并不难，不像婆婆凳藏在柏树松林里。

弄不明白，这种粉色小花为什么叫打碗花？是担心小孩子玩物丧志，懈怠了手中的饭碗，还是欲阻止小孩子折花，拿一只釉色光洁的碗来吓唬他？

现在，婆婆凳少了，打碗花偶尔做路边的绿篱。孩子不再玩婆婆凳和打碗花了，他们不再满足于一只球果和一朵花。

而回望来路，人生不论什么时候，都需要一张凳子、一只碗，这才是安身立命的事物。

苦　楝

苦楝，苦不苦？不知道。除非你是一只鸟，吃过苦楝子，才晓得它的滋味。

上小学时，同学家住斜柳巷，邻居有个小男孩，偷吃了树上的楝子，说是变成了哑巴，不知道是真是假。

也弄不清，鸟吃了苦楝子，会不会影响它清脆的鸣叫。一只鸟，如果因为贪嘴，成了哑鸟，代价也太大了。

楝，开淡紫色花朵，且有淡香。楝树上的果子，如铃如词，从前我们叫它"天落果"，青碧、圆溜、光滑，极耐看。

王安石《钟山晚步》："小雨轻风落楝花，细红如雪点平沙。槿篱竹屋江村路，时见宜城卖酒家。"江南的郊野，天空飘着牛毛细雨，苦楝花纷纷飘落，细小的红丝像雪覆盖在一望无际的荒园上。木槿为篱、青竹做庐的江村小路上，走几步，便见悠闲自得的卖酒人家。

这样的薄暮微雨，四周寂静，有喝酒的欲望，倒正是应了"晚来天欲雪，能饮一杯无？"只是时空切换到春天。

弹弓少年，对天弹射，"呼"，一道弧线划过天际，应声落地。孩子之间打弹弓仗，子弹用的是苦楝子，弹雨纷飞，危险性极大，多少带有冷兵器年代野蛮征战的意味。

楝树长在贵族深宅，婆娑风雅。曹雪芹祖父曹寅为官的江宁织造府内，有一株楝树，为曹氏先人所植。清人叶燮的《巳畦文集》记载："久之，树大可荫，爱作亭于其下。"这棵树的出处，清代词人纳兰性德在《满江红·为曹子清题其先人所构楝亭，亭在金陵署中》也提到过，"移来燕子矶边树。倩一茎、黄楝作三槐，趋庭处"。我多次到南京，经过大行宫附近，终没去过江宁织造府，不知道重修的那个故址上还有没有那个旧亭子。

寻常人家的房前屋后栽楝树，图的是有伴儿，清淡生活的自在安逸。

原来住的楼下，有户平房人家，家里准备搭棚子，用来做厨房、堆放柴煤杂物之需。搭棚子的空地上，有一棵长了十多年的楝树，那户人家也舍不得锯掉，就把树包在棚子中间，形成棚抱树、树拥棚的姿势。这多少带有些人间草木相依相偎、烟雾缭绕的朴素温馨。

遇上刮风下雨的日子，我站在楼上观望，感到树在微微摇晃，而棚子岿然不动。正所谓，棚欲静，而树不止。到了秋天，老熟的楝子，呈淡黄色，半挂在树枝上。有一二只寒雀，蹲在枝上朝下张望，一棚顶的皱瘦苦楝子。

苦楝，有人世悲欢的宿命。光听名字，就觉得树是苦的，包括树皮、树叶和树根，其实苦楝的花、果实、根皮均可入药。

有些文学作品中，一棵楝树可以渲染一种生活的意味。树本来是平淡的，没有大悲大喜、或得或失的世事表情。悲欢离合，喜怨戚戚，是附着了人的情感，人间的冷暖悲欢，给予一棵树。

再说，我当年遇到的那个小哑巴。多年后碰到他，其实不哑，大概是当时发育迟缓，说话吐字不清，给人的误判，倒是与吃不吃苦楝子关系不大。

自然，繁华喧哗过后是安静。二十四番花信风，始梅花，终楝花。到了楝树开花，一个春天的斑斓也将悄然收场，人间世事洗净铅华。

枳 椇

枳椇就是拐枣，又名鸡爪梨，吾乡叫珑珑果，是说它玲珑的样子。

一棵野生的树，在长江下游所见不多。从小到大，我只见过一棵，站在老城的一个旧院子里。那棵树早没有了。院子都没有了，何况是一棵树。

古老的树，有奇怪的主人，枳椇树的主人是一个疯婆婆。

枳椇树与疯婆婆，一个是树怪，一个是人怪。疯婆婆无儿无女，一人独居，要是有谁家的大人小孩站在围墙外用竹钩偷了她家的果，她会跳出来，追着人家的背影，破口大骂。

枳椇，在春天开花。一串串黄白的花，挂出围墙外真是好看。枳椇花有香气，一股细细淡淡的香，风动枳椇花。

枳椇结的果子很有趣，像鸡爪，酷似楷书"万"字，又像三通水管。如果你觉得还是像鸡爪，那就不知是哪只天鸡踩在树上，留下的凌乱脚印。

枳椇嚼之，果汁甘甜，略带微涩。我小时候曾偷过疯婆婆家的枳椇，至今想来，口感还是那么好，用一根竹竿绑上钩子，钩住枳椇树的一根枝，使劲往外拉。树枝低了，枝和叶越过矮墙头，一大片枝叶压下来，我手忙脚乱地摘枳椇果。

疯婆婆的院子与我家挨得近，我偷了她家的枳椇果，她阴着脸，不吱声。邻家的小孩嘴馋，偷几串枳椇果，对方也有些碍于情面。

说几串枳椇果，是说枳椇果长成一串儿，并不是真正意义上的果，论颗。枳椇果是成串儿的，上面缀满三通水管、鸡爪子。

冬天的枳椇，变红变干瘪，没有夏秋饱满水润、果浆丰盈。干瘪的枳椇，经过霜打，通体泛红，吃起来更加甘甜，没有一丝涩味，至今想来，那种甜的感觉仍在口腔味蕾愉快地游走。

《诗经·小雅》中有"南山有枸"之句。枸，即枳椇；南山，指秦岭。对枳椇的描述，《本草纲目》里说："枳椇木高三四丈，叶圆大如桑柘，夏月开花。枝头结实，如鸡爪形，长寸许，扭曲，开作二三歧，俨若鸡之距。嫩时青色，经霜乃黄，嚼之味甘如蜜。"

虽然现在枳椇树少了，但它的绰约风姿，婆娑在古代文人的文字里。

"枳枸来巢"，是说枳椇果津甜，飞鸟慕而争啄，在树上筑巢。

对于枳椇解酒毒，古书中有许多有趣故事。陆玑《疏义》里说，从前有南人翻修房舍，用枳椇木，有一小块木料误落入酒瓮中，酒化作一坛清水。

元人《本草衍义补遗》记载，一男子，饮酒发热，又兼房劳虚乏。服补气血之药，加葛根以解酒毒。虽然出了汗，人反而困乏无力，软绵绵的，体温降不下来，"此乃气血虚，不禁葛根之散也。须用枳椇解其毒，煎药中加而服之，乃愈"。

《苏东坡集》里说，眉山有个人得了消渴病，"日饮水数斗，饭亦倍进，小便频数，服消渴药日甚。延张肱诊之，笑曰：君几误死，取麝香当门子以酒濡作十许丸，枳椇子煎汤吞之，遂愈"。

在我的想象中，枳椇不在南山，不在北山，在寻常人家的院落里。从前我们这个小城，有过很多枳椇树，长在人家围墙里，行人从墙下经过，风吹树枝窸窣作响，枳椇果叶摩挲墙头。遥想古代大地，荒村野舍，长过很多枳椇树，它们成林成片，风骨秀美。

口燥难耐时，我想找到一棵枳椇树，用钩子钩，或者爬到树上，摘下一串细果儿，大口大口地嚼果浆甘甜的鸡爪子解渴。

虽然枳椇的果、枝甚至树汁能治好多病，却治不了疯婆婆年老体弱，孤寂一人，性格古怪的毛病。疯婆婆除了骂人，平时也没有听到有谁和她说过一句话，她孤独地陪伴着那棵树。数年后，疯婆婆死了，那棵枳椇树也渐渐枯萎，轰然倒下。有时候，一个人走了，一棵树也形容枯槁。在这个世上，树木与人，还是相倚相偎、相知相通的。

苎　麻

麻是和桑在一起的，两种植物合起来，有一种混合的植物清香，还有一个很农耕的词——桑麻。

陌上青青。桑是很常见的一种树，婆娑在《诗经》的风中，与蚕和丝绸有关，而麻却是一个隐者，逍遥在不为人知的丰腴膏泥、莹莹水泽中。

麻可作纸，质地坚韧、厚实。南宋词人刘克庄的"三麻九制笔如神"，在纸上游龙走凤。唐宋时，一纸任命诏书，用黄、白麻纸书写，上面密密麻麻，抑或疏朗简洁，临危受命，赈灾济贫，不知写过谁的名字。

陶渊明的《归园田居》："相见无杂言，但道桑麻长。我麻日已长，我土日已广。"二三闲人，盘腿而坐，闲聊农事家常，描绘了恬淡的乡居时光。

儿时市河，河上有船，岸上市井，坡上遍长野苎麻，麻生街衢旁，丛叶高密。儿童躲身其间，捉迷藏，流连忘返。野麻地里，光线流影，绿意盈盈。坡上，麻根筋络凹凸连横，抱岸而眠。

野苎麻，《纲目拾遗》记载："生山上河堑旁。立春后生苗，长一、二尺，叶圆而尖，面青背白，有麻纹，结子细碎，根捣之，有滑涎。"《蜀本草》又说："苗高丈已来，南人剥其皮为布，二月、八月采，江左山南皆有之。"三国时陆玑《毛诗草木鸟兽虫鱼疏》："宿根在地中，至春自生，不岁种也。"交代了苎麻为多年生草本植物，不需每年重新栽种。

草木茂盛的城池，雨水充沛，野苎麻在温润中欢愉生长。

苎麻作为纤维提取作物，茎皮可以用来制绳。一条绳子，纤维蘸水，当麻受力绷紧时，水雾珠霖，腾腾四溅。三四纤夫，拉着船，走在草密水阔的高岸，或将一条船如桩驴扣马系在河边那棵歪脖子老柳树上，静静泊岸。

人分高矮胖瘦，绳分长短粗细。

粗麻绳，力拔山兮。除了桩船，也可用来吊装重物，或者在山间架起一道绳索桥。上小学时，老师经常组织拔河比赛，两端各二三十个学生对抗，小手紧攥，用尽吃奶气力。

细麻绳，一缕纤细，可以绑锚重货物，系精巧细软，捆嗷嗷猪崽，束活蹦鸡鸭，绳有纤维绒须。以前在乡村镇市，常见农人拎一摞茶食走亲访友。细麻绳，呈十字状，将那些花花绿绿的盒装茶食糕点捆扎结实，有棱有角，余出的一段，绾一个活扣，挂于车龙头上，晃晃悠悠，穿街过巷——这是细麻绳所带来的规范、约束的管理效用。

苎麻也可用来编织麻袋，散发着植物气息的麻袋，纵横经纬，将米、麦等谷物装入其中，一只麻袋渐渐鼓起，饱满丰盈，运送到很远的地方。我见过农人用笔墨在麻袋上写字，极像交作业的小学生在本子上工工整整地写上自己的名字。

夏布，用苎麻纯手工纺织。《诗经·小雅》中的"东门之池，可以沤苎"，讲的就是麻料脱胶工序。麻经脱胶、漂白、经纱、刷浆，然后编织成布。神农誉麻，史称"富贵丝"，西方称它为"中国草"。

三伏天穿过一件亚麻短袖，大汗淋漓，却吸汗透气。亚麻为料，是一件会呼吸的衣裳。化纤年代，人们寻求返璞归真，亚麻衣裳也是文人的散淡行头，一种文化符号。

一根麻绳，到底能承受多大的重量？这取决于麻的韧性和拽劲，纤维的拉伸、延长，承受着生活的竞争拉力。某个晚上，我在灯下写字，恍若听到麻绳内部所发出的，痛苦撕裂声响。

茱萸、枸骨与鸟

茱萸与枸骨，同为碧叶小乔木，有些相似，又有些不同。

相似，是指名字接近。一个俗称"鸟不踏"，一个就叫"鸟不宿"；一个结红果球，一个还结红果球。

不同的是，茱萸是茱萸，枸骨是枸骨。

茱萸有三兄弟：山茱萸、吴茱萸、食茱萸。"鸟不踏"是食茱萸，别名越椒、椿叶花椒，枝条上长满尖刺，鸟儿都不敢在上面栖息。

枸骨树长在私家园子里，结红果子，在深秋是暖红，然鸟不啄食。枸骨的叶片如刺，鸟儿蹲上去不便，怕钩羽毛，受伤害，因而枸骨也叫"鸟不宿"。

"不踏"，是因为怕刺儿，连鸟儿也不敢在上面踢腾。然而果球，又红又艳，委实可爱。鸟的踢腾很美，在阳光下看，鸟在花上踢腾，丝丝缕缕纤维丝线，在透明的光线里传播，然后在空中四散开来。

食茱萸的小叶片为披针形，边缘有锯齿，清香。春季开花，花小，黄白色，吸引蝴蝶采食花蜜。

《齐民要术》里说："二月、三月栽之。宜古城堤冢高燥之处。候实开便收之。挂著屋里壁上，令荫干，勿使烟熏。用时去中黑子。"

隔着千年时空，仿佛能嗅到一种呛鼻气味，我如果出生在古代，开小餐馆，煎炒烹炸的菜肴就用食茱萸做调料，香辛的气味，适合重口味的人。食茱萸在古代，与花椒、姜并称"三香"，在辣椒传入中国之前，是川菜的当家辣味香料。

寻找缀满红果球的茱萸树，扬州城外茱萸湾，家家遍植茱萸树，古邗沟在这里形成一个弯道，水中倒映岸上的茱萸树，岸草碧绿，花枝曼妙。

枸骨，又名猫儿刺、老虎刺等，常绿灌木，叶形奇特，碧绿光亮，四季常青，入秋后红果满枝，艳丽可爱。

"不宿"，也是因为怕刺儿，被刺伤着，可不是闹着玩的。

李时珍解释说："枸骨树如女贞，肌理甚白。叶长二三寸，青翠而厚硬，有五刺角，四时不凋。五月开细白花。结实如女贞及菝葜子，九月熟时，绯红色，皮薄味甘，核有四瓣。人采其木皮煎膏，以粘鸟雀，谓之粘黐。"

枸骨被称为"鸟不宿"，也是因为叶片上的那些刺。整株树都是以叶片为主，卷曲翻转，叶片的一圈都有很多边刺，品种不同，叶片上边刺的多少有些差异。叶片有比较厚的革质，边刺又尖又硬，十分锋利，即使是人碰到了也会被划伤肌肤，何况是鸟。

小鸟不在上面长时间停息，更不敢做窝，并不意味着一刻也不会停留，比"鸟不踏"要好一些，"鸟不踏"是半步不踏，羽毛蓬松的鸟与有钩刺的树老死不相往来，哪怕绿树身上结红果球。

红果球是视觉盛宴，茱萸的果子，枸骨的果子，都极具观赏性，只因为它们生在刺丛之中，鸟儿不敢靠近点头去啄。

茱萸与枸骨，鸟儿都不沾。

然而，想品尝一回食茱萸做调料。菜里的那道辣，是画龙点睛、曲高和寡的妙味。彼时的那样一种辣，是地道的中国辣。古老的辣味，将味蕾激活。

我也曾冲动地想过，用枸骨老根制一盆景，置于案头观赏，终归是粗筋毕现，苔藓碧绿，坐斗室中，深吸一口山林气息，枸骨有古气。

造园置景，也都离不开这样的树，栽几棵枸骨，园子里的植物就有了厚薄、层次。我在山间水库的孤岛上，看见过几棵野生的枸骨，水雾雨露滋润，自在鲜活。

在乡下，有户人家在自家的院墙边种枸骨树，用来护宅。枸骨叶片上那些锋利的尖刺，形成一道天然围墙，正所谓叶片有刺鸟不宿，而人却陷在自己设计的窝巢里。

一升露水一升花

夏秋日，晨昏旦夕，冷热温差大，田垄庭院，露水凝结丛生。

露水与花，美学大师朱光潜有句话说得精辟："一升露水，一升花。"

一升露水，且不问它容量几何，分量多少，反正是花儿伴露水。这些大自然的尤物，有多少玲珑之珠，便有多少摇曳之花。

花露，花上的露水，牡丹、芍药……花叶上凝结。

张岱《夜航船》载："杨太真每宿酒初消，多苦肺热。凌晨，至后苑，傍花口吸花露以润肺。"可以想象，杨贵妃当年以胖为美，在宫中饮酒纵歌，一场游戏，一场宿醉，醉入花丛，以手攀枝，微张樱桃小口，花枝一阵乱颤，以花露解渴。

一开始就与酒有关。头一天晚上，老酒吃多了，口干舌燥，头重脚轻，若换到我等俗人，哪有雅兴去饮那花上露水？早晨起来，咕噜咕噜，一通牛饮。顶多吃一碗清粥或泡饭，充饥、解渴，再"呱叽、呱叽"，嚼咸菜、萝卜干。

花露多生成于夏秋两季，晨昏旦夕，昼夜温差，水汽凝结，太阳一出来，清风一阵摇曳，璞然纷落，迅即风干蒸发，喻示美好的物象存世短暂。

江南人家有收集花露浸茶的习俗。《浮生六记》中，芸娘在夏月荷花初开时，"以纱撮茶叶少许置花心，天明取出，以泉水泡饮"。那少许新茶，大抵是碧螺春，姑苏临太湖，明前茶是有的。茶泡前，先以花露浸润嫩芽，茶遇水，香气在紫砂壶中袅袅释放。

荷叶上的水珠，不知道算不算花露。不过，我倒以为，像牡丹、芍药、蔷薇之类，叶瓣之滴，是小众的，在园林里。再说，杨贵妃也不大可能去饮那篱笆墙上牵牛喇叭花上的清露。荷叶的水珠，才是大众的，在旷野之上，大俗而大雅。我到乡下看野荷，和朋友坐在荷塘边，用荷叶包猪头肉喝酒，面对一张铺展恣肆的硕大荷叶，看几颗露珠滚来滚去。

还有牵牛喇叭花。徽州古村，山间昼夜温差大，水汽凝结。一户人家小院的门头上，垂挂着一缕碧绿翡翠，像从前的大辫子。这条"大辫子"上点缀细细柔柔的牵牛花，花露窸窣晶莹，倒与粉墙黛瓦的色彩、意境搭配妥帖。

蕉露，芭蕉上的露水，这样的场景应该有个青黛小院，光线不明不暗，地上砖缝生绿苔，墙角有一丛芭蕉，昼夜温差，冷热凝结，或者小雨刚下，微风过处，飒飒露落。

芭蕉本就是南地之物，丛植于庭角，或窗旁，雨打蕉叶，清脆有音，掩映成趣，清雅秀丽。

郑板桥写过一副对联："花香蕉露重，茶熟竹烟轻。"院庭青舍，花香阵阵，天凉了，芭蕉上的露水重了，似乎要压弯叶片，而普通人家，桌上热气腾腾的茶水刚刚端上，淡淡的雾霭，飘逸于绿竹庭院，若有若无，有着人间烟火气。

"一升露水，一升花"，露水与花，一份精致，一份淡雅。

花丛植物间，有小昆虫，它们眼神清亮，饮天水而生，鼓翼而歌。一个人的花露，有对水墨小品的意境期待和精神渴求，把盏临风，悠然自得。

渴，是一种心理和生理感觉。当身边的水变得不再纯净，我想去山间水库划一条船在湖心舀水。或者，用一只透明的瓶子，去草木间收集花露。露水收集器，只能存凝结的水滴，不能收集花露。花露里有花瓣的清气，那样的晶莹华美，吹弹即破。

干净的水，大概在山间未被污染的湖泊里。人做大自然的搬运工，但有谁会想到顺便去"搬"一瓶花露？我知道，那样屏声静息，会花费许多时间，未免显得痴，但静下心来，沉下身去，在自然之中深呼吸，用意念去"搬"，在心境澄明之间，收集到的终是一瓶空灵美好。

古人饮花露，屈原《离骚》中便有"朝饮木兰之坠露兮"，饮的是神仙气，图的是心灵的干净、快活。然天地之间的花露毕竟有限，就在日头喷薄欲出、红尘滚滚之前，太仓促了。

民间有玫瑰花露的做法，将玫瑰放入水中清洗，放入砂锅中用水煮，花色变白，汤有红色，加入蜂蜜。

蔷薇露，古人取其花，浸水以代露。唐代冯贽《云仙杂记·大雅之文》里说："柳宗元得韩愈所寄诗，先以蔷薇露灌手，熏玉蕤香后发读。曰大雅之文，正当如是。"那时候的净手焚香，已到了顶礼膜拜、出神入化的地步。足见唐宋年代，对一篇文章和背后那个写字人的敬重。

饮花露，绕不开酒。我到外地访友，席上有"花露烧"。闻听此名，感觉一半是露水，一半是火焰，但花露烧入口绵甜、醇厚，色微黄，存放日久，呈透明的琥珀色，绵中藏刚，后劲十足，我喝后有飘然欲仙之感，有点类似于绍兴的女儿红。

有浅露，亦有重露。"花露重，草烟低，人家帘幕垂。"布衣粗疏的简单生活，日子过了八月十五，露水越来越重。凝结在花上的，当然为花露；凝结在狗尾巴草上的，便是草露了。

一升露水，洇湿秋衣；一升花，照见幽暗与斑斓。

木头清香

木头清香是木头骨子里的气味。

一个木头人，一只木头弹弓，或一只玩具小木马，有没有木头清香？我想是有的，只是疏忽，不曾察觉。

木是树之骨。下过雨后，几十棵松树合围的空地，散发草木清气，有松针、松叶散发的幽香，也有松木的气味。

木香是内敛的，又是悠长绵延的，将一截木拦腰锯断，味道如水流般溢散开来。

现在建筑构件里面，较少用到木头，用木工板、胶合板，家具、门、窗、餐桌甚至是做梦的床，满是甲醛、胶水气味。有些地方建仿古建筑，钢筋混凝土的骨架上，套顶帽子，而没有木头清芳。

木头清香，缓缓释放。我去古庙寻幽，庙里有一佛一僧。山梁大殿空幽，楠木供案，散发清芬。古庙里，老僧安详，双手合十，木头香味，让人安静。

木头的香味，在那些老房子里，花格漏窗，椽条横梁，地板墙壁，人居其间。

我问过一位老木匠，他这么多年印象最深的是什么。他不假思索地说，是木头的香味。松木、柏木、樟木、柳木……老木匠接触过各种各样的木头，用这些木头打床、桌椅、箱柜、碗橱、水桶、澡盆；刨、锯、凿，那些散落一地的木花、木屑，无不散发木头的清芬，在他的作场，木头的香味布满每一寸空间。

木雕工匠用一把锋利的刀，一点一点地雕琢，把那些坚硬的、多余的木头剔去，活泼的鱼、野鸭、鸳鸯，在他手下栩栩如生。

旧香，是旧味。旧香里，有故人与往事。

我所在的城市，江边古镇有雕花楼。这座清代四方楼，栏杆、门窗、廊柱之上，雕刻着飞禽走兽、松枝瑞草，有燕子、石榴花、牡丹花、荷花、太平花……美轮美奂，氤氲着木头清香。一座精致的古楼，楼上楼下，空无一人，里面曾经住过的人以及他们的气息被风吹散，只有木头的清香盘桓不去。

木头有灵性，坚硬之中也有弹性。

木头清香，历经几十年、数百年甚至上千年，掩盖不掉。我在扬州汉广陵王墓博物馆，凝视那堆楠木垒成的"黄肠题凑"，那些经历过黄土掩埋，穿越几个尘世的棺木，仍丝丝散发它们数千年前就有的楠木香味。

木头的香味，挥之不去，就像记忆。

一只未上油漆的木桶，或者桌子，小孩子用刀片或者硬器在上面划一划，都会散发原有的香味。

外祖父在他年轻的时候，曾经花 10 块钱，从一个人手中买回一张柏木桌子。外祖父用头顶着它，运回了家。那个人已经有几天没有饭吃，卖掉桌子，买粮回家。多少年来，我经常端详这张方方正正的柏木桌子，摆在那儿纹丝不动。有时候，拉开 1 米长的大抽屉，里面散发出一股淡淡的木头味。

我从前去过一个木库，那些巨大的木头露天堆放，有的木头堆在仓库里，有些大木头干脆就直接泊在河里。这些从远处用船装来，或者是直接拖来的木头，散发与生俱来的木香。木头香味铺天盖地，人行其中，就像一只虫子回到山林里。

锯木加工厂的电锯声尖锐刺耳，木头在金属锯齿的噬咬下，木屑如野蜂飞舞。小时候，我家附近有一家锯木加工厂，我喜欢闻那儿锯木头的味道，那些刚锯下的木头大多是湿的，湿木被锯开，锯成木条、木板和木方子。来这里锯木头的人，把锯过的木头搬到车上，运回去放在室内晾吹。那些木头浓烈的香味好久不散。

木头清香，因木而异，个性不同，气质也不同。

樟木，木质坚韧，气味芳香，可以驱虫。从前人家女儿出嫁，嫁妆中有一只樟木箱子，这是娘家的味道。这只箱子，由年轻陪到年老，陪过一个女人的一辈子。

松木，有浓郁的松香味。徜徉在一片松树林里，脚踩松针叶，香气萦鼻。

檀木，香味张扬。一串佛珠放在车中，甚至放在房间里，整个空间，充满了檀香味。

沉香木，香味不明显，常温下味道内敛，除非高温熏香，气味逸出，与低调的人气质接近。

梨花木，委婉的降香味，平常几乎闻不到，只有在刮出新材或者没有打磨抛光时，才能捕捉……这些香味，逸散自年轮内部。

一棵老去的树，一截风干的木头，有树脂的香味，它是一棵树永久的气息。我在木头清香中深呼吸，它们也在微微吐息。这时候，天地浩大，空气对流，木香沁脾，一棵树在时空里又复活了。

盆景之景

一直想找人做一盆景，片石、苔藓、远山、曲溪，铺排在江南氤氲的气息里，有两个人，站在时光不远处拱手道别，题材大概是米芾山水。

微缩的山水，以紫砂为盘，片石为骨，点缀枯木老枝，一两件小道具构成你想要表达的情形、喜欢的山水。比如，松下问童子、严子陵垂钓、人迹板桥霜……林木深处，水汽温润。

一盆幽景可怀古。我想要的山水意境，是林木葱茏的驿道上，有几头负重的毛驴，性情温和，脚步稳健，在一种慢节奏中前行，让人想起北宋范宽的《溪山行旅图》。

也有大雪封山的清晨，山民赶着两头身驮木炭的小毛驴在白雪皑皑的山间行走。山民衣着单薄，弓腰缩颈，感到天气的寒冷。抑或，万物凋零，白雪覆盖了溪岸与山峰，长松挺立的庭院中央，屋宇四周，梅花绽放。屋里坐着两个秉烛夜谈的文人，微弱的烛光，给四周带来暖意。

在我的家乡，扬派盆景做得精致，民间亦有许多高手。

一盆之景，盆中载景，景在盆中，表达它独特的意境。

盆景园中有一紫砂大盆，长着一棵600年的六朝松。此松虬枝挺拔，浓荫如泼墨之云，盘桓不动，静默而止，悬浮于大盆之上。

制作者是一位老先生，为清代本城扬派盆景制作大师，花了数年时间制作这一作品。

我与老先生自然无缘相识，他是前人，我是晚辈，他的肖像，我见过，是一个本分厚道之人，让人肃然起敬的长辈。

早先，我也曾自己动手叠过盆景，那是在黄山脚下的太平湖畔，我和同伴发现山坡上有长未盈尺的小松树，以为是五针松苗，根系疏浅，便拔了几棵，连同褚红色的山土带回去，大概是缺少山中湿度、地气，移在盆中的小松，终究一棵也没有成活。

盆景艺人皆匠人，有工匠精神，更是大师。他们所制作的每件作品均是独一无二，有生命力的。很多时候，作者不在了，作品还在那儿。

把一场无法抵达的旅行在盆景中表达，是所谓寄情于山水。

园林老宅中，主人喜爱盆景，我的前朝邻居中，沈家大门厅堂的几案上置灵璧石，隽永雅致。

《浮生六记》作者沈复，也是位盆景发烧友，他"爱花成癖，喜剪盆树。识张兰坡，始精剪枝养节之法，继悟接花叠石之法"。谈到当时用盆景作为贵重物品送礼，他怀疑商人的审美水平："在扬州商家见有虞山客携送黄杨翠柏各一盆，惜乎明珠暗投。余未见其可也。"沈复认为，作为盆栽植物，如若一味追求将枝叶盘如宝塔，把树干曲如蚯蚓，便成"匠气"。点缀盆中花石，最好是小景入画、大景入神，一瓯清茗在手，神能趋入其中，方可供幽斋之玩。

这位苏州才子自己亲手制作盆景，"种水仙无灵璧石，余尝以炭之有石意者代之。黄芽菜心其白如玉，取大小五七枝，用沙土植长方盆内，以炭代石，黑白分明，颇有意思。以此类推，幽趣无穷，难以枚举。如石菖蒲结子，用冷米汤同嚼喷炭上，置阴湿地，能长细菖蒲，随意移养盆碗中，茸茸可爱"。

李斗《扬州画舫录》中提及："养花人谓之花匠，莳养盆景，蓄短松矮杨，杉柏梅柳之属。海桐、黄杨、虎刺以小为最。"当时的扬州盆景，以景德盆、宜兴土为上等，取材讲究。

关于古代盆景匠人，鲜有记载。扬州有位张秀才，以制作梅树盆景出名。"秀才名继字饮源，精刀式，谓之'张刀'。善莳花，梅树盆景与姚志同秀才、耿天保刺史齐名，谓之'三股梅花剪'。"其后又有张其仁、刘式、三胡子、吴松山道士等人效其法。

清代扬州，有许多徽州人，其中亦有盆景高手。"吴履黄，徽州人，方伯之戚，善培植花木，能于寸土小盆中养梅，数十年而花繁如锦。"

苏、扬盆景在清代已有交流。有个苏州和尚，俗姓张，法号离幻，因唱昆曲得罪御史，愤而出家。他喜欢收藏宣德炉、紫砂壶。"自种花卉盆景，一盆值百金。每来扬州，玩好盆景，载数艘以随。"他插瓶花崇尚自然，不用针线和铁丝之类的辅助材料，与扬派迥异。

除了枯树桩、山石之外，蒲是盆中物。

菖蒲配昆石，充满生命活力的绿草和亘古不变的白石，相映成趣。陆游作《菖蒲》诗："雁山菖蒲昆山石，陈叟持来慰幽寂。寸根蹙密九节瘦，一拳突兀千金直。"所谓"寸根蹙密九节瘦"，指的是菖蒲的根筋特征。菖蒲喜好在含水的石缝中生长，而昆石的皱褶孔穴晶簇结构非常适合蓄水和菖蒲根筋的盘踞。

明代高濂在《遵生八笺》说："山斋有昆石蒲草一具，载以白定划花水底，大盈一尺三四寸，制川石数十子，红白交错，青绿相间，日汲清泉养之，自谓斋中一宝。"可以想到，它的楚楚有致。

清代"扬州八怪"之一的金农，对于莳养菖蒲情有独钟，曾经作画写诗无数赞颂菖蒲，有诗云："五年十年种法夸，白石清泉自一家。莫讶菖蒲花罕见，不逢知己不开花。"

借意山水，释胸中快意，每个人心中都有自己的风景，也有不同的写意。我用简单的片石与花木，勾画了一个人四季的微缩山水。

春天，寻深山里的碎石，高低错落，垒三二间坡檐茅屋，房子周围有道竹篱笆或木栅栏，麋鹿顶柴扉，山有大意境，俯首观盆中景，让人想起春山如笑。

夏日，以一小石臼种菖蒲，清水中养一小红鱼，鱼动，蒲也动。

秋天，愿有一砂石盆景，置于窗台。我伏在窗台上打量着这一川山色清奇，秋光漫漫，蜿蜒的山道上，恍若看到一个人扛竹竿，人渺如蚁，上山去采桂花。

冬天，用老蜡梅根，植老城墙上的厚土，养一盆幽香蜡梅。岁末之时，老枝醒了，把它置于桌旁窗台，若有朋友来访，坐在窗下喝茶聊天，"寻常一样窗前月，才有梅花便不同"。

喜欢这一个人的微缩山水。盆中的天空，澄碧透明，有天青色。

芸黄与芸香

芸，这个字，有草木清气，是色彩、植物，亦是香草和美人。

芸黄，草木在秋冬缤纷枯黄的样子，一种宁静成熟的黄。这样的色调，是先从草色开始的，然后是落叶，一枚银杏、梧桐叶或者辛夷树叶，脱去水分，弥漫一股暖香。

霜降之后，去皖南塔川古村，像打翻颜料桶，乌桕树叶子由绿变黄，柿子树的叶子也黄了，掩映着粉墙黛瓦、飞檐翘角。塔川的秋色中，赤橙黄绿，色泽斑斓。

芸黄、浅黄、深黄、青黄、橙黄、红黄、金黄……老嫩杂陈的黄。此时，宜仰望，那些草叶枯黄，是植物生长代谢过程中呈现出来的一种内部节奏与外在姿势。

陌上青青，藤叶竹架，触须漫爬，可遇芸豆。

芸豆是菜，又名刀豆、四季豆。买回，用手撕，上撕下撕，撕去老筋，择成段，溢散水润清气。

干煸芸豆是一道名菜，脆嫩爽口，清香鲜美。芸豆择洗干净，切成长段，猪肉、虾米、冬菜、葱、姜、蒜切成末。将芸豆放入热油锅内过油捞出，锅内留少许油，下肉末煸炒，放入虾米、冬菜、姜末和芸豆，中火干煸，加高汤，收干汤汁，加调料，淋麻油，撒葱花，装盘。

芸豆是餐桌上的家常菜。如果家中来了客，请人吃饭，虽没有雨中割韭的情势，但其中会有一碗干煸芸豆，轻漾袅袅热气。

芸薹，就是油菜。清代《随息居饮食谱》说："辛滑甘温。烹食可口。散血消肿，破结通肠。子可榨油，故一名油菜。形似菘而本削，茎狭叶锐，俗呼青菜，以色较深也。"

吾乡春天可品薹菜。经霜的青菜，到了初春在开出青色的小朵蕾时，花将开未开，菜梗日渐粗壮，一双素手，去头掐尾，采来薹菜，装在竹篮里。

清炒薹菜，是一道时蔬。菜梗切成短段。锅烧热，倒菜油，烧至七成热时，旺火煸炒，入盐，放些虾皮，煸烂起锅。

吃薹菜的辰光很短。菜花刚有青蕾，还未绽放，大地尚未金黄，嫩梗已成，卓然嫩，盘中碧碧，有咬春的意味。过了此时，菜梗已老，则是一岁春馔悄然退场。

薹菜的叶柄颜色，有白梗菜和青梗菜两种。白梗菜，叶绿色，叶柄白色，直立，质地脆嫩，苦味小而略带甜味。青梗菜，叶绿色，叶柄淡绿色，扁平微凹，肥壮直立，植株矮小，叶片肥厚。质地脆嫩，略有苦味。

《清稗类钞》里说："武昌之洪山，产芸薹菜甚佳，李文忠公嗜之，督直时，曾令人取洪山之土，运以至津，种之。盖以易地种植，即失本味，如橘之逾淮而为枳也。"我那年去武汉，冬天也吃上薹菜，确实比我们那儿——长江下游一带，在时日上提前了许多。

那年去乡下，体验了芸薹的美妙情境。坐在农家小屋喝茶，见屋外油菜花泼泼灿烂，宛如一道金黄地毯直铺堂屋，人仿佛坐在油菜地毯上说话聊天，油菜花们听得见。

芸，还让人想起一个贤惠的女性。芸娘，这个被林语堂称为"中国文学中最可爱的女人"，"其形削肩长项，瘦不露骨，眉弯目秀，顾盼神飞，唯两齿微露，似非佳相"。芸娘亲自下厨，普通瓜蔬鱼虾都做得滋味别致。丈夫喜欢喝小酒，但不喜欢多吃菜，芸娘自制梅花盒，拿六个白瓷小碟子，中间放一个，周围五个，做成梅花形状，每个小碟子里放上菜，既有情趣，又不浪费。她爱惜书画字纸，残破不全的书也收集起来，分门别类装订好，起名为"断简残编"；破损的字画都认真粘贴好，整理成完整的卷幅，称为"弃余集赏"。

芸，也是淡淡书香。作为一种草本植物，有着芬芳气味，其茎直立，枝叶暗灰绿色，夏季开小黄花，立于旷野之上。

用芸草做书签，书上的清香之气，经久不散。据说，宁波天一阁的图书号称"无蛀书"，是因为每本书都夹有芸香草。

想象在微雨的寒夜，拥被而读，翻开书，夹在纸页间的纤草，逸散香气，营造出一种温馨氛围，身心陡生一股暖意。

女人与香草，颜色与植物，日子在清芬里变得坚韧，岁月的痕迹在草木之上体现。

芸，与其他字组合，便是有草木底色的一个词。

偶遇的植物

一直以为，农贸集市是每到一个地方必去的场所。农贸集市，有着人间的烟火味和这个地方最本真的生活气息。它允许一个外来者，近距离静静观赏，那里有鸡飞狗跳、大呼小叫。

农贸集市的价格，永远是这个地方最朴素的价格，显示着对一个外来者的公平与实惠。尤其是一些山里的小县城，平常少去，还会遇到不曾见过的植物。

到山区旅行，在县城的农贸集市，我就遇到过那些从前我不认识的植物。

清晨，沾着露水的县城农贸集市，是田头青蔬、山间植物的集散地。

有卖小鱼干、枣皮、微菜、刺嫩芽、山辣椒和野生小猕猴桃的，这些都是我刚刚结识的植物。小鱼干，我姑且把它作为一种水里的植物。大山里出产山货和茶叶，怎么会有小鱼干？皖南的清澈山溪里，游弋着一尾一尾的小石斑鱼，我在李白吟咏过的秋浦河上就见到过小石斑鱼，在橡皮筏旁游来绕去。你看，农贸市场里小商贩们卖的土特产，还牵扯出大山里的某一片风景。小鱼干，被浸泡在想象的活水里，小鱼又复活了。

有卖南瓜头的。以前曾看到有人写南瓜头的文字，我没有见过，不知道南瓜头是什么样子。卖南瓜头的老头抽着烟，说："这东西炒着吃，嫩着呢。"在县城的农贸集市溜达，像参观当地的园艺博览会，我结识了一种植物。

还有山茱萸，椭圆形果子，鲜红中需要加一点橙来稀释的颜色，看上去有特别舒服的温润光泽。平素，在铜版纸印刷的画册上见过，这回见到真的了。

我曾经固执地认为，500千米以外的地方，必定有一个与你周围并不一样的风情，有一种未曾吃过的食物、未曾嗅过的味道、未曾见过的植物。

在这个世上结识一种植物，并不是一件容易的事情，尤其是山里的植物。所以，我去陌生的地方，会一头扎进当地的农贸集市，去遇从前没有遇到过的植物，就像去见从前没有遇到过的人——我对那些植物，心仪已久。

在农贸集市一角，我见到一个小女孩在卖花，花骨朵硕大，呈六角形，数层花瓣舒卷，花色有胡萝卜的橙黄，比橙黄要艳，有高秆，长长的箭镞似的茎。我问小女孩这是什么花。小女孩摇摇头说，不晓得，反正是山上的野花。让人真的很遗憾，这些漂亮的植物，竟不知道它们的名字。

县城的生活大多从容淡定，节奏是缓慢的。人们一边提着篮子踱步，一边不紧不慢地买菜。从菜篮子里，端倪出一个地方的风味菜谱。

我还遇到一种植物，有着纤细的茎，跟筷子差不多的直径。它断开后，有藕样的网状小孔，若有若无的丝。看上去，脆生生的。我不认识它，它肯定也不认识我，我们只能面面相觑。

农贸集市，有足够的理由可以成为县城或乡镇的一处人文景点，那里有各种各样的神态表情、热气腾腾、方言俚语、家庭主妇和行色匆匆的旅人。那些隐身在大山深处、石缝罅隙里的"土著"，不知蜗居此间多少年。

当然，倘若行走在古代的旷野，也会偶遇一些古代的植物。

《诗经》有云："蔽芾甘棠，勿剪勿伐。"甘棠，高大茂盛的杜梨树，高大的落叶乔木，春华秋实，花色白，圆而小的果实，味涩可食。

宋代杨巽斋《醉太平花》一诗："紫芝奇树谩前闻，未若此花叶气薰。种向春台岂无象，望中秀色似乡云。"这样的一种花，北方山林常见，多年生落叶灌木植物，枝叶茂密，花乳黄而清香，花多朵聚集，颇为美丽。可采来一束，放在窗台清供。

闲棚落秋子

车棚旁长了一排香樟树，到车棚取车，不时有香樟子掉落在棚顶上，扑笃扑笃，显得空旷而清寂。

闲棚秋子落，秋冬的树子落在棚子上，棚子是闲着的，少有人去，那些种子不用担心有人去清理它们，也就自在地落。

落下的种子，我叫它秋子。不是很大，小而圆，由饱满而逐渐干瘪，果核坚硬。

闲棚落秋子，那是一个闲人才听得见的，人闲，树也闲，一个忙人不会去听棚子上落树子的声响，何况现在闲置的棚子不是很多。

古人推崇闲庭落花的意境，而一粒秋子离开母枝，呈一道清亮的弧线，跌到尘埃，落在棚顶上，更是一种大安静，繁盛过后谢幕的姿势。

棚子，在古往今来的生活中，有实用功效和审美意味，不仅用来遮风避雨，亦掩藏古拙诗意。

听秋子落闲棚的声响，需要巧合。要有一处闲着的旧棚子，偏偏旁边有棵树，才构成这样一种情境。

那样的棚子，最好是一架竹骨旧油毡的棚顶，堆着尘封已久的杂物，如旧书、旧玩具、老家具，两个人，遇雨，站在棚下，有一搭没一搭地说话，或许还会有叙旧、说媒的情节发生。这时候，再听听棚顶上，"笃"，冷不丁一声清响，温润、微凉。

江南之地，草木葳蕤，地气氤氲，到了初冬，树子不紧不慢，悠悠地落，溅到一架闲棚上。

棚下虽小，咫尺之间，却有大天地。清代白话小说《豆棚闲话》，棚下文人说话，用一种幽默调侃、放诞谲浪抑或玩世不恭的语调，触物有致，摇曳生姿。

无独有偶。《小豆棚》的主人也住在棚子下，一边听着窸窣的天籁声响，一边写着闲情文字。作者自云："《小豆棚》，闲书也；我，忙人也。"都忙什么？"为秀才忙举业，为穷汉、为幕、为客忙衣食。"古人忙，我也忙，忙俗事、琐事、鸡毛蒜皮事，忙里偷闲，听听闲棚落秋子，也算是一种自我调节。

　　落下的是老熟果实或种子——

　　香樟子，风吹跌落。圆溜溜，黑漆漆，鸟雀啄食，翅膀扑棱，吹抖即落。

　　无患子果，惊醒尘梦。无患子的小青果，浑圆、坚硬，果核可以做佛珠。

　　棟树子，一半挂在枝上，一半跌落屋顶。江宁织造府里，有一棵棟树。树旁有一棟亭，亭下朋友围坐，秉烛夜谈。不知道亭顶铺的是梁椽青瓦，还是竹木茅草。主人坐在亭下，棟树子跌落的声音，估计会听得见。

　　江南的旧亭子，用来路旁歇息避雨，顶覆茅草、树皮，一亭翼然，旁边有树，草木凋谢时，扑笃扑笃，落在亭顶上，林泉清趣，簌簌野响。

　　有人住在树下，人与树相依相偎。从前的邻居，棚子旁边有两棵棟树，一高一矮，袅娜多姿，暮春开紫色棟花，花落，旋即结小青果，鸟在枝头跳跃，到了秋天，果枝松动，棟子扑打在棚顶上，噗噗有声。

　　当然，乡间的草棚子，树子落下的声响没有洋铁皮那样穿透，声音比较闷，适宜银杏、松子、广玉兰果等稍大一点的秋子丢落在上面。

　　闲棚落秋子，敲的是一种节奏，也是一种态度，或是对岁月的叩谢感恩。《菜根谭》有句话："宠辱不惊，闲看庭前花开花落；去留无意，漫随天外云卷云舒。"

　　那个人，停下脚步，听听树子叩落在棚顶的声音，内心想必是安静丰盈的。

菊花霜与暖红

　　草木状，对应着人间的俗世表情。一个人的衣裳和神态有霜，说明他是个外表凝练、内心有沧桑故事的人。

　　经历寒冷的人，才会懂得并欣赏暖红。那是冬天的温度、食物和色彩圆润搭配，结合而成的一种感觉与视觉之美。

菊花霜

　　霜天，霜色迷蒙的天宇。这样的天气，不阴也不晴，不好也不坏，却又容易多愁善感。

　　这时候的山河草木，经过霜染之后，一半黄，一半青，就如同大地的起伏，一半山岳，一半河流。

　　寒霜，岁月的味精。《月令七十二候集解》中说："九月中。气肃而凝，露结为霜矣。"撒一层薄薄的细盐，大地就有了咸的味道与寒的感觉。那些曾经湿漉漉的氤氲草木，开始白露为霜。

　　少年的青桐树，是站在一处老院子里的。青桐，不同于法国梧桐，树干青且直，是草木中的"土著"。霜蚀过的青桐，簌簌的树叶下面，掩着圆硬的青桐果，轮廓毛边的青桐黄叶再经过阳光的过滤，手捏即破。

　　菊花初绽时的霜，又叫"菊花霜"。苏东坡诗云："千树扫作一番黄，只有芙蓉独自芳。"只是现在菊花都搬到室内观赏，霜染的须瓣见得不多了。我在黄山附近的山野，见到几丛野雏菊，秋霜凝结在菊叶上，寥寥数笔的写意风格，画过一个季节的疏疏痕迹。

　　老柿子树上的红柿子没几颗了，零星的叶子缀在枝上。父亲的柿子树，还是前几年别人拆迁时丢下的，父亲小心地把它移栽在楼下的花圃里。老柿树挂果了，冷风中的红柿子，老熟、清冽，早已没有了三四月里的娇嫩青涩。"菊花霜"染过的草木，有菊的香味吗？我吃过一颗霜打的红柿子，是自然的熟与甜。

那棵千年银杏树上的金黄树叶，经过霜打，上面满是阳光的纹路。一阵西风劲吹，满世界翻飞的叶蝶。这一片扑朔迷离的金色，人立树下，宛若进入童话世界。叶落地上，轻盈无声，脚踩在上面，沙沙作响。

栎树的树叶，通体褐黄，开始大片大片地凋落。栎树叶，从天而降，它们在与空气的摩擦中，会有声响吗？一个冷雨霜天，我在苏州的穹隆山中，看到被雨水淋湿的栎树叶，贴在冷峻的山石上。

染霜的树叶，开始泛黄变红。每年这时候，朋友张大个子都要去皖南拍枫叶。天不亮，他就扛着几十斤重的器材上山了。东方泛着鱼肚白，远处村庄刚从睡梦中醒来，有一二缕炊烟飘荡。张大个子站在半山腰上，不停地拍，枫树杂叶掩映的粉墙黛瓦，色调渐渐稠厚起来，看着镜头中斑斓的村庄，张大个子兴奋得不停地打喷嚏。

朦胧的霜花印在植物草叶上，几株老玉米烂在地里。霜打过的老玉米秆，有岁月的肃穆、沉静。那些曾经饱浆即破的嫩玉米，渐渐蒸脱去水分，风干成一颗颗硬如粒石、有着浮雕手感的老玉米。我觉得，老玉米有禅，静谧地长在山野谷地，一粒一粒地排列在玉米棒上。玉米也长胡须，淡黄的胡须，缨红的胡须。玉米是雄性的谷物，美髯飘拂，像植物世界里的老僧。

霜打的青菜，愈发碧绿。寒冷的早晨，叶子上有一层薄薄的细晶粒。此时，田畴已然沉寂，高秆的植物，没几株了，一垄青菜，依然吐露生机。田垄边，两只竹笋筐，码着刚摘下的菜。青碧叶子，那若有若无的霜，薄薄施了一层粉黛。

收割后的稻田，稻子们早已颗粒归仓。散落下的稻草，遗留在稻田里，通体泛着金黄。干爽的稻草上沾一层淡淡的霜，几只麻雀在霜草上留下爪印子。稻草人，显然是按照一个人的意思设计的。稻草人头顶上有那个人的破帽子，穿着那个人的旧衣衫，留有那个人的汗味和体温。

霜，是一个敏感的物象。驿旅中，一个离家在外的人，无意中瞥见窗外植物草叶上的瑟瑟寒意，心底里的乡愁便会弥散开来，像我这样的中年人，一想到唐诗里，板桥上有霜，会变得多愁善感。

苏州城外的寒山寺，可以看中国最著名的人间霜月天。枫桥边，江枫渔火，月落乌啼，一个流浪诗人在寒冷夜晚，孤独难眠。其实，若干年前，我去过姑苏，游罢观前街、沧浪亭，但没有去寒山寺。少年心中是满满的阳光，怎么会想到有霜的地方？

一个从深秋清晨走来的人，凉风中，他这是挑着一担菜到集市去卖，头发、眉毛和胡须上染上浓重的霜色。

霜天草木状，对应着人间的俗世表情。一个人的衣裳和神态有霜，说明他是个外表凝练、内心有沧桑故事的人。

薄薄的菊花霜，轻轻落在一枚金黄的梧桐树叶上，叶片印上一枚清晰的六角霜花。寒霜凝结在穰草上，如果有人去草垛搬草，穰草一动，窸窸窣窣，霜花顷刻间破碎而散。

暖红

暖红，顾名思义，是暖暖的红。

大冷天，两三个人围炉小酌，红泥小炉中炭火忽明忽暗，是一炉子暖红。儿时在乡下，风箱土灶下烤红薯，柴火灰堆的火光忽隐忽现映照脸庞，呈现的也是暖红。

暖红有人间的暖，是温暖的红。清代吴乔在《围炉诗话》里说："围炉取暖，啖爆栗，烹苦茶，笑言飙举，无复畛畦。"有着飘逸朴素的烟火味。

暖红是暖的，只有在冬天，人像旷野上的一棵烟树，饱吸寒气，才能深刻体会到，那是一种心理的感受、氛围和色彩，融入特定的温度、情境之中。

腹中饥，才知身上寒。深秋，我和朋友到山中采风，苍凉的风驱散胸口的温热，冻得直打哆嗦，黎明时在一农家用餐，一碗热腾腾的稀饭，一碟腌制的山辣椒。一见到红辣椒，我就认定它是暖红，暖暖的红。那次在山顶，拍山下粉墙黛瓦的古村落，随着日出东方，远山轮廓渐渐泛红，天青色的冷色调中，羼入一点点暖红。

暖红在山里黄叶凋落时，才显得好看。冷风中，一丁弯弯的红辣椒，艳丽的红，是暖红。乡人把一串串红辣椒挂在窗棂之上、屋檐之下、房舍之间，便有温暖的、一屋子的生动。那户人家屋坪前，晾晒一竹匾的红辣椒，连同那棵乌桕树的黄叶背景，我恨不得伸出手来，抓一匾子的暖红。

暖红还是澡堂门口的红灯笼。在我的家乡，从前澡堂门口挂一盏灯笼，笼着袖子的人，冷得哆哆嗦嗦，挟着衣物去泡澡，远远地看到澡堂门口的红灯笼，便周身洋溢一股暖意，于是三步并作两步，直奔澡堂而去。那盏幽幽红灯笼，在冷风中招摇，扑上澡堂内逸出的蒸汽，便水汽氤氲了。

红辣椒磨成水辣椒，淋在臭干上也是暖红。儿时冬天，油炸臭干的诱人香味，在冷风中传得很远。我们这个滨江小城，油炸臭干不同于浙江的臭豆腐，油炸臭干在滚沸的油锅里走过，像雨落树叶，哗哗作响，小孩子伸长脖子站在炉边等出锅的臭干，卖油炸臭干的师傅用竹签戳着出锅的臭干，在上淋一遍水辣椒。水辣椒湿漉漉的红，食客咬一口，辣且脆香，周身暖洋洋的。

冷冬闲适，泡一杯红茶，坐在太阳底下翻书，手握一杯暖红。红茶沉稳，一股涓涓的暖，滋润咽喉，直抵五脏六腑。

曹雪芹偏爱暖红，以暖红喻美人。《红楼梦》里的众佳人，缤纷衣饰，穿暖红。第49回稻香村聚会议诗，其服饰简直是一场暖红秀。只见，黛玉外面"罩了一件大红羽纱面白狐狸里的鹤氅"，湘云着"黄片金里大红猩猩毡昭君套"，迎春、探春、惜春三姐妹是"一色大红猩猩毡与羽毛缎斗篷"。美人聚会是暖的，冬日读红楼，纸页间一片暖红。

冰雪天，园林水池里慢慢升浮的锦鲤也是暖红。此刻，草木凋零，一片从水底缓缓上升的红色影子，给人一种视觉抚慰和心理暗示。

此外，老梧桐凋落最后一片树叶时，矮灌木里，暖红正艳，天竺子一簇一簇圆溜溜的红果儿，看得人心里暖暖的。某天，我在公园散步，密密低矮的灌木丛间有成千上万只鸟儿叽叽喳喳，走近一看，是火棘，成了寒鸟的美食。这些密密麻麻的圆果儿，不知什么时候，从冬天的缝隙里钻出来，成为点缀萧瑟霜天的一点点暖红。

经历寒冷的人，才会懂得并欣赏暖红。那是冬天的温度、食物和色彩圆润搭配，结合而成的一种感觉与视觉之美。

第二辑　一座城

从古到今，生生不息，能够住进博物馆的也就那几个。太多太多的人和事，都是过眼云烟。

——我们都是一座城后来的孩子。

许多人，生活在小城

　　小城没有山，孩子们经常猫着腰，装着吃力的样子，爬到唯一的土丘上，登高四望。站在不知用哪个朝代墓志铭石块砌成的一溜围墙上，踩着古人的名字引颈张望，能隐约看见江对面的金、焦二山。

　　城不大。小学生记日记描绘它的模样，五六十字；初中生学写诗，七八行。放学后，三五个小伙伴去钓鱼，一不小心，会闯入邻县的地界。要是谁家大人过生日，放一个炮仗，全城都听得见响。

　　小城人爱吹牛。街边两个蹬三轮的瞎扯，其中一个会说："我认识市长。"

　　小城人胆小。两个人争吵，吵了半天，依然是雷声大，雨点小，也不见谁轻易动手。就是小痞子打架，眼看着敌不过对方，嚷嚷着一句："你等着，我家去拿刀！"说罢，脚底一抹油，跑得不见影。

　　夏天爱到井上挑洗澡水，还说井水沁过的西瓜冰凉；打牌下棋喜欢三五成群，聚在路灯下，乐滋滋地借微弱的光；扛上自己捣鼓的扳罾，五根毛竹，一张网，支在河流的一角，一声不吭地守株待兔。

　　喜欢在城河边谈对象。从城墙上下来，见一片水阔疏朗，天上布满星星，两个人，一前一后，见前后左右没有熟人，男的牵着女的手。听到不远处，冷不丁，鱼的"泼刺"声，男的会对女的没话找话："别怕。"

　　只出文人，不出将军。过年的时候，自己在红纸上涂鸦，往门上一贴，就是春联。水的滋润，自在、恬适，体会不到干旱的深度焦躁，自然也就出不了贾平凹这样的大家。

　　舟街并行、桥波荡漾的水乡，最灵活的是桨，最复杂的是网。唯其小，七绕八拐的人，总能与亲戚、与熟人沾亲带故。因此，在小城办点事并不难，全然不似大城市里，两眼一抹黑，见谁不认识谁。

　　对待生活的态度，有种微妙而说不清的复杂感情。老街坊邻居，从小一起长大的玩伴，张三看到李四"出息"了，活得比他滋润，就会心生忌妒，眼神怪怪的；权衡着，他不如你，内心立马变成一口晃动的水缸，有了满满的优越感，还要不断朝里注水，任其水溢漫流。

这样的小事，虽不能简单下结论，证明小城人的脾性，丈量小城人心胸的狭隘与广宽，但它实在反映出，活在现实市井中，小城人的生存哲学与审美情趣。忌妒与高高在上，是小城人与生俱来的天性，倘不然，何谈自然的物竟天择、家族的人丁兴旺。

一座小城，总有让人念想的地方。

有一位从城南走出去的老人，居住在省城。有一天，陡然想起自己年轻时，撞见的长睫毛下扑闪的恐慌眼神。北门外，低矮的民居院落，躲避日本飞机的屋檐下，邂逅的那位长辫子的姑娘。回头一笑，消失在斑驳青砖的门堂后面……那年春天遇见的你，还好吗？如今，你肯定早已做了奶奶，儿孙满堂。

有一位从城北走出去的中年人。年轻的时候，总是不满小城狭小的天地，时常站在院中忧郁地仰望天空，目光随着一群鸽子游离。后来，他离开了小城，去了另一个城市。散步时，听到久违熟稔的乡音，总要快步上前，打听小城的近况。心里惦念着院子里那棵孤寂却长得茂盛的柿子树。

那棵树，是他在小城留下的影子。

移动的城池

冷兵器年代，一支箭镞，就这么低低地飞着，掠过城河，便悠悠地落在古城墙之上。

有谁见过在古城池上，两位兵士抱臂行礼，却不见文人相遇，双手作揖，礼貌谦让？城墙下，不见狼烟升腾，老树拴马，却见荒烟蔓草，杂树丛生。

有一种桷树，长得特别恣肆。我是在多年前见到那些桷树的，线条纷乱，勾勒着古城墙的天空。

不是每座城市的古城墙，都有西安、南京的那么伟岸。小城的古城堞上，即使坐过某位古人，人们也早已淡忘。站在古城墙上，市井对农耕瞭望，那时候，城河必定是在低处，一低头，看见河对岸一块石埠头上，闪动着一个年轻女子的身影。木槌声，左一下，右一下，声音贴着河面传得很远。或者，随手掷出一块小石块，便有惊鸟扑簌簌地掠过城河去了……

城墙不见城砖。刨开疏松的黄土，那些砖块被时间的力量断裂成碎片。

对一条河流的打量，有时并不一定要那么深沉。彼时，城河对岸有一片果园。园子里长满水蜜桃，其华灼灼。

郊野之食，味如甘饴。城河里漂浮着一种六角菱，味道鲜美。河水是活的，菱角的味道就鲜。此外，城河还出产河蚌、蚬子、螺蛳、米虾，这些都是城河活的化石。

许多城市有河，也有古城墙。我到南京时，从明城墙旁走过，并没有到古城墙上溜达，终是一种遗憾。

城墙是段隐喻，城墙上的红薯甚是茁壮。有人说，红薯是字，种在城墙上，藤叶漫爬；红薯长在土里，一个挨着一个，不知哪朝的泥土地气承接它，鼓鼓地，堆积小城斑驳时光。

城墙上的城砖，不知什么时候被人一块一块地抱回了家，垫作门前屋后的台阶，苔迹漫漶。

小时候，我常随外祖父到住在城墙上的人家做客。有一户人家，就住在城墙上。从城墙上走到他家要踩一级一级的台阶。房屋是坐落在城墙脊上的，小屋前有一处平台。绕过小屋，顺着台阶，就下到水边的石埠头。

这种类似于吊脚楼的房屋，从城墙上进入是客厅、房间，屋角有一副木梯，顺楼梯而下，听得脚下踩着木地板吱呀吱呀之声，厢房、厨房在城墙根之下，房子冬暖夏凉。拉开拴着的一扇木门，临河小街上有三两人走动，就见到城河。这时候，河面并不宽，两条船挤挤挨挨，就像两条永远不会相交的线，擦身而过。

中国人心目中，天圆地方，城墙是一处可供凭吊和思考的地方。想一千多年前，陈子昂登幽州台时，独步怆然。还有，贾平凹住在西安城内，会不会时不时到古城墙上散步？

城墙是厚重的历史，许多人都是从小啃着城砖一样厚厚的书长大的。我的一位同事，将一部书设计成一块城砖的形状。不知道里面装进的是怎样的奇思妙想。

城墙是一道规矩。城里的人，想出去；城外的人，想进来。人总是这样，鱼贯而入，鱼贯而出。出入之间，一个个背影在城墙之下的苍茫暮色中，变得缥缈和迷蒙起来。

从前，我住的城池很小。城墙上的房子，是一种独特的居住模式。住在城墙斜坡上，出门踩台阶，抬头见老树，屋后临水。在城之脊上踱步，宜歌，宜咏，宜争吵，宜谈情、撕纸、马桶碰撞。这时候，房屋像密密麻麻的蠕动小卒，移动的城池，早已越河而过。

一座城市的博物馆

看一座城市的深度与厚度、古朴与繁华，要看它的博物馆。

博物馆是一座城市的基因库，里面收藏着城市的气味、先人曾经抛掷过的石块、种过的稻种、井栏、砖瓦，以及最后一块鱼化石。

一座城的性格与气质，早已在那些被收藏的器物上隐隐显露。一块墓志铭，讲述曾经在这里生活过的某个人的一生。墓志铭是一部人物传记，也是一本装帧精美的石头书。

我喜欢我身边这座城市的博物馆。在异乡，遇到朋友，我会说我来自一座两千多年的古城，弄得自己好像很有文化似的，是想沾沾有文化的城市的光。

对于博物馆，每个人都有自己不同的理解。在波兰女诗人辛波丝卡的眼里："这里有餐盘而无食欲。有结婚戒指，然爱情至少已300年，未获回报。这里有一把扇子——粉红的脸蛋哪里去了？这里有几把剑——愤怒哪里去了？"似乎在说，这里没有生命，没有灵魂，没有温度，博物馆里缺少什么？从生命和生活的层面思考它的本质。

其实，一座城市的博物馆，留下的碎片，还是能够还原这座城某些方面的生活场景的。

从前，我住的城，不大。城中有一家博物馆，有几件东西值得一看。

没有兵马俑，没有越王勾践剑。博物馆平常少有人去。几只麻雀在庭院中散步，好像从时光的这一头跳到那一头，从汉代跳到唐朝。

橱柜里，用金丝绒摆放一些出土的古钱币、陶罐、瓷器、铁器——金丝绒这样的质地，一般都显得小心翼翼。

除了这些，有几件镇馆之宝：一架麋鹿骨骼化石、两具古尸、数面铜镜。

麋鹿呈奔跑状，却没有痛苦的表情。骨骼按照它生前生长的方向，一节一节地还原排列。

我们这地方一直水草丰茂，麋鹿在水泽泥淖追逐嬉戏，四蹄宽大，噼噼奔突，由远及近，水花四溅，完成它们生儿育女的追逐繁衍。几个农民建房挖地基时，一不小心，挖出这具完整的麋鹿化石。

它在谛听着什么？离我们很近。麋鹿躲在草丛中，举着枝丫似的角，一动不动，流露出人类孩童一样的眼神，在静静观察四周，警惕的眼珠在眼眶内呈四十五度角，逐渐转动，扩大视觉范围。

明朝的一男一女，并排陈列，躺在博物馆的大厅里。男的，姓徐，50多岁，据说是三品大员，旁边是他的夫人，如果不是寿终正寝，他们死于何病，卒于何年？已无从考证。

锦缎绸服褪去了，他们睡得那样安详，仿佛还延续着昨天的好梦。我从他们身边轻轻经过时，清晰地看到，髯须飘袂，毛发依稀，皮肤尚有弹性。他们无论如何也不会想到，数百年后，他们的子孙会看到他们安然从容、酣然入梦的睡姿。

我们平时曾在某本书中与古人相遇，一团和气，两句歪诗。其实，古人就在身边留下痕迹。或许在你身旁那棵苍老的柏树上，唐朝的商贩曾触摸过？湖边那块不起眼的大青石，宋朝浣衣的妇人在上面坐过？河湾那一泓袅袅水草旁，明代的秀才垂钓过？古城墙上那一行苍老的古树，不知是哪个朝代的鸟排泄落下来的种子长成的。

据说，当时挖出这对明代夫妇时，毫发无损，皮肤尚有弹性。人们不知所措，把他们暂时摆放在路边。大人跑过去，小心翼翼地跟他们握一握手；小孩子壮着胆子走近，甚至还调皮地捏一捏老爷爷的鼻子，踢一踢老奶奶的臀部。

不是古战场，牧童也就拾不到旧刀枪。缺少兵戎利器，说明这儿曾经宁静祥和。没有金银珠宝的优雅炫耀，井栏与陶罐，却是一个地方的气质与风度。

当时，我在大厅踯躅，好像听到那个老爷爷呼呼如乡间童子的鼾声。再看看那几面铜镜，图纹华丽，不知曾映照过怎样俏丽的脸。

小地方的博物馆，悉心收藏自己的安静故事。隔着两千年的时空，寄来一封信。轻轻打开，从里面跌落出几块文化碎片。

从古到今，生生不息，能够住进博物馆的也就那几个。太多太多的人和事，都是过眼云烟。

——我们都是一座城后来的孩子。

奔跑的布鞋

我又梦到"六个麻子"的布鞋店了。"六个麻子"坐在铺子的一张小木凳上，弯腰弓背，在绱鞋子。经他的手做成的布鞋成千上万只，在大地上奔跑。

布鞋，棉布质地，踩过的是柔软的人生。所以，穿布鞋的人，一般都很低调，不会趾高气扬，走路时低着头，生怕硌伤了鞋底。

许多人，都是从穿布鞋开始的，走着、走着，渐渐地拉开了身份和地位上的距离。

20世纪70年代，我穿的是外婆为我做的松紧口布鞋。那时候，外婆把一块块碎布用糨糊往门板上抹"鞋底骨"。为什么将做鞋底的材料称作"鞋底骨"？大概是一块块细小、琐碎的棉布积聚、添加，渐渐稠厚而有了风骨。有时候，民间的叫法，很雅。

"鞋底骨"搁在太阳下晒。风干了，一张张"鞋底骨"从门板上揭下来，叠在一起，剪成底样，千针万线，不知熬过多少夜晚，纳成千层底。

鞋底有了，便送到鞋匠铺里去做新鞋子。那时，"六个麻子"的布鞋店，在老街的一角，只有四五平方米，店内挂满叮叮当当的鞋子，就像花架上挂满叮叮当当的小葫芦。

"六个麻子"的老婆踩缝纫机，做鞋口。他端坐在小木凳上绱鞋子，像一只鹤，目不转睛，只瞪着鞋子，屏声静息，除了穿针引线的哧哧声，静得听不到其他声音。

绱鞋子的姿势很特别，一只布鞋夹在"六个麻子"的双膝间，一把锥子挖下去，打了蜡的鞋线被勾引过来；另一只手，食指和中指在线上绾一个扣，再用力去拽。拽鞋线的动作，呈一道弧线，像一种坐着的舞蹈手势。鞋子绱好了，垫上鞋楦子，定型，敲敲打打，像为儿女婚嫁送行。

我不知道，每一双鞋子有什么不同。只知道，布鞋中有大姑娘小媳妇的绣花鞋、娃娃的虎头鞋……这些鞋子，"六个麻子"的布鞋店都做。那时，一个鞋铺与一群人有着怎样的关系？如果鞋铺关门，"六个麻子"不做鞋了，人们岂不成了一群光着脚丫的赤脚绅士？

一双绣花鞋，作为红粉女子的闺中之物，平添了多少小家碧玉、大家闺秀的温柔之气。有一次，我站在扬州何园一扇木窗外，看到小姐闺房里，一双翠绿的绣花鞋静静地摆放在地板上，鞋子的主人不知哪儿去了。

漫画小品的生活场景中，调皮的小男孩往往是穿一双布鞋，鞋头有一个窟窿，两只脚趾淘气地露在外面。

鞋子在一个人的生活中很重要，对一个落魂和失意的人，穿一双破旧的布鞋，意味着"蹩脚"，怎么也神气不起来。并不是连一双布鞋也买不起，而是无心顾及脚上的事情，他或许已经萎靡不振，心里长满了草，不再有心思装扮自己，无意中在脚上流露出来。

文人形象，多数是一双布鞋。汪曾祺在小说《八月骄阳》中写老舍："园门口进来一个人。六十七八岁，戴着眼镜，一身干干净净的藏青制服，礼服呢，千层底布鞋，拄着一根角把棕竹手杖。"其实，汪本人在西南联大读书时，也是一袭长衫，一双布鞋。

当然，一双鞋糅进了那个做鞋人的万般情意。孙犁对布鞋情有独钟，他在《鞋的故事》里说："我们这一代人死了以后，这种鞋就不存在了，长期走过的那条饥饿贫穷、艰难险阻、山穷水尽的道路，也就消失了。"

纯手工的布鞋年代，一双奔跑的布鞋，渐行渐远。后来出现的人造革鞋子，不如棉布做的鞋子舒适、透气。有的人在功利中行走，喝酒时脱下鞋子，浊气熏天。那双鞋，染上了世俗之气。

"六个麻子"的布鞋店拆掉了。这个城市，从此少了一双奔跑的布鞋。

城之古物

这必定是一个老旧的故事，关于这座城的两件古物。

人到中年，我在夜晚遥听天籁和夜归者的脚步声时，会时常想起儿时触摸过的一尊青铜大钟和一对文臣石雕。

那尊大铜钟又叫飞来钟，我不知它去了哪儿。飞来钟，传说是从城河里打捞上来的。关于它的前世今生，小城的文人们有各种各样绘声绘色的版本，不管怎样，反正它是一口大钟。

上小学时，我见过大铜钟，在公园一个安静小院里，倒扣在一弯葡萄架下。同学父亲是那家单位的会计，看钟人破例让我们进去，坐在大钟旁边，还摘葡萄给我们吃。我用手指去敲那口大钟，訇訇然，有钟磬之音，表面冷峻光洁。

城市古物，它们是属于民间的。在城市的某个角落，呼喊我。有天晚上，我就着半斤猪头肉，喝了酒，就到老公园去了。

那一对明代石雕，就站在小城这一片幕天席地之上。原先他们是站在一位户部左侍郎老先生墓前神道上的。老先生的墓，不知道迁到哪儿去了。留下这一对老臣，肃然恭敬，夜幕下站成两尊凝重。

借着淡淡天光云影，可以看到头上高耸的皂帽、飘逸的衣袍，双手拱着经卷，颔首低眉，眼帘低垂，态度还是那么低调内敛。

本来，没有人生功名利禄的大喜大悲，一个人的五官表情就应该是宁静的，目光柔和，面容亲切。

夜晚的凝视，是抚慰的。那天，我喝多了，站在石像面前，像一个不谙世事的顽童，触弄老者一蓬长长的髯须，就和石雕说起了话。

我想说：老爷爷呀，您认识我吗？我是这个城市的晚辈后生，过着平凡的生活。您参加工作时，我还没有出生，我也不知道我在哪儿。有一次，我的朋友于二请我吃梅花粥，拈花惹笑，想过一天雄鸡打鸣的古代生活，我当然无法想象古代是个什么样子。

看到您手执经卷，刚才我的老婆问我，您是文官，还是武将？我说您是老爷爷，是从旧书中走出来的慈祥古人，在这个城市，已经站了六百多年。

我想翻翻您手执的经卷，上面到底写过什么？是关于一个人，还是一座城市？那册书面对着我的始终是竖卷着的姿势，闭合了多少尘封的秘密？

一个上了年纪的城市，会传下很多古物。比如，字画、铜镜、漆器，它们大多被小心翼翼地呵护在博物馆里。我不知道，这两件古物为何流落民间。大概是它们形制巨大，且又经得住世事的目光流连，手指摩挲，日晒雨淋。

还有一株清代紫藤，它原先是长在一条石板路小街上的，一到暮春，一串串、一嘟噜，叮叮当当悬挂在行人的头顶。紫藤为谁所栽？寂寂地走在紫藤架下的人，没有几个人晓得。后来，紫藤街搬迁了，有人在老公园的湖心岛上为它找到了一处新家。不愿意搬家的紫藤，刚开始有些生气。第一年，没有动静，到了来年，才睁开眼睛，又花开氤氲了。

古物在民间。或者说，存放于民间的古物接地气。

我经常去老公园里散步，在这个长满参天大树，有着古木旧物的大园子里，我贪恋那些植物和嘉木在夜晚所释放出的丝丝缕缕的清气。

那尊青铜大钟不在了，石雕还在，我有时走过去，坐在不远处的一张石凳上，朝它们望望，我忽然觉得他们是这个城市一对不曾走远的老居民。

有古物，是这个城市的幸运。那一对 600 年前的石雕，虽经风侵雨蚀，石纹漫漶，我还可以安静地坐在他们对面，和古人说说话。

气候与脾性

法国启蒙思想家孟德斯鸠在《论法的精神》中说，由于气候不同，人群的性格有明显差异：在寒冷地带，人们穿着厚厚的衣服，对快乐不够敏感；在温暖的国度，大伙对快乐的敏感性要强些；在炎热的地方，男女老少对快乐极为敏感。

一个人的脾性，与他所处的气候、环境有关。我的栖居之城，在一条江的下游，肌肤裸露在亚热带季风气候里，有温柔的风吹过、急促的雨淋过，地气萌动，我有时激动，有时冷静，有时又躁动不安。

这么说吧，我是亚热带季风气候里的一株植物。每年雨水如期而至，那些光秃秃的、墨黑的树丫，已然有嫩芽，"呼"一声弹开。透过隐约新绿，恍若看到一面酒旗，在冷气团与暖湿气流的共同作用下，于小酒馆的上空招摇。

亚热带季风气候的旷野里，站着众多的树，间杂些古树。青桐、银杏、槐树、柏树……在一个老宅子里，我遇到一棵挂满红丝带的老槐树，许多人在树下叩头祈福，四周香火缭绕。我也恭恭敬敬地向老槐树鞠了一躬，我想对老槐树说：老槐树呀，您认识我吗？我是这个千年古城里的一个后生晚辈，在您的护佑下，不求升官发财，只求快乐平安，一个人的愿望太多，您也忙不过来。

我生活的地方，有风。每年，当大风来临时，那些五颜六色的布质店幌在风中招摇，孩子们总是兴奋地在风中奔跑。此刻，家庭主妇无论在忙些什么，都会丢下手中的事情，磕磕绊绊往家跑，急急忙忙收起那些翻飞的、晾在外面的衣被。风，吹来近处花香和远处的味道，把一地碎叶抛洒得纷纷扬扬，如乱舞的老庄蝴蝶。稼禾应声倒伏，瓦楞、窗棂间发出呜呜的声音。

风总是把那些树吹得东倒西歪。它没有形状，把龙飞凤舞的字迹，非常潦草地写在树枝、叶子上。有一次，我站在窗口，看到一对恋人在风雨中疾跑，我想这个场景日后会在他们的漫长岁月里珍藏。

我生活的地方，有花。每年初夏，我都要到古宅里去赏花。此时，荷花醒了，从叶的罅隙旁逸斜出，一枝红荷被绿叶捧在手心。石榴也开嫣红的花，别看它在结籽之前开了小花，那可是过去大户人家多子多福的吉祥树，长在古宅里。不是吗？一朵花都开了，一粒饱满的籽开始孕育，有人曾站在树下仰望，承接天空纷落的流光。

古宅里的花，没有大胆示爱的浪漫玫瑰；古宅里的花，大多是牡丹、芍药的唯美、端庄。古宅里的花，适宜隔着一扇窗去观看。花朦胧，人也朦胧，隔着的那扇窗，花嵌窗内，就成了一幅天然的水墨扇面画。

我生活的地方，有雪。见到雪，心情是愉悦清新的。这种欢愉，换作味觉，有种甜的感觉，就像明朝的张岱一见到下雪了，便去湖心亭赏雪，亭子里有两个人煮雪烹茶。那时候，张岱的心里大概有小孩子过年吃糖的感觉，雪后的空气清新，清新得甜丝丝的。

我生活的地方，有月。进入中年以后，我的睡眠时好时差。我曾想，有月光的夜晚，四周静谧，要是能够抱一轮月亮入睡，那该多好啊。在一个寂静的夜晚，如果什么都不想，是何等的静气。我在40岁之前想得很多，许多愿望都没有实现。到了中年，只剩下一个梦想，就想抱月而眠。

我的生活，有风花雪月，也决定了一个人的地理和物理属性。我是亚热带季风气候里的一株植物，就这样，潦草地生长了几十年。

亚热带季风气候，塑造的性格，这样的城，这样的植物，芸芸众生，在本质上大多内敛、不张扬。

亚热带季风气候，冬天室内没有暖气，外面刮风下雪，我趴在桌子上写字，身上冷得瑟瑟直抖。

亚热带季风气候，夏天太湿热，桑拿天，溽热挥散不去。夕阳西下，繁星在天，蛙鼓虫鸣，好闻的水草气息扑面而来。我知道，此时水田里的稻子兄弟们在欢愉地生长。

被这样的气候所抚爱的人，中庸、平和，又很有忍耐力。植物根系纵横发达，就连一片叶子，表面也光亮清晰，叶面纹路朝着阳光照射的方向摇曳，在风中仰着脖子。

如此凉风，如此细雨，光照和温度渗入一个人的脾气和性格之中，或快或慢，或动或静，或粗犷或细腻……

气候与人有多大关系？或者说气候和环境对人的性格塑造的影响有多大？有些东西是不可泯灭的，无论冷或热的环境下，都需要一副柔心肠。

隔江下棋

我所在的城市与对面的城市，隔着一条江。有时候，站在那些渡口边，一扭头，咦？江南就在面前了。

18 岁之前，我是从未渡过江的。窗含桃花源里景，坐看长江万里船。有时，真有溯流而上的愿望。

江南和江北，水岸迢迢，城市和村落隐约隔水相望，被摆成一副天然的中国象棋。在没有桥的年月，凡人过江，只能借助轮渡往返。江这边的人，到对岸去，就是一只"过河"的"卒"，在楚河汉界边"渡"来"渡"去，极像在一条江之间下棋。

一条江，把柔软的丝绸、灵动的锦绣诗章顺手留在江南，却给江北一件土布衣裳。江北人不气馁，雄起起地过江。那些渡江的车，大车、小车，客车、货车、农用车，会聚到一条轮渡上；人和摇尾的牲畜、呱呱叫的家禽，横七竖八地挤在一块。这时候，渡轮鸣笛三声，便向南岸出发了。

有时候，站在渡轮上，欣赏江景，能看到江对岸的炮台、古堡。听老人说，以前天气晴好时，江面水流中可看得见"江猪"。"江猪"水性极好，在江上一浮一沉地凫游，气力大，能把江上的小船掀翻。

我每次过江时都睁大眼睛，有时几乎是一眨不眨，却一次也未发现"江猪"的踪影。

有时候，办完事，那些从南岸返回的车，大车、小车，客车、货车、农用车，又重逢在一条轮渡上。这时候，江那边也过来几个人。说起来，不禁莞尔，为吃跑十里。据说江北的蟹黄汤包，清朝就有了。周末时，他们操着一口吴侬软语，过江来品尝。

在一条江之间下棋，船载着那些过江的"棋子"。要过江，心中总得有件事。渡，就成了生活的一部分，像一个人走进另一个人的心里。

我的过江故事，是用几十年的生命时光写就的，无论何时对岸都是岸，分别从六圩、八圩、十二圩登船，渡来渡去。记得多年以前，我经常去上海，去时坐船，回程时搭火车到镇江，再转车过江。有一年冬天，天气特别寒冷，抵达镇江时才凌晨三点，渡轮要等到五点才开航。无奈，我只能哆嗦着，抱臂缩肩，在空荡荡的大厅里来回跑步取暖。天亮时，从当年杜十娘怒沉百宝箱的瓜洲登岸，在想象着古人的故事里穿行。

过江，是逐渐成熟的人生履历。你不至于无缘无故地将一件行李丢落在渡轮上，或者在人多纷杂、眼花缭乱中上错别人的车。

朋友讲了一个故事，说有一个乡下小木匠，第一次出去闯荡，过江时，兴奋地站在甲板上贪婪地呼吸，把包丢了；第二次过江时，就只坐在车上，不再下到船上；第三次过江，就一直坐在座位上，守着自己的行李，直至犯困打起了瞌睡，了无当年豪情。

年轻人过江，东张西望；中年人过江，不卑不亢；老年人过江，气定神闲，只等待鸣笛渡江。

凡尘里的奔波，脚底生风，平稳是船，宁静是岸，极像在一条江之间下棋。在江这边犹豫时，犹可左避右让；小卒过江，只剩下直行。

那些烟雨迷蒙的精神和文化渡口，是不会消逝的。

老城的方言

老城的方言，时有几分高古，像水缸里沉淀下来的砂粒，直白的叙事与清晰的表达，简洁、生动，富有节奏。

这年头，但凡与水沾边的词，都有几分贬义，如水货、水军……"水嘴"不是自来水的龙头，老城人，指说话不算数的人。

本来，我帮一个人办事，那个人说：太好了！这事拖了好久，直到今天还不曾有空办。你帮我做了，我请你喝酒。后来我把那事办了，那个人再也没有提请喝酒的事。

他大概是嘴上随便说说，早把这件事忘了。凡人是非常在意吃这件事的，倘若食言，必定是耿耿于怀。

其实，我并没有把喝酒这件事当回事。做那件事，也是为自己做，但一个人说话也不能太随便，随便说的次数多了，别人会认为他"水嘴"。

还有一个人，请我给他的朋友写文章，文字的质量对他的朋友很重要。他说，麻烦你了，写好了，请你喝酒。后来，我文章写好，交给他，那个人和他的朋友好像忘了说过请喝酒的话。

我知道那些都是客套话，但客套话也不宜多说。我不是嘴馋，在乎别人请我喝酒，而是反感他"水嘴"，说话不算数。

老城的方言，南腔北调，俚和雅像面发酵、糅合在一起，有世事洞察的智慧。

喝酒，老城里称吃酒。吃喜酒，就是参加婚礼。有一天，在街上遇到张大爷，我说：这几天没见，您老上哪儿去啦？老头儿笑眯眯的："侄子结婚，去吃喜酒了。"

吃喜酒，吃的是一个高兴。吃，是慢慢品。喝，有点儿性情、鲁莽。"吃"比"喝"，优雅、斯文多了。

老城居民，有很大一部分是 600 年前的苏州移民，带着吴侬软语的韵脚。比如，睡觉称为"上苏州"。一个小孩子，在他母亲的怀里睡着了，老人会说这个小把戏"上苏州"了。

明朝洪武年间，朱元璋迁姑苏阊门一带居民过长江。悠悠时光里，祖先把对故土的怀念留在梦里，苏州是温柔之乡，"上苏州"成了上代移民在梦里与故乡相见的机会。

清晨的早茶店，一碗鱼汤面抚慰着老城人的胃。鱼汤面的汤，是用鳝鱼骨熬制的。一锅汤熬上三四小时，汤里的骨髓、胶原蛋白、鱼香鲜被一股脑儿地调动出来。这时候，就有人走进店里，用吴头楚尾的方言问一句：早茶格曾有呢？店家应答：有了。撒上碧绿的蒜末、胡椒粉，"呼啦呼啦"地吃面，佐一盘五味干丝。

问一碗面"格曾有"？老城居民的方言，有江南的遗风雅韵。

小把戏，多少带有点老城温热亲昵的地气。小把戏是耍把戏的，他们玩得很开心，上树掏鸟蛋，下河摸鱼。滚铁环，耳畔呼呼生风，一去三五里，犹不肯回。我至今记得那种亲切的语境。那时候，我和外公、外婆住在一古旧的砖桥旁边，桥坡很陡，常有拉煤的人顶着风在吃力地上桥爬坡。这时候，外婆总是先唤我的小名，然后吩咐："小把戏，去帮人家推一把！"推一把，其实是对那拉煤工人的感情援助。小把戏的力气很小，那被帮助着爬上桥顶的人回头一笑，眼光中饱含感激。然后，抹一把脸上的汗，满足地冲下桥去。

"波俏"二字，是说女孩子长得好看，一双水汪汪的大眼睛，顾盼生辉。眼角生波，婉转流俏，有江南的灵气。

甩大袖，是指不做事，不问事，背着手说说话的人，油瓶倒了也不扶，诸事与他无关的人。大袖，京剧中的水袖，轻歌曼舞，舞动起来尤其好看，但不实用，看上去美，只能欣赏，对于穿衣吃饭是另一回事。老城里的人，不喜欢甩大袖的人。

亚角，是一个人的才能和本事数不到第一，只能是第二的意思。亚，是亚军、次之、第二的。角，是角色。不像梅兰芳、周信芳，在戏里和生活中是主角，如果能力差一点，便是配角和亚角。"他不是个亚角，一定能行！"或者，"你是亚角吗？真的不如别人？"在老城，会听到老人用这样的方言评价一个人，或者训导孩子。

老城的方言，是老城居民口头上的活化石。这块 2000 多年的厚土，随手抓一把语言的沙粒，也有几分文化。

一个地方的营养

一个地方的营养，可能不是一桌山珍野味、生猛海鲜，而是这地方的大饼、油条。一个地方，不能没有营养，可以是看得见的或看不见的，至少可以触摸。

这地方的营养，也许是它的护城河。我觉得，用护城河的水，放些许文化味精，可以泡一碗味道鲜美的纯汤。

那些街道两旁的梧桐树，夏天碧绿的树叶子可以用榨汁机提取出色泽稠厚的果浆。虽然，从没有人喝过梧桐树叶子榨出的汁液，但在夏天，走在大树下，就觉得树是这座城市的营养，赏心悦目，怡情养性。因此，一座城市不能没有营养。

生活在一个地方的人，似一群植物，当然需要营养。某年夏天，我到新安江边的小城，大热天，江上升起雾，像沙（我觉得沙比纱还要恰切），四处移散，白沙过江，水汽沁凉。许多人在江边浣衣，乘凉。一条青碧碧的江，当年徽州商人带着茶叶闯世界经过的地方，是这座小城做饭煲汤的活水。

再说，一只鸡蛋，有人体必需的 8 种氨基酸。一个地方的山川、河流、气候和土壤，有一群人生长和居住所需要的营养。

每个城市的草木深处总有几位乡贤，那些孤寂与不俗的灵魂融化在城市里。这中间，哪怕相隔几十年、数个世纪，那些平凡或出众的起步，或多或少都留着某些你不易察觉的痕迹。

还有戏剧，咿咿呀呀的乡土哼唱，老少爷们，大姑娘小媳妇，听得如痴如醉。比如，昆曲，唱腔华丽，念白儒雅，水袖婉转，是适宜在水边上演的。倘若没有《牡丹亭》，江南园林便少了韵味。

一个地方的营养，不仅仅局限于肠胃，也可能来自于呼吸顺畅与肌肤熨帖。

在我的生活中，那只外焦里嫩、油酥诱人的大炉烧饼，啃了几十年，它是我身高和体重的一部分，我的脾性中或许有它潜移默化的影响。一个天光微熹的早晨，我在小城的某个烧饼店等候一只即将出炉的烧饼，它是这个城市清晨最亲切的体温。我看到一个在外地工作的中年男人，在即将离开家乡时一气带了50只大炉烧饼。

在这个红尘飞扬的世界里，有时感到头晕目眩，呼吸不畅。我会踱步到城河边，去寻找一碗这个城市的心灵鸡汤。坐在一棵老柳树下，看着老柳树被河水洗得很干净的如筋络般的根须，抱住一棵树，吸收它的地气。

有时候，身心疲惫，我就脱掉衣裳，跳进城南那家老澡堂里浸泡，那些一拥而上的水，让每个毛孔和细胞都血脉偾张。在老澡堂里，感受着城市的精神营养，它们从我肌肤的每个毛孔呼啸而入，激活我那些激情的细胞。

一个人在自己的地方生活，如果觉得自己缺少营养，就往有营养的地方跑。这些人用口袋里的钱，去买别处的营养，花钱去旅行，呼吸那里空气中的负氧离子——这是旅行所能带给人们的营养。

徽州这个地方的营养，是它的古村落，原汁原味，没有添加剂。在村口，我遇到一老头牵着一头小牛，老头要走这头，小牛偏要走那头。

年少时，我经常去扬州，觉得那里有我需要的文学营养。后来，我特别着迷古城的老宅子。我着迷老宅子，是那些老宅子里曾住过的人，以及他们一生的风花雪月。

去多了，可以慢下来，像一棵会走动的树，静静吸收它的营养。有些营养是一时看不到的，我把它带回去，慢慢留存于血液和肠胃中，融进骨骼里代谢生长。

一个地方不能没有营养，食物的营养是养胃的，精神的营养是养心的。

养园记

推开木门，园子里花木扶疏，春光融融，水池里水草稠厚，锦鲤肥胖，砖有雨水侵蚀、风抚过的痕迹，瓦也旧了，墙角苔藓漫漶，我再到这个园子时，已养成一个园子。

朋友是搞景观设计的，十多年前在小城设计了这个园子。园子原先在一块荒芜的土墩上，周围搞商业开发，在那些建筑的一角，一个较偏的位置做了这个园子。

刚造园时，就像小学生写作文，造一个句子，缺乏整体协调，也没有意境。按当地古韵民风，筑一小楼，楼有二层，镂空花窗，八扇木格门。庭挖水池，堆乱石假山，移植树木，但园子里缺少烟岚之气。

朋友说，园子要养，养好长一段时间，它才会有灵气。那个园子平时就闲着，一任花木乱长。

到过园里几次，皆是雅聚。房角一隅，有小厨房，园子单位时有来人，在厢堂招待宾客，喝点小酒，聊完事，人纷纷散去，匆匆忙忙，头也不回。至于园子的花草树木如何，没有谁在意。

时间一点一点流逝，想不到那个园子就渐渐稠厚起来。我站在园子里看风景，想着养园子的事。

如何让一个园子变得灵动起来，让它内涵丰富，十步之间有芳草，容大天地，藏大智慧？这就如同一个人，缓步走入中年，从幼稚走向成熟，由浮躁走向安静，需要时间、经历以及这两样东西背后的许多东西。

园子刚建时，草木稀疏，它只是圈一道围墙，房子架起了框架，没有体温和灵魂。园子里没有人住，没有人的一呼一吸，再精致的园子也如死一般沉寂，空留时间流水声哗哗作响。

园子宛若一块美玉，要有时光的包浆，把玩得越久，包浆愈深沉光润，一个园子才与人的肌肤贴近。

我如果住在园子里，会养一群昆虫。惊蛰过后，虫子们从洞穴中苏醒，它们爬上嫩柳荡秋千，坐上叶子的龙椅。不仅有晓风杨柳岸的蝉、一蹦三尺远的蚱蜢，甚至有毛毛虫和洋辣子。

容许一两只鸟，筑巢枝梢檐下，让鸟雀在春光里哺雏，看两只老鸟，一只在窝里照料，一只到外面找虫子，四处奔波。

秋天留几只红柿子，在树的高处挂小灯笼，让它自然老熟。

水池在构挖时，最好与外面的河渠相通，让外面的水流溢进来，园里的水流出去，外面的鱼顺着一条窄窄的通道——时光绳索通道泼泼游进来，在水浅处发出哗哗声响。

当然，春天园里，水池落红无数，那些胖锦鲤翕合圆口，在春水微澜里追逐花瓣。

泥土，是一个园子的生命。现在城市里的土，被水泥和沥青全覆盖了，不留半点裸露，就如一个性格内敛的人，将自己完全封闭起来。而园子里的泥土，是要与空气、阳光、水分做充分的交流、沟通，一览无余，即使有青砖铺道，有一条狭长的、弯弯曲曲的通幽小径，那些草尖还是从砖缝中钻出，就连叠石假山也不能没有一个园子所需的养分和一株植物胚胎发育所需的温床。

关于庭园之山，清代李渔在《闲情偶寄》说："小山亦不可无土，但以石作主，而土附之。土之不可胜石者，以石可壁立，而土则易崩，必仗石为藩篱故也。外石内土。"

我与一叠石小山对视，就想：若没有时间的积淀，根须如网状攀附，水土涵养，则园子难成气候。

养一个园子，需要多久？草木深起来，房子已经有了宅气，园子里有一层淡淡烟岚……她，气质初显，淡淡中处事不惊，没有大红大紫、大富大贵，有的是寻常日子细小处的生动，和颜悦色，风轻云淡，已然天成。

养园如养心。

门　枕

它显然是默不作声的，于寂静处，衬托出木门的"吱呀"声和门环的"叮当"声。

门枕，有给门当枕头的意味。一座老宅，门前有石，过往的人，步行或者骑马，都看得到它。

给门当枕头，老宅在多少个阳光午后，静谧着。门，虚掩，有一只小花猫从门缝处挤过，"刺溜"一声，滑入内。手摸在石头上，安妥沁凉。

初夏午后，布谷啼鸣，庭院小睡。

就这么一块石头，从它与门相依的那天起，就见证主人一家，一年四季，寒暑易替的迎来送往。

春天，小孩子蹲在门前放鞭炮，两只小手捂着耳朵，门枕雕成的石鼓上，落一层嫣红的纸屑。

夏天，主人站在门口迎候一个贵客，拱手作揖，一团和气。

秋天，有一轮明月照在石上，老宅子楚楚有意境。

冬天，大雪纷飞。唯石与瑞兽，与天地一道，沉睡。

一座宅子，青砖、青瓦、重檐、台阶、窗棂，就像一个人的五官被关注，门枕是一件很容易被忽略的房屋构件。

门枕是用来做什么的？它可不是摆设，也不是显摆和炫富，它主要是要稳固门框，固定一副厚厚大门，门枕与门唇齿相依。如果一副门都没有了，门枕自然会遗落露天旷野。

一对门枕，老城人家门口司空见惯，让房子变得雅致。就像一幅画，在旁边钤一方印。有客来访，轻叩门环，或者用手摩挲那块材质细腻的门枕。这块石头是块青石，它本在深山，被工匠雕刻打磨，成为一户人家有头有脸的门枕石。

门枕，在北方叫门墩儿，有一首儿歌这样唱："小小子儿，坐门墩儿，哭着嚷着要媳妇儿。"

门枕之侧，是世俗的民间生活。民间这个词很具体，就是进门、出门，拉亲做媒，婚丧嫁娶……每一天的生活都实实在在地发生，它们与居家过日子有关。

徽州的祠堂有门枕石，那种抱鼓形状的石头。

我在古村见到一户人家，老宅已经衰落，破败不堪，已有时日无人居住，门前的一对石鼓旁边长着杂草与闲花，仍旧诉说着往昔的繁荣与热闹。

门枕，见证纷至沓来，也见证门庭冷落；见过大红大紫，也见过贫民本真。所以，才读懂什么叫作门当户对。

一整块的门枕石被叫作"门当"，门框上突出的门簪则叫"户对"，它们一对在下，一对在上，便是"门当户对"来了。

古代著名的老院子大门旁边都有一副门枕石，它们或平滑光润，或粗粝有棱角，有石材的质感、石刻的写意，分别于大门的两侧。

《浮生六记》里的沧浪亭，这样风雅的江南园林，门枕石是一定要有的，它可能是两只喜庆的小狮子、松鹤之类。

《红楼梦》里的怡红院和潇湘馆，枕石一定有。抱鼓的门枕，矗立门口，院子里有着风雅往事。

江南才子冒辟疆与秦淮佳丽董小宛栖隐过的水绘园，门枕石上雕刻的饰物美轮美奂。

门枕，是一道物语，与故园、老宅、守望有关。

我要是早生一二百年，小富即安，买三室一厨的青瓦小屋，当然有天井，宅前门枕雕鲤鱼和蝙蝠，路过的人看图案，就已经知道，虽然我非常努力，但混得并不咋样。有客来访，就从门枕石旁跨步入门进宅。

有门枕的房子，是有故事的老宅。

它是一座宅子的表情，不管是春夏秋冬，还是雨雪霜晴，不喜也不悲。

一个人用手抚摸老宅，他梦中摸着的是门枕石。门枕石如绸缎般光滑，让人想起家的柔软。

　　风雪夜归人，走在回家的路上，老远望到的是那副枕石，如一个静默的老者候在门边。

　　两扇大门轻轻虚掩上了，唯门枕和一条老狗趴在外面。

陶是隐士

陶是隐士，踞老院墙边、门后一角，匍匐在地，并不起眼。

圆圆的体形，用手指轻叩，嘭嘭然，倒出一串昨天储存的声音。这样的一种生活器皿，贫穷也好，富贵也罢，缄默、平静，确是寻常的日子。

陶有一种残缺美。提着它，一路漏水，浇灌那些沿途的花儿，开得正艳。所以，生活中有许多补陶的人。那时候，我经常看到一个挑着担子的老人，坐在邻家的山墙下，朝那些开裂的罐罐开裂处补补丁。

水缸是陶的一种。矮墩墩地蹲守在门的后面，样子极其可爱。抚着那上面的皲裂，沟壑纵横，让人想到大南瓜开裂生长的恣肆状。

下雨的时候，水斗如一支长笛，弹奏瓦楞边的天籁。一字排开的檐口，滴滴答答的雨水，顺着瓦隙，流落到洋铁皮做成的水斗中，有一种金石之音。那些潺潺着，循着水斗快意流淌的天水，就顺势跌落到一口缸里。缸内，有几尾锦鲤，若隐若现。

小时候，家门口菜场，那一片大院里，为什么有那么多的水缸？小孩子躲在水缸后面捉迷藏。后来才知道，菜场将那些卖不掉的翠绿玉白的大青菜腌制，贮存那些秋天留给冬天的蔬菜。

家里没有自来水，常去井边抬。哼着"一个和尚挑水吃，两个和尚抬水吃，三个和尚没水吃"的民谣，将一桶桶水哗然倒入水缸，水缸最上面的一圈，很快合围起一面清亮亮的镜子。

生活就是这样，一滴水，一瓢水，每天在水缸里一寸一寸地消退。当有一天，看到水缸里只剩下一层极清浅的水时，我趴在缸沿，在那里照镜子。

一缸水，只剩下那么一点，我却不知道它的危险。当玩累了，头朝底，脚朝上，再也爬不出水缸时，我用两只手撑着，在水缸里寻求救助。外祖父一把把我抱出来。那年，我6岁。

我对水缸怀有朴实的感情。老屋拆迁，那口曾经保存过我童年惊鸿掠影底色的水缸没法处置。想来想去，还是把它安置到岳丈家小院的某个角落，岳丈接纳了它。后来才发现，岳丈家的自来水龙头下也有一口小水缸。

这些曾经伴随过我们的旧物，恰似旧友，总是让人难忘。

陶用一掬水，给予荷花站立并舒展下去的理由。上初中时，我就读的那所百年老校的图书馆，山墙大殿合围的天井里，有一口荷花缸。正是盛夏草木忘情的时节，荷醒了，从叶间钻蹿而出，一枝独秀。陶质的水缸，裹衬着荷的亭亭玉立，陶仅用这一缸水，将荷捧在掌心。

厚重的记忆是一只陶。我们这座城，为600年的护城河清淤。第30天时，抽干一汪灵动的水，除了涸泽之鱼，那些陶陶罐罐从河床的淤泥深处浮出来。陶，在清波下安睡那么多年，而不知岸上的灯火、炊烟，它们忽略了岸上所发生的事情，更不知在那上面摩挲的已不是当初那一双或粗糙或绵软的手。

孙犁的《芸斋小说》里，有一只鸡缸，"上面是五彩人物、花卉，最下面还有几只雄鸡"。这只陶，随主人命运的沉浮大起大落，最初在里面放些小米、绿豆，后来用来腌鸡蛋，"烟熏火燎，满是尘土油垢"，最后"就像从风尘里，识拔了希世奇材，顿然把它们安置在庙堂之上了"，有某种大起大伏的悲喜人生。

陶罐与水缸是一对兄弟，隐于老城，注满昨日烟水。当水蒸发、晾干，那些容器里空空如也，只剩下一缕声音。

很多时候，我们最初的奔波，都是为一罐水。一罐水，可以滋润一棵树、一朵花、一段爱情。

说书年代的英雄

许多年前，扬州评话在我的城市，还是人们茶余饭后津津乐道的谈资。

这是一种大众文化消费。午后的收音机，王少堂、王筱堂、王丽堂独步书坛。绵软的淮扬方言，声腔气韵，张弛伸缩，余音袅袅。那时候，小城的十字路口、街角拐弯处，时不时地贴出一张海报，上面字迹未干——"武松打虎，演出单位：扬州曲艺团"。行草飘逸，是那个年代的广告。

其实，扬州评话的一代祖师柳敬亭，并非扬州人，而是扬州以东50多千米土生土长的泰州人。柳敬亭，绰号"柳大麻子"，按照今天对艺人的形体、长相审美标准，也许未必合格。

柳敬亭脸上有麻子，大概是小时候生天花落下的后遗症。明朝张岱在《陶庵梦忆》中对他的描述是："勃夫声如巨钟，说至筋节处，叱咤叫喊，汹汹崩屋。武松到店沽酒，店内无人，蓦地一吼，店中空缸空甓，皆瓮瓮有声。"可见，柳敬亭说书，在当时的江浙沪一带，还是有许多粉丝的。

柳麻子是一个英雄。他闯荡江湖，把扬州评话拿捏得游刃有余，把对英雄的崇拜和英雄的桀骜不驯，演绎到了出神入化的地步。或者说，扬州评话里的英雄，有点像柳麻子。

地处江淮之间的人，性格上既有北方的豪爽，又有南方的婉约。在听书时，偏爱《三国演义》《水浒传》《隋唐演义》《清风闸》这样的版本，"好汉英雄各一方"。

戏说英雄，时事造就。"竹林七贤"之一的阮籍，登上广武山楚汉之争故地时，曾发出感叹："世无英雄，遂使竖子成名。"

说书年代，人们在评话中寻找英雄，抒发胸臆，畅快淋漓。英雄来自小人物，听客从一个个穿粗布麻衣，饮一壶浊酒，鲜活的普通人身上，恍若看到了自己的另一个影子，契合内心深处的爱恶情结。《武松斗杀西门庆》里有侠，这一点符合江淮人爱打抱不平的性格；《清风闸》里活泼、诙谐的皮五，又与当地人性格中的俏皮、无厘头有关。

柳敬亭的家在泰州城南打鱼湾，一泓碧水，杨柳依依。小时候，我常到那儿去钓鱼。不知道哪条是来自明朝，哪条是来自清代的柳家鱼。

毕竟柳敬亭出道太早，小城人听扬州评话，只能从王派传人那里一饱耳福。到了评话开场的日子，书场外卖瓜子的、卖冰糖葫芦的、卖火烧的、卖水萝卜的，串烧成行，生意特别好，这也是当时小城人文化消费之外的一种附带消费。

我对扬州评话里的方言，印象深刻。扬州人称老大爷为"老太爷"，改一个"大"字为"太"字，方寸言语之间，充满了对老年男子的尊重和景仰。有时候，扬州评话中的对白也煞是有趣。有一次，一位评话演员，在演绎傍晚暮色中两个人的对话："楼……上……哪……一……个？"余音拖得袅袅。楼上的那位，回答得倒挺干脆，就一个字："我！"

扬州话是绵柔的，人的性格也是绵柔的，可评话的演员在演人物性格时，只用一把折扇，全凭一张嘴，再加上丰富的面部表情，夸张得不得了。有一位演员，模仿老虎叫，虎声震涧溪，能刮起地上的树叶子；模仿马蹄声，马蹄声由远及近，由近到远，若有若无，细若游丝。临了，书场里安静得能听到一根缝衣针落地的声音。

一次，我在一茶楼听扬州评话演员说戏。想不到，扬州人学山东话，学得惟妙惟肖。一派江南婉约山水隐去了，一片北方粗犷雄浑的风情迎面而来。这时候，坐在书场里，唯有山高月小。

总与一些美好相遇

尘封在岁月里的东西，总在某个不起眼的时刻，呼啸而至。

老家具的前世今生，是一棵树，它被横平竖直，做成五斗橱柜，或者雕花木床，纹路清晰。

外祖父在世时，曾跟人买过一张桌子。那张八仙桌，是他年轻时看到有人在卖。那个人不知什么原因，要搬一张桌子在大街上卖。许是遇到困难了，外祖父花 10 块钱买下它。这张柏树做的桌子挺沉的，外祖父将大桌子顶在头上搬回家。

一张买来的桌子，在这之前已经在别人家四平八稳地待过好多年，那个人如果不是遇到绕不去的坎，断不会卖这张桌子。

曾经摆过怎样的饭食？热气袅袅，年长的老者，垂髫小儿，围桌而坐，浅笑盈盈。抑或，一盏孤寂的青灯，照过粗茶淡饭，残羹冷炙。

那个人趴在桌子上哭过吗？或者和我一样，在这桌子上铺一张光洁的纸，絮叨地写过什么。那个人高兴时，会击节而歌，或者为某一件事会拍案而怒吗？在准备卖掉它的前一天晚上，与一张桌子缱绻惜别。

桌子能给人依附的安全感，卖掉它实不忍心。我对这张未着油漆的桌子怀有深厚感情，不单单它有前世的沧桑，还因为与我有过手足之情的一段尘缘。小时候，我把那些弹弓玩具藏在桌肚子内的两张大抽屉里。夏天的夜晚，我在这张桌子上酣卧而眠。

尘封在岁月里的东西，相遇是一种美好。

多年前，朋友张二，隔壁住着邻居，90 岁的刘奶奶。老人年纪大了，一个人生活，不能下床。张二老婆每天到刘奶奶的门上端茶送水，还帮着洗衣服。张二家煮什么好吃的，也要端给刘奶奶一碗。就这样，日子过得不疾不徐。有一天，刘奶奶喊住张二老婆，颤巍巍从床底下拿出一只大瓷盘子。刘奶奶说：张二媳妇啊，你照顾我这么多年，我也没有什么东西好送给你，就送一只盘子吧，留作纪念。没过多久，刘奶奶就去世了。刘奶奶送给张二老婆的是一只清代彩粉瓷，盘子中间的花色彩柔和淡雅，一枝缠枝莲。

一张桌子，会留下一个人的心迹和吃饭时的表情。我有时会想起，外祖父年轻时买来的那张大桌子，如果不是合适的人，在合适的时间、地点相遇，那张桌子还不知道摆在谁家的中堂。

旧家具有一个人手指摩挲的痕迹。外祖父在买这张桌子时，一定听到过那个人的际遇，他是起了同情心，本来外祖父的生活中并不缺一张桌子，也许是外祖父问价，那个人开价。那时候是不兴还价的，外祖父也不会还价，塞给那人10块钱，寒风中头也不回地扛走它。

我也想到刘奶奶的那只大盘子，刘奶奶晓得自己在人世的时间已经不多了，她要把那只大盘子交给一个人，那个人能够爱它、懂它、珍惜它，有一颗感知人间冷暖、悲悯的心。刘奶奶感激、感恩，她把大盘子送给了张二老婆。

人世间，总有一些美好和你相遇。一件老旧的器具，一段悲喜交加的感情，遇上呵护它的人，才可能相传。

我在中年的静静深夜，常会听到老家具发出的"嘎巴"脆响。我知道，岁月回声，一声叹息，那是我用了20多年的旧衣柜，榫头收紧，在和我说话。水分一点一点地蒸发，就像人一天一天地老去，我舍不得丢下它们，旧衣柜也离不开我。没有这些，我的睡眠也不会那么踏实。

候船室的老地图

那是多少年之前，我还是一个少年，仰望候船室的地图。

地图高高挂在大厅西南角的墙上，大大的木框子，白底蓝字，上面标着许多地方，弯弯曲曲，蚯蚓似的，将它们连接。我看到一条船在风声雨声中，在大雨滂沱的河流上，冲破雨帘，消失于水天苍茫之中。

我知道，那些蚯蚓似的线，是河流。河流如血管分布，呈奔射状，四散开去。我的一个亲戚要回乡下去，家人到轮船码头送行。亲戚对我爷说："留步吧，大舅爹，不送了，有空到乡下去玩。"亲戚招一招手，登船走了。

一张关于河流的地图，有水意流淌的痕迹，河两岸风吹麦浪，阵阵稻花香，隐隐的房舍，有一个人，手搭凉棚，朝远处眺望。

河流在地图上很简单，就是一些断断续续的线，那些线是水体，日夜奔流。轮船要去的地方有多远？又在什么位置？在候船室的地图上，一目了然。

像网一样的河流，四通八达，它们是天然相通的，一条慢船在河上突突行驶，一转弯划一条漂亮的弧线，拐入另一条河。

那张挂在墙上的木质老地图，又像一副偌大棋盘——中国象棋，那些船如棋子，楚河汉界之间，来来去去，走走停停。

好多年前，邻居刘三麻子经常坐船到乡下去。刘三麻子那时已经28岁，长得不好看，在城里找不到对象，家里急，为他说了一门乡下亲事。刘三麻子穿着青年装，手上拎着茶食，坐船到乡下去拜见女方娘家。听刘三麻子说，他老丈人的家在一个小镇上，下午坐船过去，晚上才到。刘三麻子那些年经常坐船，沿着地图上的某条线漂漂浮浮，上船下船，再沿着这条线返回，把一位乡下姑娘娶回家。我那年10岁，很认真地对刘三麻子说：等我长大了，也要学你，坐船去玩，到乡下娶老婆。

售票窗口卖出的一张票，意味着有一条船将沿着地图上的某条线航行，浪花拍岸，水手执靠球，嘴中吹着哨子，慢慢靠上码头。

　　说起候船室的老地图，诗人老鲁有一种特殊的感情，他长吁短叹，后悔早年没有坐船去苏州。老鲁爷爷的爷爷是明朝从苏州移民过来的，当年先人坐在船上，经过一条大河，见水岸高阔，就在那儿定居下来，那个地方后来叫鲁家庄。"祖上是坐船过来的，我想沿着他们漂泊过的水路，坐船过去看看。"冥冥之中，老鲁觉得，在绿意盈盈的苏州，有一个小表妹，撑一把油纸伞，站在阊门外，已等候他多时。

　　当年候船室地图上的老地名，有些已经消失，图上标的地名，候船的人只关心那一个圆点，其他跟他无关，只是经过。

　　沿地图的某条线慢慢地走，船会在一个安静的小镇停靠，岸上有茅舍炊烟、鸡犬相闻，码头站着很多人，他们在等船。镇子很小，镇外有一大片芦苇荡，船绕它一圈又离开了。

　　一张图，上北下南，能够看出被河流环绕的城市周围有多少河流。那些河的流向和走势，描摹出一座城的水陆轮廓，一个人要到他的目的地去，不知要经过多少条河流。

　　我那时会想到远方有一个人坐在船上，正向我们这座草木茂盛的城池驶来，也会想到那些慢船正是沿着这些如线的河流在夜晚赶路。

　　我坐在船上，若是在古代，或许会看到一个书生骑一匹马，沿河岸慢跑，平时看似走得慢的船，还是把那匹马远远地抛在船后。其实，在长江流域的水网地带，因河流的阻断，路绕来绕去，马是不可能撒开四蹄疾跑的，有时候一匹马还跑不过一条船。

　　候船室的老地图，是河流的走势，也是一条船的走势，目光在上面游移，就找到你要去的地方了。

　　在那张图上，我分辨出细线和粗线，分别代表内河与长江。我向往在波翻浪涌的江上坐一艘船顺流而下，或者溯流而上，去拜访一个远处的朋友。

　　从前有候船室，大厅里一张老地图，承载城市的记忆，饱含旅人的感情。如今一些老镇、老街、老巷、老码头、老轮船已经消失，一个地方失去历史，失去印迹，失去感情，唯有老地图上还保留着一丝温馨。图上隐藏着风声、雨声、水声、汽笛声，用眼睛目测一个码头与另一个码头的距离，那些水边的张望与船来船往是一个人的精神地图。

消失的空间

晨光微熹，鸟鸣嘤嘤，一座房子在牛乳般的雾纱中醒来，房子与溪流、山石、树木巧妙融合，墙体、穹顶、露台……像从地下"长"出来似的，空间自由延伸，浑然一体……这便是闻名世界的"流水别墅"。

当年美国建筑师赖特花了6个月时间，等来灵光一现，在宾夕法尼亚州的熊跑溪河畔构造了这一独特空间体，这些空间介于建筑与建筑、建筑与环境之间——走道、桥、平台、台阶，到最后建筑仿佛消失在空间里。

时间是一只大手，推倒巨大的墙。一个人居住的地方，其实是一处空间。房子拆了，就成了一块消失的空间。

那天，我经过原来居住的地方，看到住过的房子一点一点地被拆除，我远远地望着，看着我曾经的生活空间一点一点地消失。

消失的不仅是空间，还有我20多年的生命寄托，那个抽屉里盛放过太多的东西，看着它消失，我有一丝惆怅。

一个人并不知道，明天他将会梦栖何处。就像我现在，像一只鸟那样暂住在别人的枝头。我住过的空间，它们明天或许会成为别人的空间。每个人都有机会成为别人生活的背景。

由一个个物件组团的情趣空间，填塞了吃饭、睡觉、哭笑、争吵、打嗝、数钱、梳头、洗脚、剪指甲……一个个生命情态、生活神态、生存常态。

不是每一个空间都奢华无比，里面有别人不知道的故事。

一个建筑还在，但物是人非，有时也是消失的空间。江南园林，一座老宅院，空房子里面的摆设与桌椅已不是当初主人曾经用过的。飘散了烟火味的老房子，那个空间早已消失。

天地之间一草庐，看西瓜的棚子铺满穰草，曾经有一个人半梦半醒地睡在棚子里。这样的空间，看似是一种矛盾，棚子本来是用来遮风避雨的，看西瓜的人却不能酣眠。如果在棚子里呼呼大睡，还叫什么"看西瓜"？

当一个棚子拆除了，大地上就再也没有一个人曾经蜷缩在棚子里的空间。原先的那个地方，只剩下一块空地和空地上新长出来的草。没有人会想到，这儿曾经有过一个棚子，顶和棚被拆了。棚子里，一个人的温热也就被一阵风吹走。

我平时像虫子一样，寄居在一个三维空间里。长、宽、高，构成生活的平淡。维，表示方向。灯光柔和的空间，温婉、亲切，我跷着二郎腿，怡然自得；空荡的空间，没有安全感；局促的空间，使人有逃脱的欲望。孩子上高中时，挤在6平方米的小房间里，我感觉那时他也像一只虫子，躲在某一片树叶子下，忐忑张望。

住在楼上，虽然可以居高望远。但直到房子被拆除，才发现我曾经居住在那一块淡蓝的半空中。

现代人栖身的巢穴，实在缥缈。我就像大地上一棵走动的植物，没有根须。到哪儿去寻找我住过的地方？那块曾经的空间，就在我的头顶，大概离地10米的位置，左边，或者右边？

我曾经住过的几处房子，也都是一些消失了的空间。它们不存在了，我的情感是裸露的，我的灵魂还能往哪儿存放？

以前，我住在一座古桥附近。那个临街的房子，早在10多年前被拆掉了，现在大概是在一条马路的绿岛上，有时我会到那儿转转。有一天，在花圃里，我原来放一张桌子写爱情诗的那个位置，有一对情侣站在那儿接吻。谁也不知道，这儿曾经是我住过的空间。

大多数人的房子，不会在原址上长久地保留，空间也就会消失。我还住过一幢老式筒子楼的二楼，那个空间现在在一处巨大的广告牌下。

看着居住过20多年的房子一点一点地被拆除，很快地消失在半空中。原先的那块天幕上，曾经有我不知疲倦地将旧家具搬来搬去重新排列组合的身影。某一天，当以一棵树为背景去寻找那些旧梦和旧幻想时，我会不自觉地仰望天空。

大地上，曾经消失过无数个空间，又构筑起无数个空间。老的空间，是一个走远了的温热梦。新的空间，一点一点，吐丝作茧。

　　延续的生活就是这样，那些华丽和质朴的空间消失，或者重构。

老工厂情愫

我们还是需要在物质和精神层面，以一种精准的规范，把那些包含朴实人格、缜密细致、严谨精良的传统文化挽留下来。

向旧工业时代致敬

老工厂已经没有了机声人影，那些机器锈迹斑斑。

那时候，工人们在上夜班，老工厂里曾经彻夜灯火通明，锅炉间的水蒸气咕噜咕噜，一片迷蒙氤氲。

老工厂大门口，每天人们鱼贯进出厂门，从厂长到小徒弟，都得下车推行，体现了工业时代对普通劳动者的尊重。工厂有工厂的规矩，规矩就是游标和刻度，如果两个进出厂门的人都不下车，碰到急性子的，还不撞个四仰八叉？

老工厂里敲钟或打铃，有统一的作息时间，不偏不倚。等到自行车从各个旮旯齐聚厂门口，一阵车铃铛乱响，就像麦田驱鸟，"呼"，一哄而散。

那个年代，机器轰鸣曾经是许多人的爱情背景音乐。老工厂里的爱情，不同于乡村田野的原生态。老工厂里的爱情总是那么保守，一旦两个人走到一块，就像螺丝钉帽拧在一起，一辈子生锈永不分开。

许多地方把老工厂改造成酒吧，比如，北京的798、南京的1918，工业化造就小资情调，田园牧歌才有浪漫。坐在老车间改造的空间，给人一种空旷延伸的深邃感，仿若时光倒流。

厂里一般都有树，一行是法国梧桐，另一行还是法国梧桐，或者，一棵是广玉兰，另一棵还是广玉兰。叶子在风里窸窣絮语，树的绿肺在寂静中微微呼吸……

在一个材料和质地不免鱼龙混杂的年代，有时我会怀念老工厂里做出来的东西。我家的一台台式风扇，是一个名叫航海电器的老工厂生产的，每年夏天白天夜晚连轴转，在我烦躁时吹来缕缕凉风，用了近20年。

我所生活的小城，过去是那种小而全的袖珍工业之城。不到十几平方千米的地盘上，聚集着100多家国营、集体工厂，包括那些锁厂、伞厂、米厂、油厂、农具厂、球厂、药厂、水泥厂、钟表厂、纸盒厂……但凡与生产、生活相关的，一应俱全。有一家国内著名品牌，就是从一家小农具厂起步，而后华丽转身的。

那时，我家住在球厂附近，我的外婆花10元钱托人买了一只内部价的足球，那只球陪伴我度过孩童的一段玩耍时光，可惜我没有成为一名球星。纸盒厂也在附近，我到同学家玩，他们一家都在做副业——糊扑克牌纸盒子。同学父亲说：你们就别出去疯玩了，糊100只纸盒1角2分。我们就拼命地糊纸盒子，尝试着挣别人的钱。

一代人的集体婚恋观——年轻男女找对象，集体厂找国营厂的。邻居有个姑娘，找了国营厂老实不爱说话的小伙，她以为是高攀了，成天乐呵呵的。如今，她已做了奶奶，有一天我看到她抱着小孙子依然乐呵呵的，她把这份荣耀和快乐带过一个时代。

老工厂做出的东西让人信服。厂里的师傅做得比街头市井的匠人精巧又严谨。40年前，我推着滚动的铁环满大街跑，铁环是外公请工厂里的师傅用一根5号钢筋焊接而成的；20年前，我儿子坐在自行车后架上手舞足蹈，那个座椅也是请人手工焊接的，我不会担心后面的车胎碰到、擦到，不会怀疑它的结实、安全性。我的生活与老工厂有关。

粗糙的水泥墙，可不是私家园林里的漏窗粉墙。许多东西该拆的拆了，该卖的卖了，成了废铜烂铁，唯有一行水泥字，从右到左，在光阴里有序排列，在老旧的门楼上倔强地坚守着，远远地看过去，栩栩如生，凹凸阴阳。

工厂就是制造，制造生活，制造产品，也塑造一个人的性情。如果哪天有一家工厂能够制造高兴或快乐的气体，制造或复制成功的智慧密码，那么老工厂还会关门吗？

我在一个春意酽酽的晌午，在一家老工厂里，对着一座有百年风尘的旧门楼和一排沧桑的老厂房收纳光影，高高举起相机举过头顶，按下快门，是在向一个远去的工业时代致敬。

我们还需要哪些老工厂

那些老工厂渐行渐远，它们在我们的视线中消失了，直至变成人们记忆地平线上一个逐渐模糊的小黑点。其实，从实际诉求和精神满足上看，我们还是需要一些老工厂为我们制造那些唯美和纯情产品的。

我们需要雨伞厂。伞，曾经是一个时代的审美，飘浮着最美乡愁。虽然在汽车年代伞的作用日渐式微，但在故乡的雨中，我们每个人都曾经撑过一把伞，在早春的大地上行走。在那个烟雨迷蒙的黑白江南，我曾经多么迷恋和幻想能够撑一把油纸伞，在幽深的苏州雨巷遇见一个有着丁香一样美丽而忧愁的姑娘。

我们需要棉纺厂。在这个化纤年代，许多东西被闷得透不过气来，便开始怀念纯棉。一件纯棉布衣，对人的肌肤是一种熨帖，一种及至灵魂深处的抚慰，成了现代人返璞归真的标签。棉质的布匹，从棉花开始，捻成纱线，千丝万缕，万缕千丝，织成布，被黄道婆老奶奶以一种安静的方式嵌入平常生活，铺展成柔软的被褥床单。江南蓝印花布，成了一种地道的文化符号。

我们需要农具厂。虽然有了大型机械，挖土机的一只手可以轻而易举地抓起一两吨重的泥土，但偶尔会有一两块散发着根叶腐殖气息的荒芜之地需要锄头和铁锹的精耕细作。谷雨前后，种瓜点豆。那些铁器农具往往能很精巧地拨开膏腴之土，把种子轻轻植入，让它做一个好梦。有时候，一把锋利的镰刀还具有象征意味，能割去人们心头坏情绪的荒芜稗草。因此，作家阎连科感慨，在北京、上海、广州这些超级繁华的城市里，有钱可以信手买到尊严、爱情、别墅、汽车等一切现代生活的东西，但不一定可以买到种地的农具。农具厂确实是出锄头和钉耙的地方，我依稀听见那些叮叮当当淬火敲打的声音。

我们需要造纸厂。古人蔡伦改进了造纸术，经历揉、捣、抄、烘等一系列工艺，制造出植物纤维纸，一种真正意义上的纸。然而，每年夏收和秋收之后，那一堆堆被收割的麦草或稻草无家可归，被人以一种粗鲁的方式焚烧，田畴上空浓烟滚滚、狼烟四起。其实，这些庄稼的草是可以送到造纸厂的，造纸厂把那些麦草和稻草融成浆，制作成一张张泛着柔和光泽的纸，让孩子们在纸上画他们的想象：河、树、鸟和房子，那些起步时的理想在纸上倾诉，而不是完全依杖无纸化的电脑操作。

我们需要皮革厂。手工时代，皮革厂把那些老手艺留住。外祖父退休前，一直在皮革厂上班。外祖父在做皮箱子时神情安详，用近似于净手焚香的心态一点一点地小心雕琢，不会在物品上留下瑕疵。我见到过外祖父做的皮箱，那件经过几天手工打磨之后的成品泛着暗淡光泽，散发出皮革特有的沁脾气息。箱的把手、四角似乎留有手指摩挲的痕迹，静静地等候它的主人来拎取。

我们需要油米厂。一个地方有适合当地气候的农作物，那些作物可以榨成花生油、菜籽油、大豆油、葵花籽油，满足我们的味蕾之欢。我的生活周围，人们喜欢用菜籽油炒菜，每年金黄的油菜花凋谢之后，油菜结出饱满的籽，农人撑船把一袋袋油菜籽从河埠头上卸下，扛进油米厂。新鲜的菜籽油上市了，家家户户的厨房飘散着菜籽油炒春韭、炒豌豆头、烧秧草河蚌的清香。一地有一地的饮食习俗，而不是到超市里去买千篇一律的桶装油。油米厂曾经是一个人舌尖上余味缭绕的故乡。

这个年代，原先的许多东西被一些东西所替代，但有些东西不能丢。比如，一些老工厂曾经生产过的产品。工厂就是工厂，有刻度和游标，是一种对待生活的态度。所以，我们还是需要在物质和精神层面，以一种精准和规范，把那些包含朴实人格、缜密细致、严谨精良的传统和文化挽留。

高铁年代的精神抚摸

情感和怀旧是一件很奇怪的东西，它像件老道具，又像一两只散养在山坡、谷地的老母鸡，让我们在高铁年代能够慢下来，找一处空地，孵化精神之蛋。

我有时很天真地想坐船去远方，船上有帆，还有桨，像《儒林外史》中的马二先生回处州老家。古人坐在船上，一边看山，一边看水，看两岸青山如黛，水流清澈如镜，清风梳头，活水洗脸，或倚或卧，喁喁交谈，桨声欸乃。一条船，穿行在山水间。

想吃从前的慢美食。在一个速食年代，我会想起慢美食，在舌尖慢慢浸濡，在胃里慢慢消化。我会想起一个人，坐在天井里的枇杷树下，明净的青花瓷小碗中倒清冽的酒，他就这么不紧不慢，慢慢地呷，细细地品，在酒的芳香中打发日子，碗中倒映澄明的天空。

那个时候，邻居张二跑销售，是一只常在沪宁线上飞来飞去的鸟。多年前，张二从南京坐慢车去上海，途中闲寂，就不慌不忙地从包里捏出两只清蒸大闸蟹，一边品，一边看景。一车厢人恹恹欲睡，只有他双目炯炯。等到两只螃蟹剔吃干净，面前摆着两副完整的蟹壳，不知不觉三小时的旅程结束，他已抵达终点了。

吃有些东西不能急。长江三鲜中的刀鱼，肉质细嫩，但多细毛状卡骨，吃快了会卡刺在喉。慢美食，细吹细打，慢条斯理，将食材精雕细琢。

我想在旧书籍中骑马穿行，遇见侠客和美人，邂逅拔刀相助的旧故事和精装版的爱情。侠客浪迹江湖，豪饮大笑；美人羞涩矜持，裙裾飘飘。我骑着借来的马，沿一条大河一路北上。大河上，帆樯林立。岸边埝道，船夫弓腰拉纤。我骑在马背上，望见船尾有个美人，临水汰衣，双眸清亮，笑靥如花，扎两根长辫，晃动的身影如翠鸟一闪而去……在一半旧的客栈，见到一个人，看别人有困难，捐赠半两碎银，绝尘而去。

我想丢下手机，从忙中抽身，到山中去做半日闲人，像张恨水说的"抱膝看屏山"。抱膝是种表情，更是一种姿势。我静坐在一角，双手抱着膝，看远处如屏青山，山也看着我，它会认识一个远道而来静静看着它的人吗？

我想在一棵苍老的古树下踩秋天馈赠的落叶。一直觉得，秋天的树叶不用扫，留给有心人去踩。人踩过落叶，会听到季节和时间的声音，心里变得安静。

我想去郊外找霜。姑苏城外寒山寺的霜，在张继的诗中触摸。我在一株老玉米、一畦碧绿的苏州青菜叶上打量一层薄薄的霜。一层霜，可以让人领略随着时间的流逝，时空和季节变得阔大苍凉。有个朋友，在万物萧索时，指给我看乡村空地上的鸡爪霜。鸡爪霜，是冬天地气下沉、万物内敛时，一只大公鸡，或雍容华贵的老母鸡，悠然踱步，留在大地上的一枚印章。那天，朋友在草垛旁见到鸡爪霜，兴奋得像个孩子，赶紧拿手机拍下来，作为电脑屏保欣赏。

我到老轮船码头拜见从前的旅人。这座城市有一座旧码头，现在废弃不用了，从前的好多人都从这座码头出发或者抵达。他们都去了哪里？那些男人、女人，高身挑、矮个头，胖人、瘦人，老者、年轻人……撑着油纸伞，拎着旧皮箱，在天青色里走远了，消失在晨风烟岚里，路弯弯，水迢迢，我踯躅在旧码头上，与他们隔空相望。

高铁年代，好想慢下来。觅一旮旯，学一只老母鸡，或者一只大鸟，匍匐在岁月和乡愁的穰草上孵化精神之蛋。抚摸这些蛋，它们还有一丝温热。

泅渡在时光里的鱼

见识了一块鱼化石，石中间挣扎一尾小鱼，永远凝固在浮游摆尾的状态。

岁月像一把杀猪刀，把一块顽石镂成文物，并在它的中间开一朵花。泅渡在时光里的鱼，极似凝固在琥珀中的蜘蛛。一尾小鱼，在亿万年前的水里游，它是误入干涸的河床，还是由于石的挤压、沉降而被一堆乱石掩埋？一尾鱼，渐渐风化，嵌入石中，成了一块鱼化石。

在时光里泅渡的鱼，游弋了亿万年，终没有游出一块石头的长度与宽度。

古代的鱼是个什么样子？那块石头上只剩下一尾鱼的影子，一尾鱼留给人的印象始终是游弋挣扎的样子。

更多的时候，时光是一条河流，我们是一群泅渡的鱼。一个人从河的这头游到那头，就老了。这个人，从20岁游到30岁，中流击水，踌躇满志；从30岁浮到40岁，懂得左右避让，巧借水流的浮力，划出一条属于自己的凫游痕迹；从40岁很快漂到50岁，节奏迟缓下来，明显地，心有余而力不足。

做一条泅渡在时光里的鱼，有人思考鱼的快乐。两千多年前，庄子与惠子游于濠梁之上，见鲦鱼出游从容，思辨鱼乐否，悠然自得，逍遥山水。

古代没有公路，人们远行大多坐船。那些古人，借一条船、风帆，还有桨，羡慕水中游着的鱼。

这几年，城市开发风景区，在古城墙下挖到一条宋代水渠。那深埋在地层下曾经汩汩的清流，似乎还咽咽淌着宋元的流水，不知道泼剌过哪一尾古代的鱼。

许多人是鱼，游弋在时空的水里。我的邻居大明爷爷，徐州人，他的脑袋绝对属于"四周荒草蔓长，中间一块篮球场"，聪明绝顶的那种，小孩子背后都喊他"侉子"。听大人说，大明奶奶没有生育，大明爸爸是抱养的。那时，伢爷爷特别疼孙子，后来老伴儿被车撞了，不幸离世，伢爷爷哭得涕泗横流。晚年的伢爷爷孤单落寞，思念故乡。伢爷爷三步一回头，两步一抹泪，回老家去了。一个人年老了，就像一条在外流浪了几十年的鱼，一头扎回故乡的河流。

一条鱼，有着自己觅食、寻偶的水系。朋友孙二早年离家，别故土，逾长江，游漂于浙西南，娶当地畲族女子为妻。某年邀访，长途奔劳，抵达时几近午夜。找小馆浅酌，店家捉一条类似锦鲤的红鱼来，鱼娇小可人，肉嫩鲜美，问：何鱼？答：田鱼。

红色的鱼，在我的家乡是不吃的。亭台楼阁，假山水池，私家花园里用来观赏。眼前这条田鱼，长不盈盘。顾名思义，是养在稻田里的鱼。想古越人，刀耕火种，茶树橘林，从前也是住在波光粼粼的水边。想念鱼，便把红鱼带到大山梯田之上。

田鱼是鲤鱼的变种。山间稻田，一畦一畦，饮混合着山林松针、落叶流入稻田的雨水、泉水。田鱼的生存能力极强，雨水干枯时，田畦里哪怕只有极少的水，田鱼也能露出背鳍，在稻叶间活泼泼地游。

这是怎样的一种生活态度啊。明丽的一身艳红，涂满五彩的膏泥。肥沃的土，是膏泥。落叶、草根、雨水、情感……柔糯的天然混合。红红的鱼，在稻田里洄游了一千多年，只要有肥沃的膏泥，哪怕仅有浅浅的水，也要匍匐向前。

"膏泥水声活泼泼，稻田有鱼浅浅游。"我已多年不作诗，平素冬日偶感筋骨疼痛，念着这样的句子，想着身体里有一条鱼在活泼泼地游，便气血畅旺了。

城外三十里

城外三十里，是一个容易让人遐想和激动的地方。

出城三十里，惺惺相送，又依依惜别，而离城三十里，是马栓树上，一座城的俗世烟火遥遥在望。

我有几次外出返程途中，在离城三十里的地方朝那座城眺望。一座城池的上空，有隐隐的巨大光源在扩散。

我所生活的小城，城外三十里有一片古银杏林，如果允许，可在树上建民宿，木头板房，搭木跳板或绳网相连，可以溜达串门。古银杏树上挂红绸彩带，张灯结彩。树下品茗雅聚，树上憩息。夜深了，听到宿鸟梦呓。

在城里，有一天我听到两个卖菜的闲聊。"你是哪儿的？""蔡庄。""你呢？""官庄。"他们所说的这两个村庄，都在城外某个方向三十里的地方。

出城三十里有一些苍凉，所以在西部总有三十里铺这样的地方，风吹黄沙，天地浑圆，荒野的小酒馆让人低吟浅酌，妹妹与情郎唱歌相送。而在江南，狭路如绳，村舍、古桥、红油纸伞淹没在一片青绿之中，路边有风雨亭可供歇脚。

"渭城朝雨浥轻尘，客舍青青柳色新。劝君更尽一杯酒，西出阳关无故人。"在唐代，那个下着微雨的早晨，诗人王维的朋友元二要去安西。在城外三十里，望着云雾苍茫的远方，王维对元二说，再喝一杯吧，出了阳关就见不到家乡的哥儿们了。

城外三十里，也是诗人高适与董大久别重逢的地方，两人从小酒馆里走出，相扶而行，舟系河边老柳树，鞍在马上，两人又要天各一方。

一座城，有四个门，分别对应东南西北各自的三十里。

我想去离城三十里的地方转转，这种意愿在中年以后越来越强烈。

若想了解一个城市，还应该了解它的周边，那些离城三十里的地方。

深夜，我从一座大城归来。当离故乡愈来愈近时，乡愁反而浓稠起来。

　　我们这座城，离城三十里的地方有一座机场。试航时，我曾到现场采访。那天大雨，我们待在空旷的停机坪仰望天空，等待一只钢铁大鸟。大鸟从天而降，巨大的轰鸣产生的气涡激起白花花的水雾。机场围栏外，更是聚集了当地看热闹的村民，一个个撑着伞，伸长脖子，朝天仰望。

　　品一个地方的美食，会记住与它匹配的环境。城外三十里，有一家杏花村的小酒馆。那天，我坐在小酒馆里，看窗外斜风细雨，看到有一个人披蓑衣，戴斗笠，在垂柳、油菜花掩映的小河上撑一条船，我醉意蒙眬，一时眼花，以为到了宋朝。

　　三十里，繁华与古朴，喧哗与安静。邻居张二善捕鳝鱼，每到夏日喜欢用地笼抓鱼。从前张二在护城河里捕，在郊外的河塘里捕，现在不行了，那些鳝鱼都不见了踪影，要骑车到更远的乡下。张二说，鳝鱼们都走远了，它们早已出城三十里。

　　出城三十里，乡野有高人。我不慎摔了一跤，手骨脱位加骨折。听朋友说，在邻近的城市，一个乡下小镇上有人用中医祖传秘方保守治疗，效果不错。于是便去寻，出县城三十里，在一偏僻小镇，找到时，已是求医者盈门。那家医院不大，院子里长着花儿，诊室的窗口爬满凌霄，病人待诊时，可以一边等候，一边看花，四周非常安静。

　　这让我想起苏东坡，他也喜欢找乡下奇人看病。他在《游沙湖》里说，黄州东南三十里的地方有个沙湖小镇，他在那儿买了几亩田产，所以常去。有次病了，就去请那里的庞安常给他治病。庞医生是个聋人，却聪慧过人，医术高明，病人在纸上给他写字，写不了几个，就能够懂得别人的意思。病愈之后，苏、庞二人成为挚友，游山逛水，不醉不归。

　　城外三十里，有桃花，三生三世。

　　一个人在一座城市生活久了，会爱上它的周边，甚至离城三十里。

　　在古代，城外三十里是山外青山村外村的地方。杭州龙井村这样一个著名村落，就是在城外二三十里的地方。虽然离城近，不足三十里，但四周群山叠翠、云雾环绕，长满青碧茶叶。山垄上，弥漫着一层淡淡的烟岚之气。

《清明上河图》中，总有一条船，舱里装满货物，停泊在城外三十里的地方。

姑苏台，这样一个古朴而华丽的建筑，在姑苏山上。《太平寰宇记》记载："姑苏山，一名姑胥山，在县西三十里。"

三十里，是一个数字里程、一个概念、一个地理位置，何况在城外。距离产生美，距离产生悬念，确是一处美丽存在。

离城三十里，换到古代是荒野孤村，雄鸡打鸣；在当下，是车流、物流稠，车马喧。

第三辑　半雅俗

尘世间，诸事万种，孰俗孰雅？

有人觉得，在朝是雅，在野是俗；当官是雅，做民是俗；品香茗是雅，饮大麦茶是俗；娴静是雅，癫狂是俗。

也有人把大雅的事，看作大俗；将大俗的事，看作大雅。雅和俗，在每个人的眼里，标准不一。

小　雅

从前，在我们家乡，到老澡堂洗澡，更衣歇息的地方有头室、二室、三室……平民百姓的大众消费，没多大区别，头室澡资 3 块，可坐可躺，堂口门楣，上书两字："小雅。"

小雅，就是怡然自得，不慌也不忙。撩开门帘，慢悠悠地踱步进去，泡一壶茶，扯几句闲话。

晨起，喝一碗米粥，小雅。粥汤稀薄，盛在一口青瓷小碗里，光鉴可照人影。米水琼浆，佐五香萝卜干，迎风吹气，喝一碗粥，可解饥去渴。

树下读《诗经》，小雅。树最好是香樟，或者桂树，闻之，有草木清香。"呦呦鹿鸣，食野之苹。我有嘉宾，鼓瑟吹笙……"《诗经》本身就有《小雅》篇，读那些优美的句子，还是觉得它雅。这种雅，是小小的，心里有细细密密的小欢喜、小愉悦。《诗经》里的句子，不适宜高声朗读，应该在栀子花香的晨风中轻声慢语读上几句。

跷二郎腿吹风，小雅。夏日傍晚，人端坐在竹椅上乘凉，像拉车的牲口被卸下许多东西，一身轻松。此时天气新凉，晚风拂体，皓月挂窗，虫声渐起，人轻得若一条空船。

猪头肉下酒，小雅。一人独酌，李白对饮成三人，一个是自己，一个是自己的影子，还有一个是月亮。独酌，慢条斯理，一个人品味属于自己的生活滋味。独酌的人，在晚饭花盛开的傍晚，下酒菜是半斤猪头肉。卤味的猪头肉，算不上什么美味，但它妥帖，下酒最宜。

神仙汤泡饭，小雅。神仙汤即酱油汤，那可是我们小时候伏缺时的鲜汤。伏缺，烈日炙烤，气温奇高，叶菜不好长，我们喝神仙汤，此汤倒酱油，挑一勺猪油，放胡椒粉、蒜泥、味精，沸水冲调，鲜、咸，可替作菜汤。神仙汤，顾名思义，就是喝此汤有味蕾上的鲜，又有飘飘欲仙的感觉。神仙汤下饭，喝得神色美滋滋的。

小雅是小充实、小满足、小轻松、小得瑟，闲中得乐。

仲夏摘一颗石榴，小雅。摘石榴不是为了吃，而是为了把玩。石榴成熟了等人去摘，无人去摘，就是无人欣赏。石榴开花后，挂咧开嘴巴的果，小石榴玲珑可爱，摘一颗下来，有枝的一端插在瓶水里，摆在家里的几案上。

打个盹儿，小雅。这个年代，人人都在忙，忙得疲惫不堪，坐下来哈欠连天，忙里偷闲，依一墙垛，靠一木椅，打个盹儿，为自己中途充充电，虽然只有一会儿，醒来伸个懒腰，精气神又回来了，雅，真雅。有一回，我坐在一家单位的门廊下等人，不知为什么，脑袋往下一沉，竟然睡着了，打了个盹儿。

纸上涂鸦，小雅。纸上画一草房子，是小时候去过的地方，房子前面有一空坪，空坪上有一棵大柳树，前面围一道篱笆，我和二三少年朋友围着一小方桌啃西瓜，有丰子恺漫画意境。

被人夸几句，小雅。俗人都喜欢被人夸，心里美滋滋的。人家夸我什么呢？夸我文章写得还可以。我这个人，没有什么长处可夸，就爱捣鼓几段文字，小文章、小性情、小感觉，其他也不比别人强，有个手艺就够了，自娱自乐，自我调节。

好多事情，雅和俗是相对的。有钱可以雅，没钱也可以雅。钱多，可以享大雅；钱少，可以得小雅。就像《儒林外史》里所写，"两个挑粪桶的，挑了两担空桶，歇在山上。这一个拍那一个的肩头道：'兄弟，今日的货已经卖完了，我和你到永宁泉吃一壶水，回来再到雨花台看看落照！'"——寻常小人物，喝茶、聊天、赏落日，皆小雅。

小雅是能够感觉得到的，如果自己没什么感觉，就不是小雅了。

负 暄

两个老头儿，笼着袖口，坐在门口晒太阳。日头暖洋洋的，晒在背上，太阳隔着棉絮直朝袄里钻，一个对另一个说，今儿个太阳真好。

负暄，背负着日头，晒太阳。两老头儿，坐小马扎上，絮絮而暄。

背部脊梁，是冬日寒冷里太阳光线最容易积聚的地方，也是感受光热最敏感的部位。背部这地带，平时不怎么关照得到，这时候才有机会受到舒心的抚慰。

保护好一个人的背部，就是保护好自己。

负暄的人，气定神闲。他微闭着眼睛，打盹，倚着墙根晒太阳，没有什么想法，或者干脆什么也不去想，就坐在日头底下，静静地享受这冬日暖阳。

负暄适宜回忆。一个老汉想他年轻时，走的那些路，过的那些桥。路上有风景，桥上有霜，他的那些风风火火所经历过的事。那时候，他真忙啊，哪有工夫晒太阳？他忙于功名利禄，还爱上过别的女人，走在寒风中一点儿也不觉得冷，身体中有丰富的钙，也不需要杀菌晒太阳。

适宜养生。他坐在墙脚根下，一个不起眼的地方，静坐、打盹。清代慈山居士的《长寿秘诀》中说"清晨略进饮食后，如值日晴风空，就南窗下，背日而坐"，正像白居易诗所说"杲杲冬日出，照我屋南隅。负暄闭目坐，和气生肌肤"。

适宜构思文章。张中行老先生的文字《负暄琐话》，不是枯坐书斋里写出来的，而是晒太阳想出来的，说的都是 20 世纪 30 年代北大的温暖旧事。

负暄的人，是一个隐者，安静地坐在一角。他是一个退居二线的人，没有什么人有事找他。

性格不张扬。他有可能身价千万，他觉得，没有什么比坐在天底下晒太阳更舒坦的事情。

负暄，这个词太雅。说白了，就是冬闲晒太阳，晒大太阳啊，大太阳。

太阳下面是苍生，老头儿倚着城墙根，倚着院墙根，倚着门垛墩，倚着稻草垛……负暄取暖。那时候，天太冷。抑或，年老的人怕冷，找一个避风的地方，他是用天赐恩泽，用一种物理方式取暖。

负暄就是背上驮着一个太阳。人这辈子，驮的东西太多了。幼童时，驮过书包。结婚后，驮过孩子。长大后，驮过责任和担当。得志时，驮过荣誉；背气时，驮过冷眼。有钱时，驮过财富；没钱时，驮过贫困……

像一头牛，或者驴，驮过许多。到了负暄，这一切都卸下来了。既然卸下来了，那就眯缝起眼，晒一会儿暖太阳。

负暄是一个人的闲淡状。破毡帽遮脸，双手枕在颈脖后，坐在一块草地上，右边的腿支在左边的腿上，背倚在一棵歪脖子杨柳树上晒太阳。

中年人也负暄，他是坐一会儿，中途歇息。或者，为自己放一个假，抽半天时间去晒晒太阳。一个人，如果他经常晒太阳，可能是受到上司的冷落了。

《列子·杨朱》里记载，宋国有一个农夫，经常穿乱麻破絮，勉勉强强地挨过寒冬，到春天耕种时，在太阳下曝晒。他对妻子说，太阳晒在背上真爽，别人都不知道，我要去告诉君主，一定会得到厚赏。这朴实的古代老头儿，心地多么善良，他不晓得人世间还有高屋暖房、丝绸锦缎、狐皮貂裘，觉得这天底下最美的事儿，就是晒太阳。换到现在，他要把日头晒够，用微信把这份快乐转发，在朋友圈分享。

天阴烤火，天晴负暄，两种情态和神态都是冬日雅事。

想去负暄，最佳的地方是古村。在古村，我遇到一个老头儿，坐在门口凌霄藤架下晒太阳。老头儿一边晒太阳，一边等他的儿孙回来吃午饭。

负暄，这一旧时街景，已经看不到了。有一天，我在微信上问朋友最近都忙些什么。友说，天冷，地寒，阳气内敛，想到山中古村负暄，你去吗？

剧场与菜场

剧场与菜场，一个雅，一个俗；一个官方，一个民间。

到一个城市去，我喜欢留意那里的剧场和菜场，剧场上演人生百态，而菜场更容易打量一个地方的鲜活生活。

菜场在民间，有烟火味和这个地方最本真的生活气息。它允许一个外来者近距离静静观赏，那里有鸡飞狗跳、大呼小叫。

菜场的价格，永远是这个地方最朴素的价格，显示着对一个外来者的公平与实惠。

清晨沾着露水的菜场，是田头清蔬、八方活禽水产的集散地与物流中心。各式应时果蔬轮番上市，可以知节气，应时节。了解瓜熟蒂落，上市和落市，一个地方的特产和物产，触摸到这个地方的地表热气。

我曾经固执地认为，五百千米以外的地方，必定有一个与你周围并不一样的风情，有一种未曾吃过的蔬菜，一种未曾嗅过的清香，一种未曾见过的植物。这些只有在菜场才能见到。

在这个世上结识一种植物，并不是一件容易的事情，我去陌生的城市，会一头扎进当地的菜场，去遇从前没有遇到过的蔬菜，就像去见从前没有遇到过的人——我对这些，心仪已久。

菜场的节奏不疾不徐，张弛有度。人们一边提着篮子踱步，一边不紧不慢地买菜。从菜篮子里，端倪出一个地方普通人家餐桌上的风味菜谱。

菜场有足够的理由，可以成为城市的一处风情博物馆，那里有各种各样的神态表情、热气腾腾、方言俚语、家庭主妇和行色匆匆的旅人。

我在上海、香港、济南逛过菜场。

上海是一座菜场与剧场穿插，分配精巧的城市。在剧场里能够观赏到最时尚前沿的艺术，而在菜场里能够撞见烘山芋、粢饭、大饼、油条、豆浆，修鞋摊、修伞摊……这些最普通人的生活。

香港的菜场，有一股海鲜味和新鲜的内地猪肉味；冬天的济南菜场，有白菜、羊肉汤和冻柿子，飘散典型的北方气息。

我有过在上海这个国际大都市菜场买菜的经历。喜欢上海室内菜场的整洁干净，可以花并不多的钱，中午做几个菜，有荤有素，还有汤，尤其是上海青，煸炒即烂，汤色碧绿，所花的钱也就是在路边街头吃两碗面。

我没有在上海的剧场看过戏，只看过一次电影。上海的剧场海纳百川，话剧、歌剧、沪剧、越剧、淮剧、滑稽戏……多元文化在此交流碰撞。

而在我生活的城市，有古代沿袭下来的剧场，那个地方叫"都天行宫"，这样的剧场其实是个戏台，舞台在楼上，演员在楼上唱戏，观众在楼下看戏。看戏的仰着脖子，显示出对艺术世界的一种仰望，而这种仰望是最平民的，平民与艺术的一种亲和，那样的舞台也许永远不会有名角，也没有美妙绝伦的音响，完全是一种天籁，声音穿透风和叶，飒飒作响。

小时候，经常到小城的人民剧场看电影，那个地方名义上叫剧场，可是很少有专业剧团过来演戏，只能看电影。最令人兴奋的是看那种宽银幕电影，我在那个剧场里看过《南征百战》，看过《卖花姑娘》。尤其是《南征北战》，我们小时候喜欢看打仗的，连续看了好几场，只是坐在不同的座位上。

那时候，外祖父常自豪地告诉我，他年轻时听过梅兰芳唱戏，梅先生曾经来小城唱戏，在金城剧场，那是人民剧场之前的老剧场，后来连人民剧场都拆了，有谁还会想起金城剧场？我至今也想象不起来金城剧场，那个老建筑的模样。

剧场和菜场就像一个人的两个年龄段。

我认识一个地方剧团的青衣，年轻时浓墨重彩站在舞台中央，40 岁以后淡出舞台，经常看到她拎着篮子在菜场买菜。

剧场是属于年轻人的，追光灯属于年轻人，中年人在菜场。据说，民国时期沪上"头牌交际花"唐瑛，在经历过声色犬马、裘皮香车的光鲜生活之后，有人看到她衣着朴素，不时提着竹篮，出现在西摩路的小菜场买菜。当绚烂逝去，一切归于平淡，生活回归它的本真。

剧场与菜场，是缤纷城市画册上的两页，是两件质地不同的衣裳，是两种风格不同的口味。

汪曾祺说他每到一个地方喜欢逛菜场，"看看生鸡活鸭、鲜鱼水菜，碧绿的黄瓜，通红的辣椒，热热闹闹，挨挨挤挤，让人感到一种生之乐趣"。

一个城市有菜场和剧场，物质的和精神的都有了。喜欢在菜场与剧场之间穿梭的人，不会寂寞空虚，有饥饿感。

面古河而居

古河，白浪翻涌，荒烟蔓草，老树巨柳，靛蓝水面，一灯如豆。

河有古气，两岸水汽氤氲、晓风杨柳，四时斑斓变幻。它荒芜、安静，成熟、内敛，不过气，曾经是一座城的旧风景。

《清明上河图》上就有一条古河。汴河两岸，车马辚辚，人烟繁华。有人在馆肆里悠闲喝茶；有人弃岸登舟，朝岸上遥遥招手；有人推车挑担，在河岸寂寂而走。

秦淮河，江南一条风雅的河。遥想当年，天青色里，一个中年男人住在河边，这位轻视功名、一生未仕的清朝秀才，枕着汩汩水声，写出一部奇书，这个男人就是《儒林外史》的作者吴敬梓。33 岁那年，他迁居金陵，半辈子与一条河寂寞厮守，在河边生活了 20 多年，直至终老。秦淮河两岸街巷错落有致，他背手站着想事，一回头，见对岸河房里站着一位美人，"穿了轻纱衣服，头上簪了茉莉花，一齐卷起湘帘，凭栏静听"。

曾经想去拜访越中剡溪，那条河清澈见底。王子猷"雪夜访戴"，访的是尽兴，彼时大雪纷飞，篙桨出水结冰碴，天地银白，两岸山峦青黛，一流潺潺，那条河美得让人窒息。

一条古河，城市半部书。

我现在居住的地方，面前也有一条古河。在城市的衣皱里，朝晖生动，夕阳磅礴。这条河开凿于何年何月，不得而知。

明清时，古河曾经是两淮盐运的繁忙水道，河水从我的窗下逶迤而过，流向一座在唐朝就很著名的城市。在我还没有出生的数百年前，大船小船都装着盐，风涌帆樯动，首尾相衔，浩浩荡荡，向远处进发，汩汩水流之上，只剩下几粒小黑点。

沉寂的古河，运盐船远去，两岸痕迹依稀。平时沿古河散步，在河的下游，有一座百年老工厂的旧码头，石阶清寂，一河烟水，依然平静生动。

从前旧码头，苍生如蚁。运粮船挤挤挨挨，挑夫高脚跳板，将一担担麦与稻扛下，再运回脱去谷壳的米面，升帆远去。我在那座人散如风的老工厂里踯躅，那些德国进口的机器已锈迹斑斑。

一条河再冷清，也涌动水流，与一城相望厮守，就像我在18楼写这些文字，低头看古河，河岸上一团团墨色树影倒映在河水之中。

古河，不在于大，而在于古；不在于宽，而在于悠长，流水汤汤。

高速年代，拥挤和忙碌之外，还有多少人会想起一条河晨昏之间的云蒸霞蔚、月白风清？

友人张老大是个摄影爱好者，经常扛着长枪短炮，猫着腰躲在河边草丛中，捕捉那些稍纵即逝的瞬间。这几年，张老大跟踪一只小䴙䴘，他的那些照片上，从一只，到两只，再到三只，记录了小䴙䴘恋爱、结婚、生子的全过程。小家伙体态优雅，浮在水面上，起飞时需要一段助跑，激起水花四溅。张老大对我说，你不知道，望见三只小家伙，内心有多感动。这是幸福的一家子，没有人打搅，也不打搅别人，游弋在这安详的水面，灵动而安静。

要知道一座城市从何处而来，懂得一座城的性格，可到水边坐坐，看一条河的芦荻飘飞、水草袅娜。

写诗的老鲁是一位古河垂钓者。他经常在夜晚，一个人在河上钓鱼。老鲁说，秋夜，露天地里不是很黑，有月光的夜晚，古河波光粼粼，水面不时发出各种声响，就像一条河在梦呓。

老鲁在古河曾经钓过一条20多斤重的大青鱼，"那条鱼快成鱼精了，和我在河边周旋一个多小时"。老鲁舍不得吃掉它，想想一条鱼长这么大，能修炼到鱼精也不容易，还是把它又放回古河。

古河里的鱼，纯天然野生。那个鲜啊，鲜得老鲁再也不想吃用饲料喂出来的鱼。那些鱼，吊不起胃口。

古河有荇菜，这样一种古老的水生植物，它们还在浅水处安静生长。《诗经》里描述："参差荇菜，左右流之。窈窕淑女，寤寐求之。"我尝试摘了几朵小黄花，带回去煲荠菜绿豆粥，邀朋友一起喝粥吟诗，清淡爽口。

春天的河流，我还希望它有桃花水母。哪怕它在现实的河流中没有，在古河，在我精神的河流，一汪清水中浮游。

水母并不只是存在于大海之中，浅水中也有。春天的水母状如桃花，在水中打开一把伞，在无人打扰的水域，俨然是水中高士，从大海溯流而来，在江海交汇处，静静于一隅，做着远古的梦。

水母对水质的要求很高，不但水要清，而且水质要好。桃花水母生长的水域，河水大概是能够直接饮用的。

我在春天的水湄逡巡，可惜没有见过桃花水母。

剪辑古河一角，汇成圆，做城市之镜，就像古希腊年代，一个少年，狂奔水边，俯身趴下，用双手拨开密密的水草，看清自己。

做一个水边凝望者。我不喜欢在河两岸垒石驳岸，这样就少了一条河的荒烟蔓草、放浪形骸，而想着有一条船，泛舟水上，吹风聊天，如果想学古人，可在船头支一口黄泥小炉，舀水煮茶。我和友人坐船尾，左手指点，右手抚其背，神态坦然。

面河而居，是一个人与一条河的关系。张择端的河、吴敬梓的河、王子猷的河……市井、美人、朋友，一河如带，一人如芥。

住在河边，睡梦中浸润着水汽。有天早晨，我面向古河深呼吸，不知从哪儿驶来一条机帆船，嘭嘭嘭，从河上飘然驶过。我站在高处，看那船，朝它招手，似在向一个城市从前的背影致意。

如果早生一千年

我如果早生一千年，尽管看得到前世的精彩浮华，却看不到今生的安妥踏实。

用一千年的时间，等一个心灵的朋友，这样浪费掉的光阴，不算太奢侈。

到宋朝开小店

这样的小店大概是在山路边、土坡下，或者是《水浒传》中尘土飞扬的古驿道歇脚点。

鸡毛小店很小，卖些案酒果子、刀切牛肉，但不卖茅台、五粮液。偶尔也派生副业，如孙二娘卖人肉包子；卖肥羊、嫩鸡、酿鹅、狗肉……花里胡哨。也卖热心肠，门口挑着一面招旗，友情提醒："三碗不过冈。"

宋朝，东京汴梁上河一带，虽然店铺林立，但郊外商业配套设施迟迟没有跟上。这些小店，便有机会当回主角，生意或许不错。

店主人或许是个风骚女子，一间茅屋，三两张木桌子，店外有桩，供顾客系马，散发荒野的气息。

每天人流熙来攘往，这些都是小店的商机。一碗酒，才几文银两，路过的人倚一根哨棒，顺手端上一碗，便打听到路上的情况。

宋朝的小店有侠。路边上演那些打斗、相识、兄弟义气、江湖闯荡的人生剧，你静静地坐在小店一角，只是一个看客。

有的小店还衍生出经济配套体。这时候，一个小酒铺，旁边往往镶客栈。一个男酒保，不是在那儿东张西望，就是忙得招架不过来。

大多数服务项目肯定是要收费的，要不然，小店的主人如何营生？当然，也有一项服务是免费的，就是面对南来北往的不同面孔，小店的主人总是极其耐心，赔的永远是一张热情洋溢的脸。

我买东西，一般不去车站、公园那些人声鼎沸的地方，喜欢在安静的小区门口，或偶尔路过的陌生乡村小店，有时会觉得有宋朝小店遗世荒野的气息。在那儿，你可以完全放松地和里面的人不紧不慢、不咸不淡地聊几句。如果遇到什么困难，对方倒是挺热心。在这样的小店买东西，你不必担心有什么伪善或欺骗。然后，点一根烟，心满意足地走出门去。

宋朝的小店，包容各种各样的性格，开小店的人把自己放得很低。

等待，是永恒的主题。路边的凝望，内心充盈着激动和喜悦，等着一只鸟飞去又飞回。抑或，什么也不想，日子就在那儿不紧不慢地过着，散淡的人内心满足，波澜不惊地做着平淡的生意。

到北方旅行，当然会寻找"快活林"。我想象夜宿在一座村庄，晚上出去散步的时候，四周一片漆黑。忽然眼前一亮，原来是村头一爿小店在做夜市。店前一只大黄狗见远处有人来了，就吠几声，待我们走进小店，买了烟，再买几斤当地的特产，店主热情，那只狗也很奇怪地冲我们摇尾，好像在说：走好，欢迎下次光临。

有一次，在子夜，我学梁山好汉，壮着胆出去买包烟。记得来时看见离这不远的路边有一爿夜店还亮着灯，于是，便下楼去寻。走过长长的山坡路段，四周不见一个人影，走了大约里把路，果然发现这家小店。店里坐着一个看书的女人，也许这样的夜晚和这样的时间，几乎就没有什么生意，然而小店的主人却坚守着。这样的情形，大约会让人想起，一个大龄女子，迟迟待字闺中，大约是在等什么人？

宋朝的那些小店，是故事发生的一个载体，还是各路英雄狭路相逢与依依惜别的地方。

在古代做小贩

如果出生在古代,有多种职业可供选择,我选择当小贩。

小贩聚集在街头招揽顾客,给城市生活带来了活力。

在古代当小贩,我会认识一座城的 100 个小贩。朋友张老大可能是个卖糖球的,王小二是贩西瓜的,鲁小胖是卖猪肉的……他们分布在大街小巷不同的角落。小贩们的售卖水平、语言技巧,是这个城的一部分智商,贩卖的特产、物产反映出这座城的属性。

小贩体验过最卑微、最艰辛的生活。一个卖菜的小贩对我说,大冬天的,滴水成冰,天未亮,黑咕隆咚的,一个人推着车,到郊外的蔬菜市场去进货,回来时,棉衣里贴着皮肤的棉毛衫是湿的,头发、睫毛上挂着霜。

许多人当初从乡下来到城里打拼,他们的职业生涯大多从做一个小贩开始。

在我生活的城市,有一片九十九间半的古建筑,当初它的主人就是一个从乡下进城卖鸭蛋的,一筐筐鸭蛋垫高了他人生的财富,在城里卖鸭蛋多年,置下这庞大的家业。

在古代做小贩,我会到一条大河两岸去寻找商机。清明这一天,真热闹啊,小贩云集,水上船来船往,岸上牵马骑驴,井然有序。可以说,没有小贩就没有《清明上河图》的繁华底色。

小贩作为自由职业者,是中国社会人群中最活跃的群体,他们身上有激情,走街串巷,进货贩货,舟楫往来,让交通繁忙起来。

江南的繁华之地不能不去。《武林旧事》说,杭州的药市在炭桥,花市在官巷,珠子市在融和坊南官巷一带,米市在北关外黑桥头,肉市在大瓦修义坊,菜市在新门东青门坝子头,鲜鱼行在候潮门外,布市在便门外横河头,蟹行在新门外南上门……贩些货物去那里交易,拜几个生意上的朋友,一边做买卖,一边看风景。

宋朝是一个全民创业的年代,许多草根从贩鱼虾螃蟹开始,后来当上了大老板。

武大郎是古代一个著名的小贩，在宋朝的县城街上卖炊饼。

小贩也是社会的观望者，正是卖梨的郓哥发现了潘金莲的婚外情。

小贩做人低调内敛。邻居高爹，年轻时守在桥口卖咸脆花生米、五香烂蚕豆，做了大半辈子的小生意，在65岁那年回家养老。高爹的晚年生活幸福宁静，他家的一日三餐饭食丰盛。正是那些不起眼的咸脆花生米、五香烂蚕豆为高爹积聚财富，老了什么也不用做，足够他颐养天年。

我在古代当小贩，也许是个卖毛笔的。我这个人半文半白、半俗半雅，卖毛笔比较适合，无论是孩童初蒙描红，还是画师作画，私塾先生写对联，都买过我的毛笔。或者是个卖鸡鹅鸭的，方圆几十里，都是收鸡收鸭的范围，半夜里从家中出来，贩到城里时一只只公鸡开始打鸣。也可能是个贩古董的，戴顶瓜皮帽，坐在店里。收些古玩，遇到好东西，自己先藏起来，放在家里摆玩半年。有一次，收到一只前朝的青花瓷碗，白天店里应酬，晚上坐在油灯下摩挲欣赏——那是一个美人用过的。

在古代当小贩，会见证那些中药房、剪刀店、彩衣店、草行、蛋行、米行……有些店铺会相传百年，生生不息，成为后来的老字号，成为一个地方的历史文化景点。小贩成功背后的奥秘，多与做人做事诚实守信有关。

一个城市如果没有小贩和工匠，衣食住行将变得不方便，百姓生活也会变得单调乏味。

有家兄弟剪刀店，祖上是从扬州迁过来的，摆卖些剪刀菜刀，已逾百年。51岁的老四与70岁的老大，一个在前店招呼顾客，一个在后厂磨刀磨剪子。我去看他们时，老大正将一把剪刀磨得锋利锃亮，临了，老人还要用手指在刀刃上试试。坐在铺面小椅上的老四在打瞌睡，风吹得挂在门前的剪刀、菜刀叮当作响，有金属清音。

在古代当小贩，照看半爿摊子，守着一间铺子，也是极简单的幸福。

如果早生一千年

如果早生一千年，我猜想，那时大概是在唐宋。我穿着唐朝的蓝衫衣裳，蹩蹩地走在某条青石板小路上。

在古代，我大概是个业余写诗的，最多是一个三流诗人，属于那种经常写、非著名的小角色，还开着一间磨坊，附近的街坊慢悠悠地挑着稻粟麦谷，来磨坊舂米磨面。

或许我也有一头蹇驴，经常骑着它，到附近的扬州去拜访朋友。

我高兴时，就写诗念给老婆听。有一次，我写了一首诗，其中有这样的句子："少年骑马，中年骑驴。"着实得意了一阵子。

这两句诗，是我人到中年才琢磨出来的人生表情。年轻时，跑得快，许多东西都没有看清。到了中年，才渐渐地慢下来。有一次，看到几个人坐在那儿吹牛，旁边的几个人在眉飞色舞、口若悬河地吹捧一个人，我正吃饭，只能憋着、忍着，差点喷出饭来。

一千年前，我生活的这个城市，其实已经存在了一千年。有人说，一千年前，有些当时的大人物来过这座城。如果早生一千年，我肯定会遇到他们。在我经常散步的城河边，有一块大青石忽隐忽现在春波里，古代也没有什么地方好玩的。我想，他们或许经常在河边垂钓。

一千年前的城，应该有街道、房舍、城门和酒馆。一千年前，城市有河流，却很少有桥，居民有好多在城墙下住。有个朋友在城河对岸喊我，虽然近在咫尺，还得绕半个城，才能到他家喝酒。

如果早生一千年，我肯定吃不到像现在这么丰富的食物，当然也包括塑料大棚里生长出来的反季节蔬菜和转基因食品。我也不会住到高楼上，而是住在茅草棚里，古代哪有空调啊，黄豆大的汗珠往下滚落，只能写两个字，摇几下蒲扇。一千年前的蓝衫衣裳，在晚上睡觉时，三下五除二地脱下它，却听不到那些化纤衣物摩擦所产生的"啪啪"静电声，古代的夜晚太单调了，单调得让人心慌。

一千年前，有个外地朋友说要来看我，走了大半个月，还在路上。一千年后，他打电话说动身了，中午我们已经坐在大酒店里安静地喝酒。

如果早生一千年，好还是不好？尽管看得到前世的精彩浮华，却看不到今生的安妥踏实。虽然我现在只是红尘中一个朴素的小人物，可以过一天掌着油灯的简陋古代生活，却回不到那种远古的节奏中去。或者说，我们无法想象一千年后的生活。

当然，我的父亲从我念书时起，就希望我当官。我对他说，如果一个人，一千年前当不了官，那么一千年后他还是当不了官。江山易改，本性难移，我天生就是一个散淡的人，秉性基因早在一千年前就定好了。

一千年的演变，男人对女人的审美，也是由肥到瘦。如果在古代，我的老婆或许是一个胖子。或者说，从前的美人，换到今天，太丰腴，需要减肥。

古代的文人，就知道写诗，一点儿都不务实。哪像现在的写手，比如我的朋友，写小说的刘三，不光写小说，还写广告词，代别人写总结、写吹捧的文章，一千字赚了一千块钱，这样的营生，特别来银子。

如果早生一千年，肯定不会遇到和我一起坐在荷塘边吃猪头肉的于二。用一千年的时间，等一个心灵的朋友，这样浪费掉的光阴，不算太奢侈。

唐时驴车宋朝船

唐时驴车的车轱辘印，宋朝船的一道水痕，总在捧读书本的夜晚出现。

唐时的驴车，由东出关，一路向西；宋朝的大船、货船，在汴梁的河里忙碌。唐时驴车，宋朝船，舟楫往来。

有段时间，我经常去扬州拜访朋友。返途时，在路边等车，总是错过。不是返程车刚刚开走，在路上留下一个渐行渐远的背影，就是那车上早已客载满满，不给机会。可以想象，如果早生一千年，我遇唐朝。那时候，唐时驴车出现了，远远地看到车上坐着一个男子，车前贴着个红红的牌子，上面写着"唐朝"二字，我很惊喜，因为它经常从我的梦里经过，于是，站在路边急急地招手。

唐时驴车总是突然停住，车夫探出头，问一声：去哪儿？只要回一声要去的地方。于是，急促地扔下一句话：上车。

坐在驴车上看风景，偶尔会遇到一两个疯疯癫癫的行吟诗人，骑在驴背上摇头晃脑——驴，是唐朝诗人们形神潦倒的坐骑。

唐时的驴车总是坐不满，半途带人上车，所以我才有机会。也许是舟车劳顿、颠簸，或者隔着若干个朝代，车上的人显得些许疲惫，昏昏欲睡。我觉得，扬州离我的家乡很近，坐唐时驴车去从前那么繁华的城池，也不过大半天的时间。

驴车是唐时百姓的交通工具，边远的地方以牛车代步，但不管什么车，稍不留神，违规驾驶，也会出交通事故。新疆阿斯塔那古墓出土的《宝应元年六月高昌县勘问康失芬行车伤人案》记述，在唐代狭窄的道路上，有一个人驾车的速度太快，不能控制，轧伤了两名儿童，因为赔偿问题，打了好长时间的官司。

我喜欢看古人细雨骑驴入剑门的赶路姿势，老祖宗朴实的交通工具，有它千年的美感……

灵动的宋朝船，总是在北方的河流上逆光航行。停泊时，薄雾穿透树林，有几个春衣薄衫的高髻仕女，大概相当于今天的富婆，或者从前的官太太，绰绰地站在风很凉的岸边。大船上，有一个人爬上桅篷，做着开船前的准备。

宋朝船，不论是游船，还是货船，船尾也许会标有"东京"港的醒目字样。这样的一种表述，说明大大小小的船来自何方，宋朝船的归属感很强。

因为路途遥远，所以适宜写词。找些事情来做，打发闲散光阴。

宋朝船在东京的汴河上往来穿梭，货船居多。一条条木船，首尾相衔。在过一座大虹桥时，总是要降下桅杆，水手站在船头拿着竹钩，防止船和桥埠相撞，手忙脚乱。岸上站着的人，手心捏一把汗，紧张地观望。这时候，邻船的人也在指指点点，像在大声吆喝着什么。

我有一段关于船的记忆。那一年，和朋友去江南游玩。返回时，在码头买票，才发现票已经卖光了。

两人孤零零地坐在码头上，发现停泊的客船船尾有"某某港"字样。猛然想起朋友的父亲以前是那家轮船公司的，带着试探的口吻，上前套近乎，哪知船上的人异常热情，周到地安排我们到里舱休息，不仅免了船票，还招待我们。如果是在宋朝，估计还有一坛酒喝。

唐时驴车宋朝船，在一种缓慢的节奏中移走，要走很长、很远的路。付出的时间、精力成本，比现代人多。可是它们乐得远行，往来奔波，从不同的地方经过，带给我们许多，它们是远古江河大地上蠕动的风景。

请108个朋友喝酒

朋友王老大还有 8 个月 6 天就 50 岁了。一个人，50 岁之前，还觉得自己是个毛头大小伙，过了天命，就变成一个小老头。

有了岁月风尘的感觉，尘土满面，鬓角有霜，额头上有浮雕感。还记得外公过 50 岁生日时，吃了一盘药芹炒肉丝、一盘洋葱炒鳝丝、一碗长寿面。外公活到 86 岁的那年秋天走了，临走前几天，把王老大叫到床边，嘱他把娃娃培养好。外公第三天就走了，已走了 16 年。

王老大想在他的生日那天，请 108 个朋友来喝酒。这 108 个朋友，高、矮、胖、瘦，神态各异，就像水浒中的 108 将。108 个朋友，就是一个人的江湖。

50 岁了，一年交两个半朋友，也已超过 108 个。这 108 个朋友，浓缩了人生交往和云游的精华，是王老大半辈子的财富。有一次，他看到一个男人和女人相拥在广场上跳舞，王老大有些后悔，这几十年，除老婆之外，怎么就没有遇上一个红颜知己？

王老大第一个要请的人，当然是少年时的玩伴。18 岁那年，他和陈二狗到郊外池塘里游泳，游着游着游不动了，身体像一根树桩直直往下沉，王老大向陈二狗发出求救信号，陈二狗一个猛子，游到身边，王老大搭着陈二狗的肩，狗刨式游到岸边，回头看一池清水，两人哈哈大笑……虽然在同一座城市，已经有十几年没见了，前几天碰到他，从前黑瘦的陈二狗，已经变成了一个胖子。

第二个要请的是老街坊。那年，外婆住城里，王老大住城外。外婆中午炒咸菜，被油烟呛了，后来人就不行了，是开茶水炉子的朱二小冒雨背着她到医院抢救。最后，外婆死于脑溢血。

大概要请过去的上司。多年前，王老大在一家工厂上班。38 岁那年，王老大工作的那家工厂倒闭了，他下了岗。上司对王老大说，也没有什么东西好送你，这把椅子你坐了十多年，把它带回家吧，做个纪念。王老大头也不回地扛走了那把榫卯松动的椅子。

一定会请那个卖卤菜的老板。5岁时，王老大看到一个板车师傅吃猪头肉，看得直咽口水。那个在街角卖卤菜的老板看到后，往王老大的小嘴里塞了几片猪头肉，至今想起来，猪头肉那个香啊，真香。

估计要请刚工作时认识的那位姑娘，肯定没有以前年轻和漂亮了。30年前，王老大在一家小厂上班，同厂有一位比他大三岁的姑娘，同他谈得来。王老大那时一天到晚，满脑子都是人家的样子，人家却把他当作弟弟。王老大说，不知道人家怎么样，现在还好吗？

请108个人，在朴素的小酒馆里，不会超过10桌。所花费用，不够在这个城市买一个平方的商品房。也不是什么名酒，而是普通的糯米水酒，喝的是交情，这108个朋友，是王老大心中封存的一坛陈酿。

他们都是普通人，正是一些不起眼的凡人善举、寻常义气、善良照顾，温存着一个人的心，构成这个人的精神"水浒"。

王老大还要请亲戚吴三。小时候，吴三经常和他在一块玩。外婆去世后，老树倒了，他们之间像断了线的风筝，十几年未联系。一个偶然的场合，王老大遇到吴三，他现在已是一位身家过千万的服装厂大老板。那天，吴三在大酒楼请客，谈到过去的事，竟有些唏嘘："那时候，家里穷，大舅奶奶对我们小孩子可好了，过年给我们压岁钱，虽然只有5毛，但我们拿到钱，好兴奋啊，真不能忘了她老人家。"王老大觉得，吴三是个有情有义的人。

肯定要请写诗的于二。都30年的朋友了，从一头浓发，到毛发渐疏。那时，于二35岁，王老大23岁，整整大了一圈。于二当年是会计，把进出冷库的猪下水记在一个油汪汪的本子上，其余时间用来写诗。于二38岁结婚，娶了一个乡下女子为妻，住在一间老式厢房里。于二这几年老了，明显地眼袋下垂。他有时还骑车子找王老大，兴奋地告诉王老大他又发了几首小诗，还要请喝酒。王老大知道，前些年于二把烟酒戒了，又有洁癖，基本上不与外人吃饭。

请每一个人都有理由，请 108 个人，有 108 个理由。在一个城市灯火明亮如白昼的夜晚，我们有时会怀念远方的朋友和儿时的伙伴。请来 108 个朋友喝酒，也许微不足道，却是温馨和古典的，能够抚慰一颗苍凉的心。

这不是普通的应酬，而是一种留恋和怀旧。

杏花村的小酒馆

　　我坐在家里，想一件事。写诗的陈老大打电话给我：春天到了，"桃花流水鳜鱼肥，斜风细雨不须归"。走，到杏花村喝酒。

　　不知道天底下有几个杏花村？上次到池州，没有去成杏花村。一想到到杏花村喝酒，我会遇到一个牧童，恍若看到村头一面布幡酒幌，在风中招摇。那些菜里，还放了唐朝的文化味精。无法猜测，1000多年前的杜牧去乡村小酒馆会邂逅什么人。

　　杏花，花色既红且白，胭脂点点。水泽鸣禽的荒野湿地遍植杏花，几场春雨浇过之后，杏花烂漫。

　　陈老大是典型的吃货，曾经穿背心大裤衩，一口气单车骑行15千米，一个人，大汗淋漓，悄悄跑去乡下小饭馆，喝了一碗老母鸡汤。在陈老大眼里，一个烧饼，配一碗老母鸡汤，郊外清风翻书、露水泡茶，这大概是他想要的有态度的别样生活。

　　其实，春天适宜到有杏花的乡下，最好有温润的细雨，遇到一家小酒馆。村里的人会热情得一塌糊涂，有人搓着手介绍一些本村土菜。临了，还来上一句："翠花，上一盘清炒豌豆头！"

　　我比较喜欢吃杏花村的小慈姑炖黑猪肉、白菜猪油渣。小慈姑炖黑猪肉，慈姑特别的小，比邻县大师汪曾祺笔下的慈姑还小，油浸水润，全入味了。这样接地气地喝酒，我觉得很亲切。

　　小酒馆有一个响当当的招牌："杏花村上海大饭店。"这样的两个地名排列，我觉得很有意思。

　　坐在小酒馆里，喝酒的人高矮胖瘦。请客的刘老板是个鸡、鸭、鹅"联军司令"，他用炕坊的旺鸡蛋招待朋友，谈到从前养鸡放鸭的艰辛。也许是酒精这东西容易让人动情，刘老板喝高了，自己被自己感动，竟像孩子似的抽抽噎噎。

旺鸡蛋，平素我不敢吃，担心吃到蛋壳中沾毛的小鸡。那天在杏花村吃了一只，将煮熟的旺鸡蛋敲壳，蘸椒盐，口感和味道极佳。

在小酒馆里，我遇到回乡休假的张木匠。张木匠现在是一家装潢公司的老板，穿唐装，正为一件事烦心，一个人坐着喝酒。

新鲜的猪头肉，油汪、粉烂。写诗的陈老大吃得一愣一愣的。酒热耳酣之际，陈老大好像忽然想起了什么。陈老大说，要是有一张新鲜荷叶该多好啊，把猪头肉摊在荷叶上，就有了一个诗意的菜名——荷香猪头肉。

吃一个地方的美食，有时会记住与它匹配的环境。那天，我坐在小酒馆里，看窗外斜风细雨，看到有一个人披蓑衣，头戴斗笠，在垂柳、油菜花掩映的小河上撑一条船，我醉意朦胧，一时眼花，误以为是到了宋朝。

有杏花的村庄，是一个偶尔过来喝酒聊天的地方。一些话藏在心里本来不说，酒后，飘然骑白马，有一个机会让你表达。有个朋友微醉后，很开心。他拉着我，勾肩搭背，尽说些兄弟激赏、江湖义气的动情话。

乡下容易让人内心变得柔软。在酒桌上，我还遇到一个与我外婆同乡的人。想起小时候外婆为了我，辞了工作，每天推着小车带我在街上玩。等我渐渐长大，没有了收入的外婆便在电影院门口卖紫萝卜。一想到去世多年的外婆，老鸟哺雏的辛苦，不知为什么，我竟当着一个陌生人的面一时哽咽。

每个人的心里都有一个杏花村，到杏花村去喝酒，我还幻想坐在牛背上。

半雅半俗的生活

半雅半俗，是半文半白；是半古典半现代；是唱着美声，又哼着民间小调。

采薇与刨红薯

农人种红薯，把字埋在土里。

很难想象，红薯从手指大的朵儿，在土里浑身用力，手足踢腾，为了生长空间，使足了怎样的气力。

我有一回，和朋友到郊外钓鱼，看到脚下有一层密密的红薯秧，用手去刨，刨开厚厚的一层土，红薯如小儿嫩拳，与泥土胞膜般无缝隙挤在一起。

乡村两件事：采薇与刨红薯。采薇是轻盈事，刨红薯是粗笨活。在文学作品中，一般安排《红楼梦》里的林黛玉、贾宝玉，踩着春天的鸟语去采薇，而《水浒传》里的鲁智深、李逵，则站在风中刨红薯。采薇，优雅；刨红薯，却俗。雅与俗，倒是最接近乡间生活的本质。

薇是田野间一种嫩嫩的野豌豆，鲜嫩欲滴。红薯是农人未抹油漆而露着木质花纹方桌上的粗鄙杂粮。

春天的时候，采薇女子手挎一只小竹篮，走在弯弯曲曲的田埂上，到麦菽秤草间，去寻薇。纤纤素手，采回来一道春天的素食。薇，如词、如铃，摇曳在早春的风景里。晓风中，发出窸窣的响声。

暮春时节，栽一行纤细的红薯苗于田垄上。红薯如字，埋在土里，一遇适宜的地温水气，便开始丝丝缕缕地生长。红薯初长时，细小，如小学生的字，歪歪扭扭。农人怕"田字格"太挤，用手摘去长得太密的叶，给红薯透透气，让"字"长粗长壮。

薇，生旷野、阡陌，经历早春寒霜，就像一段随风而至的寂寞爱情。薇，何时生长在这一片膏壤，却无人知晓，只能抬头看到空中飞远了的那一只鸟；红薯用土培一层垄，待到秋天再来看时，种下的字已经漫漶成堆积的句子。

刨红薯虽是一件力气活，却也需要技巧。那年，在乡间，我见到老农拿着铁锹，一锹下去，一只只红薯被毫发无损地挖了上来。仅一袋烟工夫，脚下堆了一堆。换到我，指不定会将红薯从中间齐腰斩断。这时，红薯会受伤。受伤的红薯，自然会流稠厚的疼痛眼泪。

那时候，乡人待客，通常端一碗热腾腾的红薯茶。红薯干浸泡后，放在大铁锅里煮。红薯茶，散发谷物天然清香。晚饭时，客人不忍让热情的主人破费，就点名要吃红薯粥。于是，土灶铁锅熬的是上年收的红薯，米的清香和红薯的清甜在一只碗里相遇。佐餐的，就是这乡间的清炒野豌豆，不放味精，只放盐。

红薯做成粉丝，凤凰涅槃。有一年，在乡下看人做粉丝。门前晒场上，家家户户门前的竹竿上，晾着细长细长的红薯粉丝。两三个人围在一起，把调兑后的红薯淀粉举过头顶，经过一层细筛过滤，再用一只木槌扑哧扑哧地敲，整个村庄回荡着制作红薯粉丝的木槌声——这近乎一种顶礼膜拜，是对这一谷物的最后送行。

野薇草木生，年年春天会有不同的女孩去采薇。薇还没有萌生的冬天，女孩子喜欢吃烤红薯，最寻常的食物，水分蒸发，浓郁香气释放，远远地，隔着一条街，就闻到烤红薯的香味。

春末采过了薇，农人开始种红薯，冬春与夏秋的首尾相衔，流光接力。秋天的时候，一根藤蔓，缀满红薯，一嘟噜，一嘟噜，相对而列。

红薯和薇，酷似一对田埂恋人。红薯如字，粗犷；薇似标点，纤细。皮薄肉厚，晶莹剔透；玉液琼浆，嘎巴嘣脆；浑圆瘦削，文白晓畅……春秋光影，时空交错，组合成一篇乡村最美的文章，题目就叫："人间粗粮。"

瓦壶天水菊花茶

我年少时，喜欢用玻璃杯喝茶，杯子透明，是为了将杯中的茶看得真切。茶在水中舒展、沉浮，就像一段复苏的记忆。那是在山林，茶树匝匝，茶色青青。

贪恋茶的香气，杯中常泡珠兰、茉莉，就像喜欢看容颜清丽的女子。有一年，在苏州拙政园六元钱买回一大包晒干的茉莉瓣、花骨朵儿，氤氲的茶气至今仍缭绕鼻息。

郑板桥有一副对联：青菜萝卜糙米饭，瓦壶天水菊花茶。这让我想起早先乡间的生活，农人日出而作，日落而归，炊烟袅袅起，热腾腾的粗茶淡饭摆上桌来，洗漱完毕，早早地进入梦乡，人静鸟不啼。

那时候，我在小城茶店买茶，称二两珠兰。茶多了，卖茶人用大拇指和食指捻下一小撮，然后用纸袋包好，显得小心翼翼。

家乡不产茶。产茶的地方，对一个人来说，是多么幸福的情感滋养。

下雨的时候，水斗如一支长笛，弹奏瓦楞边的天籁。那些一字排开的檐口，滴滴答答的雨水，顺着瓦缝，流落到洋铁皮做成的水斗中，有一种金石之音。那些潺潺地循着水斗流淌的天水，就顺势跌落到一口水缸里。瓦壶天水，成了上好的烹茶水。

20岁后，我不喝香茶，改喝绿茶。香茶太浓，反而遮盖了当中原有的气息。某日，看到几本年少时读过的旧书，想起那段时光，青灯一盏，香茗一杯，新书一卷，孑然一人，在油墨的芬芳中，伏在老屋的窗下读书，用紫砂茶杯泡绿茶，绿绿的汤色，是喝茶时的心情。

江南的植物就这样书卷气？清淡回味悠长，野性改造斯文。一经水浸泡，热的渗透，茶体蜷曲沉浮，清香四溢，每一缕水汽都裹挟着茶香，沁人心脾，让人安静。

茶之形，梅尧臣在《南有嘉茗赋》里说："土膏脉动兮，雷始发声，万木之气未通兮，此已吐乎纤萌。一之日雀舌露……二之日鸟嚎长……三之日枪旗耸……四之日嫩茎茂……"尽想着洞庭碧螺春、黄山毛峰、安溪铁观音、武夷大红袍……这些曼妙诗意的名字。茶没喝多少，步履和脚步倒变得沧桑和匆匆起来。

中年喝茶，大多数时候是在晚上，回归到一只白瓷杯，多了几瓣清心的菊花。白天有许多事情纠结，也就失去了喝茶的雅兴。茶是一种打发和消遣，忙碌的人，一般不喝茶，喝白开水。我对茶叶，并没有特殊的嗜好，可每次去产茶的地方，总爱寻茶。

南方有嘉木。夜晚走在江南那些不大的小镇，卖茶人淳朴可亲，就坐在茶香灯影之中，买与不买，捎送几撮回去尝尝，这样就会了解这茶的真性情。这时候，你会发现，街道狭窄，灯火温馨，寻茶倒成了一件快乐的事情。

山中寻茶。那一年，在武夷山，高高低低的山道，考验着每个人的脚力。大红袍就生长在这山水清音、幽幽山谷的一处岩壁上，仅保存下来的两棵古茶树，让我们几个远道而来的寻茶人，感到惊异。

父子如茶。数年前，送孩子去外地上学。校园就在一座山上，四周有青青的茶园。临走时，我把那些大包小包的东西都取下，见路边有人卖茶，衔一片在齿间，一股苦涩很快弥散开来。于是买了几斤茶，放进已经干瘪的行李包里带回去，好记住山间茶的味道。

少年喝茶，香气氤氲，附庸风雅；中年喝茶，不疾不徐，内心舒展。就这样，一杯菊花茶捧在手中，喝得朴素、淡定了。

半雅半俗的生活

我住的房子在五楼，这个角度，不高也不低，春暖花开时正好听一窝麻雀在檐下啁啾。

人生有许多半雅半俗的事。比如，夏天在树荫下啃一口西瓜，秋天在桂树下闻香，冬天在老澡堂里烫脚丫子。前两样姑且不说，后一种，是不身临其境所不能意会的。老澡堂里，头池水，咕噜咕噜，烫脚丫，才是至真的大俗和大雅，俗是其粗拙的动作和形体语言，用一条脚巾，沾滚烫的水，在大脚丫上搓来蹭去。烫脚的人龇牙咧嘴，快活过瘾，这时候的"雅"是一种内心的恬淡，身心的自在飘逸。

吾乡多水，澡事兴盛。从前，小城之内，大小浴池凡数十家。城中有一澡堂，名"雅堂"，那时就很迷惑，澡堂子明明是烟茶缭绕，水雾腾腾，三教九流嘻嘻哈哈的极俗之地，为何偏偏称雅？后来才明白，澡客们在池水里泡去一天的疲惫和烦恼，皮肤散着热气，驱除寒凉，洗浴之后一身轻松，大有脱胎换骨之感，至俗之后至雅。

关于老澡堂子，汪曾祺《草巷口》中说，正月初一到初五不开业，初六日有"菊花香水"。为什么是菊花香水而不是兰花香水、桂花香水？汪先生说："我在这家澡堂洗过多次澡，从来没有闻到过菊花香水味儿，倒是一进去，就闻到一股浓重的澡堂子味儿。这种澡堂子味道，是很多人愿意闻的。"

在汪先生眼中，"有些人烫了澡，还得擦背、捏脚、修脚，还要叫小伙计去叫一碗虾子猪油葱花面来，三扒两口吃掉。然后咕咚咕咚喝一壶浓茶，脑袋一歪，酣然睡去。吃一碗滚烫的虾子汤面，来一觉，真是'快活似神仙'"。

一些赏心乐事，多半是雅俗兼半。

王安石有一首诗，其中写道："青山扪虱坐，黄鸟挟书还。"春天到了，先生悠然坐在太阳底下吹风，挠痒痒，面对青山，不时从身上摸出几只小虱子来，看着鸟在天上飞，心里的那份美美的滋味，真是只可与君子语，不可与俗人言。

半雅半俗，是半文半白；是半古典半现代；是唱着美声，又哼着民间小调。初春，我去拜访一个朋友，手不能空着，知道朋友不喜欢礼物的俗，却在乎情义的雅，顺便在路边折一枝蜡质鹅黄、冷艳幽香的蜡梅花送给他。

半雅半俗，不论是躺在酒店的沙发床上，还是乡野的稻草堆上，都同样呼呼入睡。我认识的鲁小胖子，在山中游玩，几个人夜晚投宿农家，铺不够睡，他睡在地板上。鲁小胖子在微信上说，他是一个80后士大夫，又说他是一个诗人、青年评论家。有一次，我和小胖在江南古镇吃肉包子，小胖将自己坐在街头鼓着腮帮吃包子的图片传到微信群里，还对一个人说：来呀，来呀，快来吃包子！

雅是人的一面，俗是另一面，就像一张纸的两面。

有个朋友，在生意场上谈天说地，回到家中，还是要掭臭豆腐，喝半碗糁儿粥。雅是一件外衣，俗的是内心，是脾气和本性。一个人，对世俗生活的真爱，是装不出来的。

尘世间，诸事万种，孰俗孰雅？

有人觉得，在朝是雅，在野是俗；当官是雅，做民是俗；品香茗是雅，饮大麦茶是俗；娴静是雅，癫狂是俗。

也有人把大雅的事，看作大俗；将大俗的事，看作大雅。雅和俗，在每个人的眼里，标准不一。

古人有《半字诗》："半水半山半竹林，半俗半雅半红尘……半醒半迷半率直，半痴半醉半天真。"

真的把个雅和俗都看透。

憋多久不笑

　　清代笔记《蕉轩随录》里说，有个人，一生不笑，"虽逢吉庆，未尝开口"。即使春天来了，抬头见山，他也不笑。一生不笑，他的内心该有多厚的坚冰？是他不愿笑，还是不会笑？简直匪夷所思。

　　不笑，就像在水中憋气，就这么一直憋着。

　　一个人，一个时辰不笑，容易做到。半天不笑，也难。一天不笑，更难。小时候，我曾经和人打赌，10分钟不笑，结果被别人挠挠肋骨、胳肢窝，还是憋不住，像闸门放水，"扑哧"一声，笑出声来。

　　一生不笑，着实是有些夸张和荒诞，但是也有人40年不笑。

　　据说，英国有位50多岁女子，40年没笑过。她不笑的原因，仅仅是因为怕长皱纹。她认为，这一"独家秘方"比打肉毒杆菌更自然有效。

　　"扑克脸"背后，是每当聚会时，周围的人笑成一团，她顶多动动嘴角，也不会惹人不快。这个女人坦言："我一直在控制自己的面部表情，所以我脸上没皱纹。我从十几岁起就没笑过了，连微笑都没有。"她承认，最多会把自己的嘴角"往上抬抬"，显出有点"小开心"的样子，朋友们为她取了"蒙娜丽莎"的外号。

　　40年不笑，几乎等同于一生不笑，这人把生命中最美好的年华冰封了。在生活中一板一眼，面部僵硬，就如同一块板结了的土块，那上面长不出庄稼、植物和小草。

　　笑一笑，表示礼貌。

　　朋友刘小二，有10天不笑。他觉得有个人待他不客气，一直闷闷不乐。那天，我请刘小二喝酒，他喝醉了，坐在小酒馆里傻笑。刘小二说，10天未笑，就像一泡尿一直憋着，快憋死了。刘小二哈哈大笑，他也不知道自己为什么事在笑。

写小说的老唐，5 天不笑。他写小说这么多年，写得最得意的一篇是《在马桶上想事》，还没有出过一本书。看到和他一起出道捣鼓文字的人都出书了，就连一个 20 岁才出头的小姑娘也出了一本书，老唐心里很着急。过了 5 天，他把这事给忘了。

卖菜的黄大贵，3 天未笑。3 天一直在下雨，他进的那些茄子、韭菜、西红柿、冬瓜快烂掉了。黄大贵天天吃西红柿炒鸡蛋。在他唉声叹气时，一个建筑工地的包工头把他的西红柿全买走了，黄大贵快活得抿嘴偷笑。

工作多年的老刘，有 1 天不笑。我问老刘心里有什么不痛快？老刘说，他夜里失眠，爬起来数钱，算来算去总不对，他工作这些年，就攒了这点钱？老刘说，当然是不能和别人比啦，自己跟自己比。比来比去，老刘算是想通了，人活了半辈子，钱多钱少，就这么回事。

朋友张老大，有一刻钟不笑。春天，我和他去爬山，张老大坐在山顶，气喘吁吁，瘫坐在一块石头上擦汗。一阵凉风过后，许多人都感觉舒服，忽听到张老大叫一声："嗯，老了。"张老大今年 50 岁，他走在街上时，一个小孩管他叫"爷"，张老大听后心里有些不舒服，他还是摸了摸那小男孩的大脑袋。说老就老了，张老大不甘心，他问我，你不是说过要拜访 100 座村庄，50 个小镇吗？到底去了几个？

一位学心理学的朋友对我说，笑是与他人交流的最古老的方式之一，笑或不笑，不过是内心情感在脸上的投影。

笑笑别人，也笑笑自己；愉悦自己，也愉悦别人，人生就这么过去了。

扪虱不如泡澡

扪虱与泡澡，两件不相干的事情，却是文人与俗人的赏心乐事。

《晋书·王猛传》记载，东晋大将桓温率军攻打秦国，驻兵霸上，隐居华阴山的王猛穿一件破旧的粗麻衣去见桓温，一边口若悬河谈经论道，一边因有小虱作祟，倒插后脊挠痒痒，旁若无人。

士大夫们为了显示与众不同，在身上豢养虱公子，与人交往时并不忌讳，这多少有些飘逸与玩世不恭，却被推崇为一种从容的行事方式。

虱子，在中国古代文人的袖笼中，在历史的青灯黄卷缝隙中漫爬，遭遇现代工业文明洗化用品的香馨荡涤，便逃逸得杳无踪影。

文人的宠幸，才会有虱多不嫌痒。难怪王安石说"青山扪虱坐，黄鸟挟书还"。面对青山，不时从身上摸出几只虱子来，真是只可与君子语，不可与俗人言。

贾平凹的《笑口常开》讲过一个笑语。陪领导去某地开会，讨论席上，领导突然脖子发痒，用手去摸，摸出一个肉肉的小东西，脸色微红旋又若无其事说："我还以为是个虱子哩！"随手丢到地上。他低头往地上瞅，说："噢，我还以为不是个虱子哩！"会后领导去风景区旅游，而被命令返回。

危机公关的正确处理方式是，会后应该安排领导去泡个澡，但执拗的老贾却坐在返回的列车上，"买一个鸡爪边嚼边想，不禁乐而开笑"。

洗与泡是有区别的。洗，是搓去身上的尘垢和老死的细胞；泡，是养心，舒筋活血，逍遥乐。

我生活于温柔水乡，未体验过小虱爬身的微妙感觉。儿时常听大人们议论，某人去北方住旅店，床铺上有虱子，这个人就脱个精光，用皮带将衣服捆扎好，悬挂于橡梁之上。那时，我没有去过北方，自然不会经历这样的事，大概是个笑话。

吾乡与扬州毗邻，民风相似。儿时冬日，江淮之间天地大寒，室内又没有暖气，人冻得像一根紫茄，手捏一根竹澡筹，跟在大人后面，一步一趋，慢慢踱到水汽氤氲的澡堂里，一点一点地复苏。

邻居郑大爷，泡澡常去城中的"雅堂"，后改去城西的"华清池"，再后来是北城门外的"西园"。因为常年在外奔波的缘故，有鸡眼。泡完澡，还要请专门师傅修脚。有时，泡完澡，溜达到富春茶楼吃一碗鱼汤面，恬淡，自在。

俗人泡澡，关键在泡。大池里，你我脱个精光，身体浸泡在热水里，只露个脑袋在外面，或聪明绝顶，或一头痴发，孰尊孰卑，一视同仁。头池里水滚烫，适宜烫脚丫，贩夫走卒，龇牙咧嘴，雅俗共赏。

扪虱与泡澡，两种截然不同的生活主张，实际上是同一种闲适的生活态度。虱公子多年不见了，只是人生苦短，世俗烦恼，扪虱不如泡澡。泡澡之后，血流贲张，一身轻松，神清气爽，想做的事赶紧去做，享受人生的美好时光。至于张爱玲"人生是一袭华丽的旗袍，爬满了虱子"，不回避矛盾，且又看到旗袍的美好。

终归是一件漂亮的旗袍。

抱膝看屏山

抱膝看屏山，这话是张恨水说的。他在《金粉世家》中填过词："纸窗竹户屋三间，垂帘无个事，抱膝看屏山。"

春天到了，远处一溜如屏青山，山间画屏寂静深邃，有鸟划过，一前一后，活泼泼飞远，天幕上有风，微微颤动。

抱膝，抱的是悠闲。一个人正襟危坐，他的姿势并不舒坦。随意席地而坐，可能是靠着一架门框，或者坐在一块石头上，远处有黛山、花树，山间有烟岚，没有风，淡淡的，断断续续，呈细条绳状，袅袅斜升，不去细想，就知道炊烟之下会有一个人在生火做饭。

从一缕炊烟，可以猜测一个人，这是抱膝闲看的有趣之处。别人正忙，我却闲；我忙时，别人闲，也会抱膝看青山？

看一抹青山，就是看一幅画，画里有黄的、绿的树叶，尤其到了秋冬，经历霜染，层林像被泼了颜料，色彩斑斓。

得选一个好角度，四周有山，人在画中住。我去浙江丽水，有个朋友的亲戚家四周就有这样的风景，山间有一小块盆地，日头出处是山，山不高，如屏，房前屋后植橘。那个下午，我坐在绿树黄橘间一长凳上，抱膝看山。

找一节旧台阶，细细打量。巧的是，有年深秋，暮色苍茫的傍晚，在皖南徽州，一个名叫"屏山"的古村，坐在一户老宅门前，抱膝看四周的风景，一只只红灯笼亮起来了，远处山色朦胧，在古村盘桓，小坐良久，我放下膝，在一片流泉淙淙声中，依依离开。

不要以为抱膝看屏山是个闲淡人，有时候，那些很忙很忙的人也会抽出空来，坐在临窗的酒店里，抱膝看街上的人。有时候，他会看到两个人，如两只鸟，一前一后地走着，在尘世里奔波。

那些写字楼里的成功姿势，更多的不是抱膝，而是抱臂。我在纸媒上看到一个熟悉的老板，谈他的事业和人生，旁边配一图，他站在窗口抱臂，若有所思。

成功的人是抱臂，散淡的人是抱膝。

抱膝，一定是清闲，有小人物的安逸满足状。这让我想起两年前的秋天，我到山中赏景，走了很远的路，走累了，瘫坐在山涧的一大石头上，抱着膝，想吃山中老熟的玉米。

抱膝看风景，看累了就想吃东西，于是手被腾出来，眼睛在观赏。抱臂的人是想得很多，抱膝的人干脆什么都不想。或者说，是有钱的人，抱臂；没钱的人，抱膝。

抱膝，是人的两只手紧紧抱着膝盖，而让身体前倾，胸和膝离得很近，有某种安全感。

我认识的蹬三轮的张二爹，闲暇时坐在车上等客，也是蜷缩着身体，在路边抱膝。他当然看不到如屏青山，看到的是熙攘的人群，各种各样的表情，从他面前匆匆经过。张二爹将手抱在膝盖上，这是他临阵出发前的准备动作，也像长跑运动员在等待发令枪响，他弯着腰，抱着膝，代表着中场休息。

也有几个老头儿抱着膝倚着墙，打瞌睡。老头儿看人时，睁一只眼，闭一只眼，一副漫不经心的样子。

我静坐在一角，双手抱着膝，看远处如屏青山，山也看着我，它会认识一个远道而来静静看着它的人吗？其实，在张恨水书中，女主人冷清秋抱膝看屏山，并不是赏风景，她是在垂帘处回望来时路，在小楼参佛诵经，以青山为镜，顿悟一生。

喝粥翻书

雪夜，适宜用苏州青烹粥，翻《菜根谭》。

肥厚的苏州青，叶茎一片一片掰开、洗净，用张小泉菜刀细细切碎，入粥，文火慢炖。

《菜根谭》是一棵老青菜，在雪夜里，一瓣一瓣地掰，喝粥时读，养胃、暖心。

我一手捧一碗粥，一手翻《菜根谭》。"天地有万古，此身不再得；人生只百年，此日最易过。幸生其间者，不可不知有生之乐，亦不可不怀虚生之忧。"读这样的句子时，一碗粥，碧绿；纸页间，有风，有鸟飞过。

许多好书都错过了，在这雪夜，遇到《菜根谭》。我在年少时没有认真去读，书一直在那儿等着。寒夜喝菜粥，读到这样的句子，心中陡然一沉。

我承认，不是一个博览群书的人，喜欢翻书时揣摩那个写书人的心境，于书中与他相遇，哪怕隔着几百年。

几百年的时间并不长。几百年后，当一个人读着文字，眼睛里有山，映着水；看到时光，望见天地，能够引起情感共鸣，说明那本书像一棵菜，仍然活着。

一册线装书，在没有人读它时，清风明月去翻。从书架上，或故纸堆里，拂去书页上的灰尘，浸泡在苍凉的水里，遇到阳光或者好天气，它又活了。还能带给这个人各种各样的心情，好心情，坏心情，或者不好不坏的心情。

我在雪夜喝菜粥，翻《菜根谭》，有这样的感觉。不过，有些书，少年时读过，并不解其中味，只有经历过，里面有稻的米香和菜的清香，才知粥味。

在这个匆忙的人世，经常领悟到人生的许多"不快乐"，做事没有别人顺，处境没有别人好，还会听到有人背后说你的不是。而忽略了碗中，"不可不知有生之乐"。

我们有什么不快乐的？每天呼吸着清新空气，还有什么比喝粥更快乐的事情？是外在的因素导致内心的不快乐，还是内心本来就不快乐？大多数人属于前者。

有些文人，天生就是逍遥乐，能够揣摩到在几百年后有人还会翻他的书。人不在了，书还像一棵青菜长在园子里。同样也是喜欢饭粥的李渔，在《闲情偶寄》中得意地说，多少年后，有人还读他的书。

文人的偷着乐，金圣叹在《不亦快哉》中列数 33 种。每一种，都会让你开怀而乐。金圣叹的《不亦快哉》，是我喝粥时用来佐餐的五香萝卜干。

一本书，就是一碗粥。所不同的是，它们有的是糯米粥，有的是红豆粥，有的是玉米粥，有的是红薯粥……我觉得，读《菜根谭》适宜喝菜粥。

雪夜喝粥，能抵御风寒，周身暖洋洋的。走在寒风里，就惦记着赶紧回家煮一锅菜粥。煮粥时，红泥小火炉，火焰舔着锅底，先用小米下锅，待到渐渐翻滚时，撒下苏州青的菜末，米浆稠绿。

许多事情，古人早已琢磨透了。比如《菜根谭》还说："栖守道德者，寂寞一时；依阿权势者，凄凉万古。"

读这样的句子，我感到背脊发冷。古人真是太厉害了，把许多事情给你点透。就像我在深秋爬上徽州一座不知名的山上看日出，站在山峦之巅，凉风灌衣，空气寒冷清冽，看到天地的浩大无边，有人生的寂寞一时和万古凄凉。

一呼一吸，人活一世，不过百年，一日就这样不知不觉在吃饭喝粥中过去，因此不可不知活在这个世界的快乐。

怎样活得像一株植物，而无虚生之忧？就像一个人，春天对一朵木笔花傻笑，夏天躺在一棵古树下睡觉，秋天听床下虫子叫，冬天口鼻呼烟，呼啦呼啦喝粥……

在雪夜，喝粥，翻《菜根谭》，不觉天际已白。

俗世烟火是迷人的

烟水壶

一袭深褐色，注入滚烫的开水，呈一道晶亮的弧线，乾坤之内升起袅袅薄雾，一壶烟水，嫩芽沉浮。

烟水壶，古旧的器具，色泽黯淡，里面泡的是碧螺春。手捧玲珑之壶，这绝对是一副老派文人、商人、小职员的日常做派，眯缝双眼，从那壶口处，咕噜咕噜，喉结翻转，饮那天水茶。

老酒吃多了，自然口干舌燥。三伏天，坐在树荫下，或躺在老木藤椅上，享受穿堂风，领略人生的情趣。

那把壶，手指在上面摩挲，往往有一层包浆。壶底铭刻着"大清乾隆"字样，主人时不时还会得意地翘起壶底，就像现在耍酷少年炫耀自己的品牌衣裤。

小时候，我住在小城的西门大街，沿着大街往西走，一直可以走到远方。街坊邻居有一个绰号叫"细酒"的老头，那时年纪也不大，才五十出头。

"细酒"好饮酒，从方言的发音揣摩，那个"细"有点像嗜好的"嗜"，实则是慢吞吞的意思，民间土语有时也文绉绉的。二两老酒倒在杯中，慢慢品、细细啜，能消磨掉大半天的辰光。这着实见一番功力，难怪"细酒"微醺后，闲时必捧壶。

烟水壶，让人想起一段粗茶淡饭的前世情缘，茶和水相融在一只壶中，水烟浸润，鸡犬相闻，炊雾缭绕，壶面沾满油渍、汤渍、汗渍，泡在里面的爱情茶隔宿也不会馊。

无味即有味。壶胎里附着一层厚厚的茶垢，是日积月累留下的，即便在缺茶时羼入白水，升腾醇香依然。茶味渗透肌理，就像平时贮藏的那些素淡感情，于日后，淡味清欢，缓缓释放。

文人爱壶。郑板桥偏爱瓦壶天水菊花茶，在那壶身上操刀铭字，"嘴尖肚大耳偏高，才免饥寒便自豪。量小不堪容大物，两三寸水起波涛"，流露喜形于色。

梁实秋在《雅舍》记述烟火生活："篱墙不固，门窗不严，故我与邻人彼此均可互通声息。邻人轰饮作乐，咿唔诗章，喁喁细语，以及鼾声，喷嚏声，吭汤声，撕纸声，脱皮鞋声，均随时由门窗户壁的隙处荡漾而来，破我岑寂。"

一把壶，质朴粗陋木桌上漫不经心的随意摆设，却是寻常的滋味生活。其实，凡夫俗子之壶，常放茶末、橘皮、茉莉，解口干舌燥之渴。

烟水壶，使我想起扬州何园里有一小亭。园主人起名："壶上春秋。"中秋之夜，文人名伶齐聚亭上，吟诗唱附，小亭四面环水，声音贴着水面一路飞跑，不用扩音器，站在园子的一角暗影处，无论小姐、佣姆，都能清晰地听得见温婉的吐字唱腔。

一壶收纳烟与水。绝就绝在这"壶上春秋"，一翼小亭，宛若一把倒扣的烟水壶，把园子里的波光月影与田田荷叶、睡莲揽怀"壶"中。一壶光影，池塘里流泻着牛乳般的薄雾。我不知道，作为扬州才子的朱自清在写《荷塘月色》时，有没有想到家乡的"壶上春秋"。

有一次，和几位朋友在何园夜饮。懵懵懂懂，影影绰绰，从园子的一隅往外走，见庭院中间，"壶上春秋"月华如水，好一把妙趣天成的烟水壶，摆放空庭。四周桂影斑驳，宛若蜀冈茶，正泡着酽酽的人文春秋。

烟水壶，烟熏水浸，烟火淡味生活。闲适之人，手不释壶，则是一种心理上的依附。

俗世烟火是迷人的

多年前看过一部电影，一座城从雾气腾腾中醒来，房屋露出轮廓，远处有生炉子的烟，街道上清洁工在扫马路，有人买早点边走边吃，有人骑车匆匆而过，有人在大呼小叫，市声嘤嘤。一座城，光影斑驳，烟火迷人。

同学的父亲是个教师，也是个胖子。他白天在学校教学生，下班回家驯养鸽子。他们家住在一条家家生火点煤炉的老巷子里，他父亲在屋顶上搭鸽棚，20多只鸽子成天咕咕叫，在外人看来，既烦，又难听。他父亲回到家，爬上梯子，去看他心爱的鸽子，为鸽子喂食，呵护刚出生羽毛未丰的小鸽子。鸽子飞出去后，傍晚他站在天井里叉腰看天，像个空军司令。

俗世的烟火是迷人的。在徽州卢村，那样一个小村庄，天色熹微，还沉浸在天青色的透明水里，有那么多的人，长枪短炮，密密麻麻站在山冈高坡上，看一个村庄从炊烟袅袅中醒来——人们还是迷恋着俗世烟火。

烟火，作为生活的隐语，它是与炉灶、食物、器物、气息、痕迹……联系在一起的。

人立风口生炉子，一焰如舌。那些稻草、杂材被点燃，风顺着炉门，呼呼而过，火苗四蹿。点火生炉子的人在空旷处，弯着腰，手执火钳，将一只蜂窝煤点燃，并且烧得红通通。一只多孔的蜂窝煤，被点燃，像熟透了，火色透明。生好的煤炉，摆在过道、走廊，支一钢精锅，适合煨老母鸡汤、猪肚肺汤，食物在锅里咕噜翻腾，锅在翻腾时水蒸气四溢。

邻居朱二小，在桥口开一茶水炉子。朱二小每日早晨在天亮前将两大锅水烧沸。水沸时，水炉子的屋顶上奔跑着淡烟，猛水过后，烟囱的烟由浓转淡。水炉子前，人们打水、灌水，烟气水汽迷蒙一片。这时候，只能看到朱二小依在大锅木盖旁叼着烟的半张脸。

茶水炉子，又叫老虎灶。我不明白它为何叫老虎灶？大概是一片小铺面，两口大铁锅，一灶沸水，虎虎有生机。

有人说，俗世烟火的迷人，在于它有色彩、有味道、有温度。

曾细品一组老房子的旧照片，老武汉的繁华地——守根里，20世纪20年代的石库门建筑已然破落，晾晒的衣被从半空悬垂而下，老人坐在巷口打瞌睡，放学的孩子快步回家。一栋栋住宅对门而立，大门面向里，往宅内走，天井通幽，堂屋居中，屋内还有楼梯、厨房。房子像迷宫一样，数十年从未更换过的木质楼梯泛着幽微的光泽，人踩在上面嘎吱作响……独特的烟火气息，逸散在空气中。

味道是世俗的味道，在那些市井小茶馆里，一壶茶、一碟干丝、一碗面、包子点心，热气袅袅，谈天说地，碗与盘碰撞，汤水四溢。

俗世烟火是迷人的，因此，明代文人张岱说自己好烟火，好梨园，好鼓吹，好古董，好花鸟……这样一个充满情趣的人，身上沾着那么多的烟火气，又有着那么多与众不同的特质，带给人们不尽的美好遐想。

俗世烟火的美食，让人们爱烟火，更爱生活。我认识的一个人，爱吃，他说在这世界上有那么多的美食，那么多美食搭配得如此精巧细致，也是迷人的。

俗世中的美食，有许多是由烟火熏出来的。徽州老房子里那些悬挂的腊肉、香肠、腊鸭、腊鸡、红辣椒，沾着老宅的烟火气。

烟火烘熏，使食物本身弥散一缕烟气，自内而外发散出谷物的醇香。

一炉烧饼，在炭火的烘烤下，渐渐香酥金黄；一根油条，在锅里炸成一锅油花；一只红薯在火膛里忽明忽灭，飘散诱人的香味……这些都是人间烟火带给人的感官享受与体验。

有个摄影师朋友，这几年拍了许多古镇赶集的照片。他的作品中，有卖钉耙、锄头、铁锹等农具的小商贩，有捏面人的手艺人；露天摊卖面的老板一边舀汤，一边招揽顾客，汤勺翻转，呈一条银亮的弧线；有家老理发店，墙面刷着石灰水，铜面盆里水汽袅袅，一老者正仰面躺着刮胡子；卖花香藕的，粗柴火塞进红泥灶膛，火苗四蹿，一锅子的藕随着水汽沸腾在颤动。

朋友说，单纯拍摄烟与火，只是一团或一缕那样的几何图形，这些附着于器与物上的，是看得见、摸得着的人间烟火，是渗透在岁月里的痕迹。

满城烟火，满城灯。席慕蓉文字中，恋爱的中年男女站在山顶遥看城里的万家灯火，眼睛中充溢对俗世美好生活的向往。

人在俗世，烟花那么远，烟火那么近；烟花那么冷，烟火那么热。

有些事，想起来湿润而美好

虫鸣夜，翻张岱的《夜行船》，有"郭林宗友人夜至，冒雨剪韭作炊饼"之语。夜雨剪春韭，寥寥数笔，把二人关系亲疏远近呈现得像虎皮西瓜，纹路清晰。

有些事情，想起来湿润而美好。

下雨天，家中来了人，又没有什么好招待的，就想到屋后有一畦地，雨中春韭长势喜人，便撑一把伞，或戴斗笠，摸黑下地，剪一把绿韭，烙韭菜饼。

剪下的韭菜，露水晶莹。烙韭菜饼，韭菜一寸一寸细细切碎，面糊拌青末，用柴火铁锅去烙，锅不热，饼不贴，小屋里很快韭香四溢。窗花灯影，映着两个人，这时候不一定需要酒，客随主便。他们的感情，像雨和叶子一样亲近。

有些事，想起来湿润而美好。

祖宗留下的一对旧桌椅，包浆沉静。一年四季，磨蹭擦拭，碗盘磕碰，汤水泼溢。冬天凉冷坚硬，夏天大汗淋漓。盘髻女子、垂髫小儿、耄耋老者……不知道坐过什么人，想过什么心思，摆放过什么器物。

小时候，听外婆说，从前的生活朴素贫穷。一天，有个亲戚上门，外婆缸中没有米，赶紧到邻居家去借三斤米。外婆瞒着客人借米，还打肿脸充胖子，笑嘻嘻对客人说，缺钱、缺煤不用愁，有什么事尽管提。

我十五六岁时，到乡下走亲戚。住在一座村庄里，散步到一户人家。主人见有客登门，颇感意外，忙不迭地，不知拿什么招待才好，正搓手犹豫着，忽然看到屋外有一株梨树，累累梨子压弯树枝。秋天正是梨树挂果的时候，主人喜出望外，赶紧直奔门外，抱回一大捧梨子。

梨树本在门外，春天开花，洁白芬芳；秋天结果，阒静无言。摘一只梨子，伸手可及，可有时主人忘了这一树梨子的存在。

我从百里之外的小城坐船而来，先住东庄，有个亲戚打听到消息，步行15 里，从西庄赶到东庄，接我到他家。中午吃饭，坐着闲聊，亲戚说，小孩子大老远来，乡下没有什么好吃的。说着话时，忽然一拍大腿，说，想起来了，谷雨在东头河对岸的地里边点过几颗瓜种，不知结了没有。亲戚把饭碗一摆，就到那块地去了，翻腾了半天，摘回了两只瘦香瓜。

其实，在我看来，乡下的香瓜最宜入画。瓜色温碧，瓜有清香，瓜纹清晰。《本草纲目》里说："二、三月种下，延蔓而生，叶大数寸，五、六月花开黄色，六、七月瓜熟。"

湿润而美好的事，大都与情境有关。比如，杏花春雨，凉风好月，坐对一扇花窗喝酒，二三挚友结伴而行。有时，人在旅途，也会遇上一两个素不相识的人。

我到山里看湖，住在县城。晨起，推窗，见对面楼上阳台，立一个女子，在晨风中梳头，湖在身后不远处微微呼吸，人在风景里。

在江南小镇寻茶，遇雨。看到那些卖茶人，不紧不慢，坐在半明半暗的铺子里，浸在茶香灯影之中，街道狭窄，灯火可亲。

民国闺秀张充和在《小园即事》中记有一段童年趣事。小充和还在襁褓时，就过继给了叔祖母李识修。识修是李鸿章的亲侄女，从小给予小充和最柔软的亲情之爱。张充和童年时，对于母亲的概念是模糊的，与叔祖母一道生活，她甚至认为"我是祖母生的"，童言稚语，湿润可爱。

小时候我也有类似经历，以为自己是从渔船上捡来的，弟弟是乡下姨妈生的。那时候，姨妈常从乡下来，一住就是十天半个月。姨妈常哄着弟弟睡，手工做小衣裳。我常和弟弟抢牛奶喝。那时的牛奶真香啊，醇香浓郁，比现在的牛奶好喝多了，那可是 20 世纪 70 年代的牛奶。

朴素的事，都是从前的事。有些事，隔了多年，想起来，感觉湿润而美好。

第四辑　雏啄字

　　我若在古代，会养一只小鸡。我写字，睡得迟，小鸡也睡得迟，并不像其他战斗鸡那样，一挨天黑就归窝匍匐，恹恹而睡，在暗夜中等待破晓天明。主人没睡，小鸡岂肯就寝？它玩兴正浓，在室内烛光下悠然踱步，时不时好奇地伸长脑袋凑到桌上，啄一下，再啄一下，像吃饱的稚童，不是为饥饿，而是寻零食，啄字——啄我刚写下的文字。

虫鸣打湿一身

一个在秋天赶夜路的人，虫鸣会像露水一样，打湿一身。

虫鸣疏疏密密，高高低低，嘈嘈切切，像雾气，从四面浮了上来，密密急急，大大小小，打在这个人身上，衣服、口袋、头发、眼睛、耳朵都是湿的。

虫鸣如雨。窸窸窣窣的虫鸣，如细细密密、清清凉凉的雨，将人打湿；虫鸣如露水，随雾气升腾，走夜路的人，拨开一团，又围上来一片，身上是湿的，虫鸣露水，濡湿人衣。

一个人的绿野仙踪。京城玩家王世襄与秋虫纠缠，汗水露水也曾把衣裳浸湿。

秋虫在野。老顽童当年在京城郊外捉蛐蛐，玩得废寝忘食。他从早上开始，直到下午也不觉得饿，太阳西斜才啃几口烧饼。王世襄那时年纪也不小，他捉虫子不与年轻人争，而是跟在后面，趴在豆棵高粱地里头，叶子密密，庄稼地里又闷又潮，头上的汗珠子黄豆粒滚下来，王世襄的草帽、小褂、裤子都是湿的，但他玩得兴致不减。与秋虫纠缠，小东西也不会轻易让你逮到，它要躲闪，又撩拨你，在草叶深处鸣叫。

虫鸣打湿一身。这个人在秋天的夜晚回家，路遇虫鸣细雨，头发沾珠，薄衣微湿，心情步履轻松，虫鸣像微凉的雨点溅在他身上，每一寸毛孔都是畅快的。

一个人能听到虫鸣声，是说明这个人距江湖近，离庙堂远。

《太平广记》记载，有一名叫马融的人，曾在二郡二县为官，没有什么政绩，办事也跟常人一样。他在武都任职七年，在南郡任职四年，从未按照刑律上的规定处死过一个人。马融生性爱好音乐，鼓一手好琴，吹一管好笛。每当他鼓琴吹笛时，引来蟋蟀相和。

与虫为友，虫在窗外盆鼓而歌，虫鸣声是温润的，似雾气露水，水汽饱和，打湿你一身。

虫鸣如雨，打在草叶、纱窗、老墙……有一年在徽州，和几个朋友夜宿山村。月光幽幽的蓝夜，一大片虫鸣穿窗而入，从四面八方合围而来，唧唧唧，吱吱吱，在石缝墙角、豆棵草叶间欢鸣，远的，近的；细声音，大嗓门。虫鸣像雨，把房子、石头、台阶打湿。凌晨离开时，虫鸣在村头南瓜地里激越一片，震颤露水，人身上也沾着山岚之气，似乎是被虫鸣打湿的。

虫鸣打湿一身，我和友人聊起这句话，友人点头附和，说他前几天在河上夜钓，站在一条已废弃多年的老桥上，用一束光打向河面，耐心等鱼，却听见河两岸黑漆漆的深处有一大片虫子叫。友人说，有虫子叫的夜晚，一个人在河流上垂钓一点儿也不感到单调，在桥上一直站到子夜，回去时身上和头发也是湿的。友人说，真是奇怪，一直觉得自己身上的潮气是被虫子打湿的。

秋天的清晨，风凉似水。挑担进城的人，头顶上还亮着启明星，四周一片寂静，他从雾气中走来，一大片虫鸣鼓奏伴随，相送十里，衣衫被露水打湿。

"雨中山果落，灯下草虫鸣。"一千多年前，唐朝的某个秋夜，人到中年的王维，已然进入人生的秋天，他凉夜独坐，倾听天籁，堂上灯烛飘忽，屋外下着雨，想到山里成熟的野果被打落，禁不住感到落寂；从灯烛的一线光亮中，察觉到秋夜里的草虫也躲进堂屋鸣叫来了，被虫鸣所感染，那些唧唧之声，让诗人触摸到布衣上的微微湿意。

对于虫鸣的音律之美，明代袁宏道觉得，纺织娘的声音与促织相似，却比其更清越。还有一种体形比促织要小的金钟儿，声音韵调极致，婉转悠扬，如同金玉之音从中发出，平稳和缓，响亮透彻，令人听了感到心平气和、肌肤温润。

秋虫欢鸣，是月光泛白大地上的盛典，有很强的仪式感。

一个人的乡愁中有虫鸣的声音，雾气升腾，这个人的神情是肃穆的，目光、额头是湿的，一地虫鸣，汹涌而来，不期而遇，打湿一身。

昆虫志

　　二三两酒，七八只虫子，是说明这个人的生活闲适、简单。饮小酒，指叩桌案，晚风轻拂，听小虫子欢鸣。

二三两酒，七八只虫子

　　人活在世，总有喜好和癖好。一次，有个人问我，你有喜好吗？你的喜好是什么？我回答他：有啊，当然有，二三两酒，七八只虫子。

　　这样说，虽有些戏谑的成分，但它概括了我的某种生活态度。

　　二三两酒，前提是朋友聚会的情况下，平素一个人喝酒我是不干的。有朋友在场，在接地气的小酒馆里把盏对坐，如穿布衫般亲切，节奏缓徐，耳闻嘤嘤市声，彼此话语平和，肢体舒展，筋络通畅。

　　二三两是一个男人起码的酒量，没有这个数上不了场，不用劝也不藏量，喝过酒，侃侃而谈，尽兴而归。

　　对饮者的过度溢美，属于遥远的李杜年代。二三两是小情趣，喝过开心，写文章思路也打得开。当然，有人滴酒不沾，有其他小爱好，只是与酒无关。

　　这一点，就像我从前遇到过的小虫子。我喜欢小昆虫，曾于草木深处近距离打量过它们，有时也拿一两只放在手心把玩，再把它们放了，不能弄疼弄伤它们。我喜欢小昆虫，保留对小虫子的兴趣，是用来保存一个男人身上仅有的天真。

　　凡人总是相通的。朋友老鲁，也喜欢虫子，他用相机微距拍虫子。在老鲁眼中，所有的虫子都是美丽的，触角清晰的蜗牛、能数出薄翼上纹路的蜜蜂……远比想象中还要好看。老鲁说，虫子都很敏感，要拍到它们，除了轻手轻脚，还要屏声静气。一次，老鲁在林子里拍到蝉的羽化。一只蛹，用一对挖掘足将自己固定好，然后背部微微开裂，成虫的头和胸慢慢出来，接着前、中、后足会依次而出。它翻过身来，用足抓住自己蜕下的壳，使腹部挣脱束缚，整个身子就出来了。"羽化成虫，意味着蝉的生命将走到尽头。"说起这些，老鲁有些伤感。

癖好是一个人身上独有的味道。北宋文人黄庭坚喜欢焚香，是一个"香痴"，香可净气，老黄闲来无事，找个精致小铜炉，燃一炷香，然后闭目静坐，独处幽室，六根清净。

二三两酒，七八只虫子，说明这个人的生活闲适、简单。饮小酒，指叩桌案，晚风轻拂，听小虫子欢鸣。

这样的事，不只发生在普通人身上，文人与酒、与虫子，也有大喜好。

先说酒。梁实秋先生就好酒，他在《饮酒》中说，酒实在是妙，几杯落肚，平素道貌岸然的人，绽出笑脸；沉默寡言的人，也会议论风生。据说，梁实秋六岁时陪父亲在致美斋饮酒。连喝几盅之后，微有醉意，父亲不让再喝，他便倒在一旁呼呼大睡，回家才醒。梁实秋在青岛时，看山观海，久了腻烦，呼朋聚饮，三日一小饮，五日一大宴。有时结伙远征，近则济南，远则南京、北平，不自谦抑，狂言"酒压胶济一带，拳打南北二京"。

再说小虫子。京城玩家王世襄喜蛐蛐，他曾在胡家楼李家菜园后面那条沟，捉过一条青蛐蛐，"八厘多，斗七盆没有输，直到封盆"。王世襄这样描述当年捉蛐蛐的情形："高粱地，土湿叶密……豆棵子一垄一垄地翻过去，扣了几个，稍稍整齐些，但还是不值得装罐。忽然噗地一声，眼前一亮，落在前面干豆叶上，黄麻头青翅壳，六条大腿，又粗又白。"老顽童喜不自禁，一个架势扑了过去，拿着罩子的手激动得颤抖，不敢果断地扣下去，"怕伤了它"。

二三两酒，要众人平起平坐，酒桌上不分主次，相互客气，也不需要谁去恭维谁。

七八只小虫子，蛐蛐儿、螳螂、蝈蝈儿、剑角蝗、独角兽……它们在某个墙角爬行或鼓翼而鸣。喜欢小虫子的人，看到它们眼神清亮，尤其怜爱，怜爱一秋天。

人皆有所好，明人张岱自谓："好精舍……好鲜衣，好美食，好骏马，好华灯，好烟火，好梨园，好鼓吹，好古董，好花鸟……"喜好弄得太多太杂，也分不清他到底喜好什么。一个人真正的味道也就无从捉摸。

对普通人而言，有二三两酒，七八只小虫子，也就足矣。

二三两酒带来口腹之欢，是物欲的；七八只虫子让人心情愉悦，是精神的。

杯小乾坤大，虫微一季鸣，这个人心中有大满足。

昆虫四小旦

当今赛事不断，如果要举办一届昆虫"超模"大赛，我以为，蝉、天牛、螳螂、促织分获四小旦。

昆虫有许多，沿着岁月的枝梢，慢慢爬行。嘘，趁这些小东西尚未走远，悄悄打量它们。

台前幕后，蝉是一只扮相俊美的小花旦，一袭透亮的薄翼，甫一登台，宛若俏新娘的婚纱，酷似新郎的燕尾。我想到，许多古代女孩子的名字如貂蝉、婵娟，与蝉有关。蝉一动不动地，几乎贴在褐色的柳树皮上。幼童捕蝉，坐在歪脖子杨柳树杈上，伸一节颤悠悠的竹竿，从背后黏住那片薄翼的一瞬间，蝉在竹竿上蹦跶，与少年博弈。三伏天，最是恣肆忘情的歌者，在杨柳晓风中欢鸣，并不是每只蝉都能歌唱，没有既成的音孔，天才的歌手也只能选择沉默。蝉从蛹中来，在地下掘土四年，蜕变后，一飞冲天。

"旦是好旦，就是聒噪。没有18岁少女的含蓄、矜持。"台下，或许有评委这样评价。

且停且行。天牛这只小武旦，注定要在笔直的树干上缓慢爬行。天牛极具小武旦品相，像《杨家将》中的穆桂英，两根细长的角质触须，一节续一节，伸向高远天空。

小时候，我一直认为，那些慢腾腾的老牛是由天牛一点点慢慢长成的。乡村没有玩具，庄户人逮一只小天牛送给城里的孩子。天牛用棉线拴了，却不会跟着顽童走，顽童向东，天牛向西；顽童向左，天牛向右。天牛被牵引，吃尽苦头。"慢慢养着吧，等它大了，就是一头水牛。"顽童在那个扛着锄头走向田野的庄户人的善意谎言中遥想，一只天牛变成一头水牛，沿着乡村小道慢慢地走。

螳螂是一只顶真、较劲、浑身透绿的小泼辣旦。还是幼童时，那么嫩的绿，透视出小小身段，淡红色的筋络。"螳臂当车"，是这只小泼辣旦保留的一出传统折子戏。不自量力，就是一遇水汽流动，便竖起进攻的利器。

夏天，很容易捕到一只螳螂。少年与一只小螳螂邂逅，少年戏谑螳螂，谁知小螳螂如临大敌，举起两道锯齿，逼向少年的手指。少年恶作剧，掰断它的双臂，螳螂绝望了，耷拉着脑袋。"没有了锯齿，看你还是不是螳螂？"那时候，少年这样想。

促织是一只小悲旦。蒲松龄《促织》中说，一只蟋蟀是由小孩子变的。夏夜的墙角，促织窸窣弹琴，躺在床上的人，听着天籁渐渐入眠。

法布尔在《昆虫记》里说："没有什么其他的歌声比它更动人、更清晰的了。在八月夜深人静的晚上，可以听到它。我常常俯卧在我哈麻司里迷迭香旁边的草地上，静静地欣赏这种悦耳的音乐。那种感觉真是十分的惬意。"

小时候，寻找一只促织，有时候，我们将一堆乱砖翻个底朝天。小河边，撩起清亮的河水，向河坡上促织栖身的草丛洞穴泼去，激腾起暴风骤雨。就这样，以天空为幕，以草木为T台，提臀扭腰走猫步，促织走来了。

促织的次第浅唱，说明一个夏天即将离去。田野上，窸窸窣窣的声音四起，震颤着草叶，秋天也就来了……

租一只昆虫过夏天

夏日午后漫长，除了单调乏味的午觉，我想租一只昆虫过夏天。

如果有 N 种选择，想租一只蝈蝈儿。以前，经常有农人挑着蝈蝈儿进城卖，扁担上挂满叮叮当当的蝈蝈笼儿。这些年蝈蝈儿不见了，也不知它们去了哪儿。

蝈蝈儿，翠绿、头大、脸平。短臂长腿，足有锯齿，额生触须，凸起的复眼，椭圆形。

汪曾祺在《夏天的昆虫》里说："蝈蝈我们那里叫做'叫蛐子'。因为它长得粗壮结实，样子也不大好看，还特别在前面加一个'侉'字，叫做'侉叫蛐子'。这东西就是会呱呱地叫。有时嫌它叫得太吵人了，在它的笼子上拍一下，它就大叫一声：'呱！'——停止了。"

蝈蝈儿，有方言吗？我不知道北方的蝈蝈与南方的蝈蝈叫声有什么不同。我的朋友刘老大，能从蝈蝈的叫声中辨别出它们的老家。刘老大说，体型偏大的，叫声"极——极，极——极"，是城南一带的蝈蝈儿；花纹布满褐色斑点，叫声"吱拉、吱拉"，是城北的蝈蝈儿。我去皖南山中，想寻一只会唱黄梅戏的蝈蝈。到浙江，想找一只会唱越剧的蝈蝈。

人与虫的不同，是可以从其发音、语速上窥见其职业、脾气和个性的。即便是每个人都能操持一口流利的标准语言，那些低沉、浑厚，风趣、生动，抑扬顿挫、慢条斯理的倾诉交流，总能走漏风声，听到一地的腔调。

租来的昆虫，喂它南瓜花。汪曾祺说蝈蝈儿："什么都吃。据说吃了辣椒更爱叫，我就挑顶辣的辣椒喂它。这东西是咬人的。有时捏住笼子，它会从竹篦的洞里咬你的指头肚子一口。"

租一只昆虫，有夏日风情的清妙，让人恍若回到童年，在城市回望田园。

刘老大养的那只蝈蝈儿，是他去拜访朋友，在路边看到小贩在卖叫声很动听的蝈蝈儿。那些昆虫用一只只小巧精致的小竹笼装着，他被蝈蝈的叫声吸引，凑过去看热闹。小贩说，蝈蝈儿可以养来解闷，刘老大花 10 元钱买了一只。

刘老大把蝈蝈儿挂到了阳台树上，酒喝多了，躺在树下睡觉。那只不起眼儿的小虫子，一唱起歌来，清脆悦耳，带来一屋子生机，仿佛整个阳台活了起来。刘老大说，好蝈蝈应该是两头翘——头翘、臀翘，如果耷拉着脑袋，无精打采，肯定活不长，更不会叫。

但好景不长，一个月后，蝈蝈儿不吃不喝，还是死了。没有了蝈蝈的鸣叫，刘老大一个人坐在家里，总觉得少了什么。

昆虫是养不住的，只是暂借，最终还要还给自然。

租一只蝈蝈儿，有瓜叶的清甜和露水天籁的浅凉，我想躺在竹椅上读一本闲适小品，这样就有一种背景音乐，在虫鸣的午后酣然入睡。在城市里听乡土歌谣，内心变得丰盈。小时候，我以为大水牛是天牛变的，伸着两根细长的触须，细爪子攀爬有力。老柳树斑驳的褐色树皮，好像专为天牛准备的，天牛爬一截，停一停，像在那儿想心思。那时候，我用一根棉线牵着天牛，我要向东，天牛偏要向西；我要向左，天牛却要向右。我借了两天，手一松，小虫儿跑得一溜烟。

清少纳言说："昆虫以铃虫、松虫、蚱蜢、蟋蟀、蝴蝶、藻虫、蜉蝣、萤火虫为佳。"蝉，挺有趣。磕头虫，值得同情，小小虫儿，叩拜个没完。有时，忽然在阴暗处听到那咯咯的叩头声，觉得有意思……青蛾，也惹人怜爱，"有时，挪近灯火读物语甚么的，它就在书上面飞来飞去。好玩儿极了"。

你像哪种动物

像一只鹤，是说这个人的状态，非常投入，二目炯炯，物我两忘。一门心思，深陷其中，浸淫着，沉醉着，天地混沌，潜伏在自己的世界。

像一只鹤

清代文人袁枚的家厨王小余，菜做得好，脾气也大。他在掌勺时，对旁边的人说："猛火！"烧火的就将火燎得旺旺的，像大太阳一样。说"撤"，赶紧递次撤下柴火。说"且烧着"，就丢在一边不管。说"羹好了"，伺候的人赶紧拿餐具。稍有违背他的意思，或是耽误了时间，必像对仇人一样大叫怒骂。

用现在的话说，王小余做菜很抓狂。他站在灶台旁，全神贯注，两只眼睛瞪得老大，只盯锅中，屏声静气，除了挥动铲勺的叮当碰撞，静得听不到其他声音。袁枚说他"像一只鹤"。

袁枚为什么点赞王小余？他对这位家厨太喜爱了。鹤，除了有洒脱的形态，还有高雅、俊秀的神态，飘逸、灵性的情态。王小余做菜有个性，就像唱歌的有夸张的动作和表情一样，厨师也有手舞足蹈的肢体语言。

像一只鹤，是说这个人的状态，非常投入，双目炯炯，物我两忘。一门心思，深陷其中，浸淫着，沉醉着，天地混沌，潜伏在自己的世界中。

关于鹤，我们联想更多的是它飞翔的样子，而很少见到静止的鹤，或者在想一件事的鹤。我在水草丰茂的苏北湿地，遇到过一只闭目养神的鹤。那是只蓑衣鹤，背上耸一件"蓑衣"，像一个人站立在那儿，安静地想它的心事。鹤在静止时，一动不动，像一个沉默的人。这个世界，有披蓑衣的人，也有背蓑衣的鹤。

静默水边打鱼的人像鹤。他在水边打鱼，一动不动，满耳都是风声、水声，但这些他听不到。专注的神情，他只关心鱼和网。紧盯着水中，网中进一条鲹鱼或是青鱼，了然于心。打鱼人身披一件蓑衣，头戴斗笠，雨水，一滴，一滴……沿着一根根草尖，顺势而下。

画画的人，也像鹤。他在画画时，眯缝着眼睛，虽没有像鹤那样单腿独立，却是在凝神琢磨，有鹤的淡定和从容。

专注地做一件事情，像鹤。朋友老杜，是一个经常出没各类大小场合拍会场照的人。老杜在拍照片时也像一只鹤，一只眼睛闭着，一只眼睛瞪得老大。老杜沉浸在现场的情景之中，抓拍每一个稍纵即逝的瞬间，不受任何外在的干扰。而有意思的是，像鹤的人，看别人也像鹤。有一次，老杜在拍一个人讲座时，透过镜头，他看到听课的人像两种不同表情的鹤：有人听得聚精会神，目不转睛，脖子伸得老长。当然，偶尔也会看到有一两"只"低头打盹的鹤。这一两人，大概是太困了，疲劳来袭，招架、支持不住。而那个在台上演讲的人，神采飞扬，双眸发光，像一只扇着翅膀飞翔的鹤。

闲云野鹤，指生活闲散、脱离世事的人。《红楼梦》第一百二十回里感叹："独有妙玉如闲云野鹤，无拘无束。"

文人想事时，如鹤。汪曾祺的儿子汪朗回忆父亲晚年：一个人，双手捧一杯茶，坐在沙发中一言不发，静静地想事。那模样，有点像高僧入定，只是眼睛睁着。一看到老头这般模样，家人就知道他又在想文章的事了。

汪曾祺像一只鹤，一只琢磨文章的老鹤。

鹤从远方来

鹤的姿态很美，扇动的翅膀，呼啦啦地腾空而起，细长的颈脖，修长的腿，伸展开来的时候，是一条流畅的直线。

在落地的那一刻，我看到它那与地面轻轻一触，弹簧般屈缩的腿。

不到帘卷西风的节气，南方的天空中是看不到鹤的踪影的，飞回北方的野鹤要等到苏北滩涂地表温度达到10℃时，才会沿漫漫海岸线往南飞。

明代郎瑛在《七修类稿·天地三·气候集解》里说："小雪，十月（夏历）中，雨下而为寒气所薄，故凝而为雪。小者，未盛之辞。"江淮之间，地气氤氲，虽是小雪，其实未必有雪，远比古代要暖和得多。

古人爱鹤，建放鹤亭，专门训练鹤。苏东坡在《放鹤亭记》里说，他的一个朋友养着两只鹤，训练有素而又善于飞行表演，早晨往群山围坐的西山缺口方向放飞，任由它们想干嘛就干嘛，神态自若地或立于坡上、田垄，或翱翔于云端。傍晚，两只鹤则沿着东山，徐徐而归……好一幅天、地、人、鹤怡然自得的水墨图。

现代人保护鹤，划定专门的自然区，给鹤一片安详的环境，让它们在里面嬉戏。滩涂湿地，为野鹤提供了充足的食物。那次，在自然保护区的滩涂上，看到许多小梭蟹正列队漫爬过河堤，养鹤人瞄了一眼，这正是野鹤们爱吃的小螃蜞。

小雪节气后，北方开始下雪。养鹤人一扭头，咦？昨天还在身旁优雅地散步的鹤，早晨一起床，却忽然不见了，消失得无影无踪。我不知道，鹤离开时，以怎样的方式与北方道别。是形式上的绕着曾经栖息、觅食的河流、沼泽依依盘旋，还是发自感情深处的仰天长嗥？《诗经·小雅》中说"鹤鸣于九皋"，是真正的天地歌者，在北方的春、夏、秋三季里漫长恋爱，在冬季来临时跑到南方为生儿育女做准备。

鹤在节气里穿行，一对翅膀并不轻盈。负担着教育儿女长途跋涉的责任，找寻着适合于它们安身立命的生存环境。一路上，八千里路云和月的风雨，消耗体内的能量，巧借风的气流，飞飞停停，停停飞飞，回到它们生命的沼泽地。

此时，南方天光云影，冷风把大片的芦苇吹得哗哗作响，微黄的芦苇，闪烁草的光泽，正窸窣为它铺展一口温暖的巢。养鹤的人，手搭凉棚，在焦虑的目光中，由远及近，由一点到一群，风尘仆仆，在瑟瑟寒风中姗姗来迟。

鹤，自由如风，却生性胆小，不愿人类去打扰，一只、二只……十几只，落入芦丛都不见。

想着在小雪的节气，我和朋友去看鹤，见到这样一群大鸟，在头顶舞蹈，距离是那么近。即便在寒冷的季节里，还是体会到一种从未有过的生命飞翔的感动。

我没有养过鹤，其实也有着鹤的某种表情，每天伸长脖颈往前走，生活的世界总走不出这一片小小的苇塘鹤群。

风声鹤唳，是一种盘旋扑翅时的能量释放；闲云野鹤，流露出一种淡定的生命状态。听着鹤的鸣叫，想到多年前，我也是那只被放飞的野鹤，在生命的旅途中不知疲倦地飞翔，也曾栉风沐雨，也曾逆风飞扬，一路率真地鸣叫，穿过飘忽不定的气流，迷失在城市的避风塘。

只有高处的舞蹈，才能临空而望。在岁月的轨道上徐徐盘旋滑行，你会发现茂密的思想芦苇，或坚韧的智慧蒲棒，在生命的滩涂深处轻轻摇曳。

鹤从远方来，在苍茫中飞行。一个舞蹈的精灵，沿着暖的方向，完成着一次又一次的生命迁徙……

你像哪种动物

人和动物之间，有时很相似。说不清，是动物像人，还是人像某种动物。

儿子上高中时，有天晚上，我从灯光的侧面看他，两只眼睛眨巴眨巴的，觉得他像一匹马。尤其是眼睛部分，狭而长，在柔和灯光的映衬下，有马低头吃草时的神韵。

马在安静的时候，眼神是平和、温驯的。那时，我觉得儿子像一匹马，被一大堆书拴在一根桩上。

一个人长得像马，似乎并不让人讨厌。像马的人，一定是个好孩子，他的眼中，有马的温驯、善良，还有一匹马奔跑千里的影子。

有人说，某些漂亮的女人像猫。乌黑漆亮的眸子，蓦然回首，闪过一丝狡黠的幽光，像一只凝神的精灵，竖耳听四周有什么风吹草动，那双美目像猫眼一样明亮。

也有人像猫头鹰。我以前认识的一个女人，鹰钩鼻子，两只犀利的眼睛，像两道光束逼视别人。这里所说的"像"，只是某种神似。

江边的打鱼人，像一只蓑衣鹤。头顶斗笠，身披蓑衣，静默地站在水边，"孤舟蓑笠翁，独钓寒江雪"。清代文人袁枚写过一篇《厨者王小余传》，王小余是袁枚家的掌勺大厨，他做菜很牛，站在灶台旁边，像一只鹤，只拿眼瞪着锅中，屏声静气，目不转睛。

中年男人像一只老虎，额上已经有了三道车轱辘印痕，那是岁月之车碾的，只是与老虎相比，缺了一竖，少了年轻时的野性，多了中年人的畏缩，是一只被关在动物园的笼中虎。

人像动物一样贪吃，有的人像猴子，属于眼窝深陷的那种。喝了酒，脸颊绯红，像一只经历了沧桑的猴子。

有一次，到一家工厂找人，看大门的是个老头儿，摆一张小方凳，坐那儿喝酒。老头儿两只眼睛喝得红红的，酒兴正酣，见有人打扰，显得不耐烦："没人，早下班了！"老头儿头也懒得抬，呷一口酒，搛一块猪头肉，喉骨翻转，两只凹陷的眼睛，在酒精的作用之下，变得迷茫起来。

回到那些远古的大树上，也许我们都是一群猴子。

做一只猴子会怎样？大概没有太多的烦恼，我们在树上睡觉。树上多好啊，枝叶婆娑，空气清新，我们会有一大群树上邻居。

住到高楼上，我们又像猴子爬到树上，只是比从前更加寂寞。我们好不容易走到地面上，现在又回到"树"上，已失去攀缘功能，断了生物链。

你像哪种动物？也许有某种动物的属性和性格。

最好不要像那一种，身体柔软，有坚硬的壳，身体藏在里面，借以获得保护的无脊椎动物。比如，蜗牛。古代文人中，常有阿谀、虚伪、奸佞、猥琐、贪婪的一面。这些文人被认为是舞文弄墨者中的"软体动物"。

王小波喜欢"一只独立特行的猪"，他觉得才华不足以构成钙质，知识未必能确保良善，在万古长如夜的极权社会，有硬度的文人是稀缺产品。

人，本身就是一种有思想的动物。古书上将人归入无羽毛、鳞甲蔽身的倮虫，认为"倮之虫三百六十，而圣人为之长"。

金岳霖说："世界上似乎有很多的哲学动物，我自己也是一个，就是把他们放在监牢里做苦工，他们脑子里仍然是满脑子的哲学问题。"

细　爱

　　小的东西，让人心生怜爱，大而见拙。细爱，终归是一种袅袅生成于内心的柔软和感动。

细　爱

　　细爱，琐碎、细小、庸常的爱。我对小生物、小生命、小果实、小物什，有一种细细柔柔的喜欢。

　　初夏，小鸡雏破壳而出，一蓬蓬黄澄澄、毛茸茸，"啾啾，啾啾"，在地上四处滚动，争相啄食，农人寂静的庭院因此变得圆润生动。小鸡雏破壳时，浑身都是湿漉漉的，把它托在手心，怯生生的，细软的小腿，哆哆嗦嗦，站都站不住。汪曾祺在《鸡鸭名家》里说见到雏鸡鸭的感觉："小鸡小鸭都放在浅扁的竹笼里卖。一路走，一路啾啾地叫，好玩极了。小鸡小鸭都很可爱。小鸡娇弱伶仃，小鸭傻气而固执。看它们在竹笼里挨挨挤挤，蹿蹿跳跳，令人感到生命的欢悦。捉在手里，那点轻微的挣扎搔挠，使人心中怦怦然，胸口痒痒的。"痒痒的，那是油然而生的窃喜，一阵子的愉悦、轻松，就像小鸭子划动橘红的小脚蹼，在初夏浅水里，瑟瑟而游，一种难以言传的心灵美妙，只有个中人才能感觉得到。

　　五六月，扁圆青涩的小柿子已然结出枝头，嵌在碧碧的叶萼中间，绒毛纤细。小柿子，玲珑可爱，它们的那种青，是好看的青、天真无邪的青，青得没有一丝杂质。躲在阳光通透、清亮亮的叶隙间兀自酣睡，青枝绿叶间仿佛还能听到它们的呼噜声，让人心生细细软软的爱怜，不忍触碰。没有成熟的东西，常见可爱。成熟，就见世故。世故了，就不见可爱。

　　麻虾，芝麻大的虾。有比麻雀还小的雀，没有比麻虾再小的虾。生活在长江下游的淡水里，这种野生小虾对水质的要求非常挑剔，多见于没有淤泥的清水河流。梅雨季节，我在石埠头，见清亮亮的河水中，小麻虾一跳一跳地凫游……麻虾的透明筋络，清晰可见。唯其小，见之，才油然而生柔柔细爱。那种细爱，是一个人浑身通透、血流平缓、很舒服的感觉。清晨的露水菜市场，见到有农人卖虾，小麻虾出水后，堆在一口竹匾里，想不到它们竟然还都是活的，抓一把握在手心，璞璞然，耸耸而动，让人满心生爱。

豌豆开花后，结豌豆荚，一粒粒的嫩豌豆，装在一只透明的细细长长的嫩荚中，是春天写给初夏的信笺。荚是信封，豌豆是字，植物素笺写满对一个季节的爱意。温婉的豌豆荚可清炒、炒腊肉片，吃起来脆脆甜甜。豌豆儿圆润鲜绿，常被用来配菜，只做一个点缀，十分悦目。

小的东西，让人心生怜爱，大而见拙。

明代有一个名叫王叔远的工匠，在一枚核桃上雕刻小舟，舟有五人、八窗；箬篷、船桨、火炉、茶壶、画卷、念珠……悉数可见，它的长度还不足一寸，放在手心间把玩，见其小巧。

以前在老澡堂子门口，常见有人用大板凳，一端支一根杠杆，用力在榨干蔗汁，一股涓涓细流跌落在一只搪瓷小盆里。那天，我见到一只袖珍小凳，玲珑机巧，是古代的榨汁机，遥想当年大家闺秀端坐在深深的庭院里，听空庭落花、小窗蕉雨。这只榨汁小凳，是悠闲生活的精致道具。汁液顺着槽沟，流进一只青瓷花碗中，直到最后变成一缕断了的线，"滴答、滴答"，滴在时光深水里，再无声息。

木质榨汁小凳，包浆沉静，不知经过了怎样一双纤纤素手的摩挲，浸润着怎样的温柔情感、缜密心思。

细爱，终归是一种袅袅生成于内心的柔软和感动。

鸟 啄

父亲在楼下栽一棵无花果树，秋天，时有鸟来啄。父亲给我们摘无花果时，先凭眼睛去看，或者用手去摸，果头大的，青红相间，摸在手上绵软的，大多是熟了，但父亲说，鸟啄过的最甜。

鸟比人知道哪只果子熟了，哪只果子不曾熟，被鸟啄过裂出一道缝的无花果确实很甜。

为了啄无花果，其实夏天就盯上啦，早做准备。两只白头翁，悄悄地在浓密的枝叶间做窠，父亲装作没发现，坐在树下偷偷看鸟。那只窠做得精致，盖在几片叶子下面，偶尔从树旁走过的人很难发现。

鸟啄一下，再啄一下，见不远处来人，慌乱中丢下口中食，"呼"一下子飞走了。

构树，长于绿意婆娑的闲庭。秋天结红熟的果球，如杨梅，软红可爱。每在幽静的无人之处，构树枝叶稀疏，鸟趁四下里无人啄构树果，同样是啄一下，再啄一下。构树果，在我们这地方，人是不吃的。看到一本书上说，构树果能吃，而且津甜，李时珍亦佐证："半熟时水澡去子，蜜煎作果。"这世界，好多事情就是很奇怪，宁愿掏钱去吃杨梅、红毛丹，也不愿吃身边的构树果，一任鸟雀啄食。

鸟的脑袋一伸一缩、一伸一缩，是对秋天一颗果的点赞致谢。

鸟啄果后，不会吐出籽，果肉消化，籽随粪便排泄而出。我看到在斑驳老墙松松垮垮的墙头砖缝里，经常冒出一两棵亭亭细细的构树。树的生命，以另一种形式传播。树的种子，倘若人工繁育，用温水浸泡，揉搓，激活休眠状态，都不及鸟吃过的发芽率高。

构树果，中医称为楮实子，与根共入药，补肾、利尿、强筋骨。不知道鸟啄食熟透的红果球后，这些疗效对它管不管用？中药的疗效是相对于人的，对鸟雀不适用。记得小时候，在野外贪玩，头上滴落过温热的鸟粪，从来没有见过鸟雀撒尿。

无花果、构树果……青青，绿绿的果；红红，黄黄的果，偶尔引来一两只鸟儿啄。秋天的果实很多，鸟也拣甜的。到了冬天，一丛丛灌木类植物青碧红绿，这是火把果，果球簇拥，引来无数只鸟儿的啄食，园子里热闹去了。

火把果，书上说，含有丰富的有机酸、蛋白质、氨基酸、维生素和多种矿物质，可鲜有人食。我试摘过一粒细小的果圆，用手指碾捏，果浆迸裂。火把果甜吗？怕是有点儿涩，没人吃过，只有鸟知道，但鸟不告诉你。

秋天，我到葡萄园去，看园子的张老二说，葡萄的收获也就五成，三成被雨水打落了，两成被鸟啄食了。说这话时，他抬头看了一眼葡萄，手执一面沙哑的铜锣，哐哐敲着，在园子里跑来溜去。

到了初冬，我还会在那条小路上散步。路两边，一棵连一棵，长满了香樟树。密密的、圆而黑的香樟果，引来无数的鸟，叽叽喳喳，欢喜得不行。鸟啄香樟果，叶子遮掩，我看不清。季节往深处走，有一天，忽然发现，那些鸟雀不见了，树上一片寂静，原来是香樟果落了，鸟雀们就此别过，一哄而散，看来鸟雀们也讲实用主义。

有一种树，名叫枸骨，长在私家园子里。枸骨也结红果子，在深秋是暖红，然鸟却不啄食。枸骨的叶片如刺，鸟儿蹲上去不便，怕钩羽毛受伤害，枸骨也叫"鸟不宿"。

鸡雏啄字

鸡雏是浅夏的一道风景。鹧鸪天，繁花落尽，枝叶密密，饲养三五只鸡雏或鸭雏。

"叭"，一朵花被风吹落，小鸡雏正好从花下经过，叼在黄喙小嘴上，到处乱跑。

这个时候，鸡雏可叼的花很多，槐花、桐花、蔷薇、楝花……可叼的种子也不少，枇杷子、樱桃子，甚至还有桂花子。桂花在秋天开花，春天结果，刚开始是绿碧碧的小青果，后来就枯萎了，掉落在树下。

三五个、七八个……方能成群，一群小鸡雏，闹中取静。那些挤挤挨挨、毛茸茸的小家伙，被一面线网罩在圆竹匾里，由乡下人挑到城里去卖。

雏在地，散步、啄食。它们啾啾啾，叫成一片。

清人笔记《西青散记》中有段文字："庭无杂花，止蔷薇一架。风吹花片堕阶上，鸡雏数枚争啄之，啾啾然。"小尖喙啄得人心痒痒的，真想俯下身去摸一摸古代毛茸茸的鸡雏。

喔喔清音，灵动可人。

宋代李迪的《鸡雏待饲图》，两只小鸡，一卧一立，面朝同一方向，屏气凝神，仿佛听见母亲觅食的召唤，似欲奔去，让我看见古代鸡雏回眸的清亮眼神。

雏在市，有着浓郁的人间烟火气息。有人曾将《清明上河图》放大30倍，看到许多被疏忽的细节。在汴河两岸的街市，不知道是否会有三两只温软的雏鸡雏鸭，散步在房屋树影里，虽然那些隐隐约约的小家伙只是一两粒小黑点。

寻找古代的鸡雏，是发现寻常日子里的一团生气，平凡质朴的生活痕迹。

孟元老在《东京梦华录》中记载了东京的城池、河道、宫阙、衙署、寺观、桥巷、瓦市、勾栏，以及朝廷典礼、岁时节令、风土习俗、物产时好、诸街夜市，反映出当时都城的官私手工业作坊、商业、文化、交通，大概会有笔墨记述当时的鸡雏炕坊。在宋朝的旷野上，手搭凉棚，能否邂逅一两只步履蹒跚的鸡雏？答案虽不得而知，但有一点可以肯定，有了鸡雏，春天就虎虎有了生气。

鸡雏鸣叫的是一个地方的方言吗？宋朝诗人方逢辰写过一首诗："我闻先儒云，鸡雏可观仁。……于斯为良知，于斯为良能。人从此充拓，四海皆闵曾。异哉鸡伏鹜，出壳忘其恩。子向水中去，母从岸呼鸣。子往母亦往，子疏母愈亲……"说的是母子亲情。

四五月，鸡雏满地滚，在城里也能见到，说明古代的城市有温馨的农耕情调。

从前有个人，从挑担进城的农人手上买回几只雏鸡。鸡雏毛茸茸的，挤成一团，在初春的寒夜冷得瑟瑟发抖，有的闭着眼睛，有的耷拉着脑袋。养鸡人找来纸箱，将鸡雏一一捉放进去，用穰草垫着，放在床边，夜半，蹑手蹑脚爬起观察动静。

鸡雏细脚伶仃，走荒烟蔓草的僻静小径，可以遇见杏花村的山郭酒旗风，看得见桃李杏梅，还可以遇见骑在牛背上的牧童。

我若在古代，会养一只小鸡。我写字，睡得迟，小鸡也睡得迟，并不像其他战斗鸡那样，一挨天黑就归窝匍匐，恹恹而睡，在暗夜中等待破晓天明。主人没睡，小鸡岂肯就寝。它玩兴正浓，在室内烛光下悠然踱步，时不时好奇地伸长脑袋凑到桌上，啄一下，再啄一下，像吃饱的稚童，不是为饥饿，而是寻零食，啄字——啄我刚写下的文字。

鸡雏，娇小可人，是一种细爱。在温润的天色中，黄雏走前，花雏垫后。一溜小鸡，在光影里，啄字而行。

像翠鸟那样憨笑

在澳大利亚西南部，有一种笑翠鸟。据说，它在婉转时，能发出类似于人的卡通动漫式的笑声。路人听到笑翠鸟的鸣叫，会情不自禁地跟着笑，咯咯、嘿嘿、哈哈……

笑能感染周围的人。我原来工作的单位，有一位年轻的女会计，见人一脸笑，那种笑不是修饰出来的，而是自然而然发自内心的流露。

不急不恼，这样的脾性真好。小时候，过年时，外婆总要买些印着胳膊藕节一样胖娃娃的杨柳青或桃花坞年画贴在墙上，胖娃娃咧开嘴巴每天在笑，大眼睛清澈荡漾。

我第一次遇见弥勒佛神像时，还是一个 18 岁少年，在扬州平山堂，迎面那尊弥勒佛神像旁有一副对联："笑口常开，笑天下可笑之人；肚大能容，容天下难容之事。"我似懂非懂。

后来，读冰心的散文《笑》，看到雨后墙上的安琪儿、古道旁的孩子、茅屋里的老妇人，她们一律抱着花儿，"向着我微微的笑……这时心下光明澄静，如登仙界，如归故乡。眼前浮现的三个笑容，一时融化在爱的调和里看不分明了"。这笑，就变得灵动而有层次感了。

一个人内心有快乐，就会容颜舒展。他的笑，能拉着其他人加入进来，跟着一块儿笑。就像听一段让人喷饭的相声，笑得前仰后合、东倒西歪，笑得流出了眼泪。

有人喝醉了酒也喜欢笑。一次，有个客人微醉后，笑声不能抑制。这时候，他的大脑中枢神经是兴奋的，天空布满快乐，阳光明媚，一串串爽朗的笑震荡头顶，如空中滚过一串清脆的响鞭。酒后的人，很开心，大笑不已，勾肩搭背，尽说些江湖义气、兄弟相互激赏之类的动情话。

有个朋友，在医院从事针灸工作。有一天，他告诉我，有个人大笑不已，跑到他那里求诊。一根银针扎下去，那人的笑戛然而止。这事回味起来似乎很有趣，笑好像有一个开关似的，断开了，它就能停止。

笑是镇静剂。有一次，看到两个人不知为什么事，站在那儿争吵。一个情绪激动，不能自制，几乎快到了要破口大骂的地步。另一个，听到那些不友好的话，只是挂着微笑，到最后，倒是对方先不好意思了。

笑有不同的风格和品味。《红楼梦》中，黛玉的笑，是亦嗔亦怪的笑、关爱体贴的笑、狡黠的笑、"半含酸式"的笑、嫉妒的笑……有人说她是中国古典小说中最擅长冷笑的女一号，只有她才会有捧心西子式的笑，神采飞扬诗人般的笑，令人伤心绝望的笑。很难想象，笑在同一个人身上，会如此丰富，又如此区别。

招牌式和程序式的笑，虽然没有笑的温度和激情，但笑得圆润、饱满、自然、大方，也是一种技能。

生活中，有的人不愿表露自己的想法或正面回答别人的问询，微笑着绕道而行，就像余秋雨所说："不想搪塞，当然沉默，牵一牵嘴角，已是礼貌。"

笑翠鸟，轻轻弹跳，尖尖的长嘴喙点触水面，扑棱着翅膀，空留芦秆轻摇晃，觅食去了。这是怎样的一种谋食态度？对应着人的某种生态表情，一路播撒那些轻松的音符，引得路人驻足跟着乐，呵呵、哈哈、咯咯……

那是穿越云水的笑声。

田水声

田水声，夏日稻田里的一种声响，它不光是流水声，还有鱼的泼刺，蛙鼓虫鸣。田水声，于稻田是一道祥和天籁，以动衬静，衬托出农耕的亘古宁静。

水禽与水蔬

有些啼鸣和叶茎，是与水相伴相生的。比如，水禽与水蔬，深藏于水淖，不为人所知。

芦秆上，抱一只"柴刮刮"，小爪子一松，"嗖"地滑向湖荡深处去了。

苇、莲、蒲、艾叶和蒿草的混合芬芳。我知道，白头翁、翠鸟、野鸭、长嘴鸟、"水上云"（白鹅）等水禽，小脑袋在细脖的牵动下，一点一点地，口中念念有词，于水草与芦根混纺的柔软地毯上闲淡散步。有一次，表舅带着我，撑一叶小舟，在芦荡里穿行，看到有鸭子憋不住慌乱丢在水里的蛋沉于塘底，一堆袅袅青青水草衬着，浑圆而晃眼。

不仅仅是中国的"关关雎鸠，在河之洲"。还有笑鸟——翠鸟家族中的一个分支，那种分布于澳大利亚的鸟，面部呈天然的笑颜，对应着人世的某种生态表情。最主要的是它响亮，卡通般，似人笑声的叫声，听到笑鸟叫声的人都会受它感染，像被人挠着胳肢窝或喝醉了酒，不由自主地跟着嘿嘿、呵呵、哈哈地笑出声来。

湖荡深处，有碧绿碧绿的莼菜。叶圣陶在《藕与莼菜》中说："在故乡的春天，几乎天天吃莼菜。莼菜本身没有味道，味道全在于好的汤。但是嫩绿的颜色与丰富的诗意，无味之味真足令人心醉。"一个人心中有这样的颜色，他记忆的胶片底色自然是绿莹莹的。

荸荠，汪曾祺小说《受戒》中说，小英子喜爱捵荸荠，"荸荠的笔直的小葱一样的圆叶子里是一格一格的，用手一捋，哗哗地响……荸荠藏在烂泥里。赤了脚，在凉浸浸滑滑溜的泥里踩着，——哎，一个硬疙瘩！伸手下去，一个红紫红紫的荸荠。"我喜欢煮荸荠之后渐凉的汤。荸荠茶，津甜、清凉、降火。

还有茭白。许多年以前，我在苏北沿海的乡下，见当地人是不吃的。一撸一撸长在苇荡深处，寂静而茁壮。后来，渐渐地有人吃了，茭白炒肉丝，味道不错。

菱角的嫩，是不谙世事的嫩，秋天水灵灵呈现。儿时，我经常看到农人挑着担子沿街叫卖，一筐红菱角，一筐青菱角。水质清纯的城河里，刚出水的菱角最受欢迎。小贩在卖时，许多人剥一颗小元宝似的莹白菱米，放在嘴里品嚼。小时候，到乡下姨妈家去，快到村口时，看到表姐和一群姑娘划着木盆在河里翻摘菱角。表姐呼我，走近水边，大把大把的菱角塞到撩起的衣摆里，至今想起来还戳得手掌生疼。现在，表姐的两个女儿早已过了表姐当年采菱的年龄。城市里，有几人摘过菱角？

一节续一节的花香藕，让人想起胖墩墩、结实胳膊腿的胖娃娃，出现在杨柳青、桃花坞木刻年画上。那时候，小城的城河边，常有乡人泊来小船，支上陶土锅灶，舀入河水，用柴火和木棍慢慢烧煮。一边煮，一边卖，远远地，四周飘散熟藕灌糯米的清香。

水芹，《吕氏春秋》中称"云梦之芹"，是菜中的上品。过年的时候，外婆总要买上一捆，择去丝丝缕缕的根须，用开水焯过之后，淋上酱麻油，做凉拌菜。

李渔在《闲情偶记》中说，葱、蒜、韭菜是蔬菜中气味较重的。香椿芽味道清淡，却能使人口齿留香。味浓就容易被人所接受，味淡则被忽略。

水蔬的味道是淡淡的，就像一个人的气质由内到外地缓缓释放。清纯无染的滴翠叶茎，在水泽欢愉生长。其间，翠鸟清脆婉转，恬适安静，就像一个人丰富而干净的内心。

数家芦苇中

仲夏观古画，赏苇，隔着几个尘世。宋人画《溪芦野鸭图》，溪边芦苇、茨菰丛生，枝叶疏俊，野趣天然。雄鸭在岸边单足站立小憩；雌鸭于水中回首梳羽，姿态闲适，气度雍雅。画面左中部为芦苇所荫蔽，给人依附安全之感，若无苇，则显得单调；右上方留出一片水面，开阔延伸，撩人遐思。古画色彩虽已黯旧，尚可想见当年的摇曳滴翠、野趣生机，嗅宋时乡野味。观古画时，遥见古代数丛苇从容温和，天气不凉不热、不湿不燥，窗外忽阴忽明。

苇叶，被称为粽箬。小时候，外婆用锅中沸水将粽箬焯过，包红豆粽子、蜜枣粽子、豆瓣粽子。

古来写苇，喜欢"数家芦苇中"一句。苇是众多植物中我喜欢的一种，不单纯是因为可以包粽子，而是与我的童年暗合。

外婆的老家，那个村庄，就在芦苇荡中央。我初次见到苇，便喜欢，有植物、水汽混合的青涩气息。

村庄与外面相通的是一条洋坝。洋，是这个地方对苇荡的俗称。坝，并不是全封闭的，它留一个缺口，让两边大河的水交流，鱼从缺口处游过，船行过，走远了，缺口处用一块长长的木跳板架接、联通。

木跳板架在一条清澈见底的河上，人走在上面是软的，有一股弹劲。我那时不敢走木跳板，生怕被弹到河里。那时在我眼中，一座村庄，一大片苇，耳鬓厮磨，还有一道河湾，被苇隔开的世界是安静的。苇塘禽鸣，鸟在苇梢做窝，我喜欢鸟窝粗糙、柔软的构造，有毛茸茸的质感。

有一次，我在大湖边上的一家餐厅吃饭，窗外是湖，水淹芦苇，几丛疏疏清影隔着白玻璃，向里张望，探头探脑，它们是苇，童年的青苇。在这湖光水影中遇见故交，来看我了。

去离城10里的村庄访友。朋友领我在村中闲逛，过一旧桥，站在桥上，身下有浩荡大水，坡岸有一扳鱼人，用电动葫芦扳一过河罾，水边有苇丛一块，鸟栖其中，网起鱼跳，丛中鸟时来争啄。我对朋友说，有水、有苇，风动苇摇，这地方真好！

苇这种植物，浅水里丛生，俯仰起合，绿意盈盈，沾着烟水汽，以至多少年过去了，我在任何一处野渡、河湾见到它，心底里就会有一种油然而生的亲切，对那份叶片与叶片之间簌簌野响、枝上立翠鸟的生命姿态抱有好感。

坐船在长江上航行，见江中心有苇滩。那些苇丛处多浅滩。如果有人划一条船靠近采苇，这样长在江中心的苇叶该卖多少钱一斤？

我所在的城，郊外有湿地，最典型的植物是苇和蒲草。有次，我和诗人陈老大在湿地景区的一个酒店里参加一个活动。前一天晚上陈老大喝多了，我早晨起床不见其踪影，就去寻。走到酒店后面，一大片青苇匝匝、蒲草密密的水边，陈老大站在空无一人的栈桥上，摇头晃脑在念诗："蒹葭苍苍，白露为霜。所谓伊人，在水一方。"

仲夏，我去江边闲逛，采回江滩上的苇，细而长，包一只粽子用四五片，超市卖的那种苇包一只粽子只需一两片。现在，很少有人到江滩上采苇，我纯粹是在江边闲逛顺便采几片带回来。老婆用它包粽子，煮熟的粽子比从菜市中买来的清香四溢——那是江水浸泡的野苇。

禅罾

罾，有禅的意味，子不语，鱼不语，人也不语。

守罾的人，静心。当鱼儿进网，人和罾完成一次默契的合作。

罾，《庄子·胠箧》解释为"钓饵、罔罟、罾笱之知多，则鱼乱于水矣"。《楚辞·湘夫人》里设问："鸟何萃兮苹中，罾何为兮木上？"

古老的渔具，四根粗大毛竹捆扎，再加一根作为支点，毛竹韧劲十足，就像一个人抱臂交叉，四只脚便稳稳地一头扎进河床淤泥中，像一个巧妙的设防，等待一个机会，破一句谶语。

纲举目张。这个词，在扳罾时用得最恰当。当扳罾人漫不经心地收网，一旦有风吹草动，内心一阵紧似一阵的狂喜和悸动，收网的节奏也就加快。那张大网渐渐露出水面，一个个的网眼，缀一个个水淋淋的月亮。纯麻制成的罾绳，在收拢时变得渐渐吃紧，根根纤维绷直，弹腾起一层白花花的水雾，珠玉四溅。网里传来那期待已久的一阵稀里哗啦，一条大鱼应声落网。

若干年前，父亲是个扳罾爱好者。那时，常扛着一副罾到流向长江的城河边去扳鱼。有一次，看到不远处有个人捕到一条大青鱼，那条鱼很大，在网里周旋折腾了许久，始终未找到突破口，搅起巨大的水花，将半条河弄得哗哗作响。最后，那条大鱼精疲力竭，扳罾人下到河里，像抱自家胖娃娃一样抱起，临时安置在身后那一片葳蕤的蚕豆地里。那条鱼，似心有不甘，仍在蚕豆棵里"扑哒、扑哒"地挣扎。

多数时候，关于鱼，只是一种虚幻的飘影。或者，会有一条鱼觉得自己走错地方，赶紧从网中"推门"而出。扳罾人发觉时，为时已晚，只能眼巴巴地看那条鱼甩一甩鳃和尾，呈一条直线似的，沉到水的深处。那时，水很清，鱼无踪影。

作家高晓声有一篇小说《鱼钓》。那是一派水雾迷蒙的梅雨江南，有个人身披麦草蓑衣在扳鱼，雨雾太浓，看不清河对岸，只分辨出他的嘴唇上叼着一根烟，那一星烟蒂界面忽明忽暗。"'泼啦啦、泼啦啦、泼啦啦……'分明又是一条鱼落在对岸网里了。接着水声消失……想象得出，那条鱼已被绳子穿住鳃口，就像苏三上了枷，系在木桩上。"——高晓声捕鱼的地方，与我陪父亲捕鱼的地方，仅一江之隔。

身穿蓑衣，头戴斗笠半遮面，静默在河流边，扳罾人像侠，柔波扑岸的水边也有书剑气。

许多人在幻想的水域捕鱼，意念之间，若有若无的东西游来游去。若想目标浮出水面，等待是唯一的方式，也是一种姿势。

罾不是乐器，听起来像一件乐器，老旧的组合，五根粗大的罾杆，渐渐落满了灰尘，就在我家阳台上久久搁置。有一阵子，我在上面晾衣物，仍然有长长的一截逸出阳台两边，就像一个打篮球的大个子，床太短，只能将两只脚伸在外面。奇怪的是，那几只罾杆暴露在外20年，任凭风吹日晒，仍然不腐不朽。我住的房子快搬迁了，真不知道将它们往哪儿安放。

罾，在我心中，它就是一件乐器。升起落下，布网收网，大起大落，嘎吱作响，天地之间，拨弄悠悠江湖水，其间吟唱。

它，有禅味，扳罾人默不作声，心有喃喃之语，因为那份期待，网起网落，完成一次又一次对天地江湖的顶礼膜拜。

好听不过田水声

曾做过末代帝师的陈宝琛，字伯潜，晚号听水老人，福州人。老来回乡蛰居，筑楼建斋，修身养性。听水，是陈宝琛的一大喜好，40岁时在鼓山灵源洞建听水斋，61岁时在永福小雄山筑听水第二斋。他在诗里说自己："听惯田水声，时复爱泉响。"

陈宝琛在草木青葱的私家园子里叨念田水声，眷而不得，转而爱响泉。

田水声，夏日稻田里的一种声响，它不光是流水声，还有鱼的泼刺，蛙鼓虫鸣。田水声，于稻田是一道祥和天籁，以动衬静，衬托出农耕的亘古宁静。

清代李慈铭曾写过《田水声》，其中有这样一段文字："予尝谓天地间声之至清也。泉声太幽，溪声太急，松涛声太散，蕉雨声太脆，檐溜声太滞，茶铛声太嫩，钟磬声太迥，秋虫声太寒，落花声太萧飒，雪竹声太碎细，惟田水最得中和之音。"

这话是有道理的。中和之音，本是琴音，重而不虚，轻而不浮，疾而不促，缓而不弛。田水是沉淀下来的水，水清可见螺蛳。水流不疾也不徐，只剩下一汪内敛沉静，在月夜恍如一面镜，映点点繁星。

我曾将天籁归集为几种：细雨舔桑叶声、屋檐麻雀叽喳声、月光箫声、鱼儿泼刺声、船桨欸乃声、墙缝蟋蟀声、车轮轳辘声、夜行者脚步声……田水声是其一。

似有似无，若隐若现。一个人在不同的心境，会听出不同的声响；不同的年龄，会听出不同的感情。

唐代冯贽在《云仙杂记》中记载："渊明尝闻田水声，倚杖久听，叹曰：'秫稻已秀，翠色梁人，时剖胸襟，一洗荆棘，此水过吾师丈人矣。'"恍若看到，一个隐于乡野的白发老者，倚杖俯首凝神谛听，与清风稻禾耳鬓厮磨。

从前乡村很美，牛走得很慢。田水之声，清幽，如一阕宋词小令。户牖外，一汪波潋渺渺，天光水影，晃晃颤颤，映在山墙屋脊。

柴扉临水稻花香。那时夜晚，清风轻轻吹拂，稻田正放水，清澈的水流顺着水渠流入秧田，水流汩汩，在夜晚清亮而喧响。这时候，有一尾鱼，"泼刺"一声，游入秧田。

秧田放水，一个老汉在渠边，缄默不语。他手捧一只大碗，蹲着吃饭，看渠水，呈放射状四散，泡沫翻涌，江水变成田水。

一粒米的旅行，就这样开始。没过多久，一场雨在天地间下着，秧田翻着气泡，秧苗在雨中舒展腰肢，歪着小脑袋，咧着嘴尽情吮吸。此时，秧田里，风声、雨声、水声……交集。

某年，浙地访友，抵达时几近午夜。坐小馆浅酌，店家捉一条类似锦鲤的红鱼来，肉嫩鲜美，问：何鱼？答：田鱼。

田鱼是南方山间稻田里的鲤鱼，饮混合着松针、树枝、落叶的泉水。

田鱼的生存能力极强，雨水干枯时，哪怕田畦里只有极少的水，也露出脊背，摆动着鱼鳍，在稻叶间款款地游。

友人拿山田与家乡的水田相比。红鲤在田，在稻根处甩尾，明丽的一身艳红，涂满五彩膏泥，这是怎样的一种田水声？弄得山阶水梯田哗哗作响。

长江下游的田水，是江水。水顺着田渠，裹挟着泥鳅、黄鳝、鲶鱼，清亮亮地流进稻田。稻禾蹿至半尺高，这时候，走来风中少年，手持竹夹，捕黄鳝。田水里，黄鳝急急地游，形似一条小蛇。少年远远地看到黄鳝，急急地伸去夹。黄鳝"吱溜"一声，滑进少年的竹篓里。

说起儿时放学，路过一条水渠，当时，稻田正放水，看到一条鲶鱼，逆着流水的方向，溯流而上。明明知道活泼泼的水，从高处顺流而下，是一道跳不过去的坎，那条鲶鱼被冲下了，再一次顽皮地回头，一次又一次跃起，在那个岑寂的午后，那个雨天，活泼泼地戏水。

　　梅雨天，雨落稻田，田水声汩汩；若是晴朗的月明之夜，青秧窸窣，风清水静，则万物各得其所。

停船相问

船是河流的插图

没有船只的河流，比过去沉寂多了，就像一本书，里面只有文字，没有插图。

从前河流是有船的。水面上，篙声灯影，或者，机帆船"嘭嘭嘭"，由远及近，一片天光云影。

船，总是在异乡的河流上穿行，船尾总统一标注"某某港"醒目字样。这样的一种表述，说明大大小小的船来自何方。船的归属感很强。

那时候，在我的家乡，船由北而南驶入长江，异乡船在城市的河流上，拖船、驳船居多。一列船，宛若游龙，往返长江上的某一个港口。

正因为航程遥远，总要装载许多东西。小火轮往往在前，到最后一节，要拖得很长。这时候，船尾往往站着一个女人，扶着舵，身旁有一只摇尾的小黄狗。前面的船突突地行远了，后面的船收拢一片汩汩水声，让人想起沈从文湘西沅江上的航行。

一条船，是一个人的精神方位与地理坐标。

《清明上河图》上的汴河船，似乎还在随波摇晃。河流上有一座如虹的拱桥，桥下有一条大船正待通过，为避免船只碰撞，船夫们手忙脚乱，有人执竹篙撑，有人拿长竿钩，有人找麻绳想系扣住大船，有人赶紧降下桅杆……灵动的汴河船，搅动着一座旧都城，活了起来。

余秋雨说："夜航船，历来是中国南方水乡苦途长旅的象征。我的家乡山岭丛集，十分闭塞，却有一条河流悄然穿入。每天深夜，总能听到笃笃笃的声音从河畔传来，这是夜航船来了，船夫看到岸边屋舍，就用木棍敲着船帮，招唤着准备远行的客人。"

船，在一个人年轻的时候，有着不可替代的隐喻，它关于流浪和朦胧的远方。

小时候，我喜欢趴到船闸上去看船。船闸像一只魔盒，大大小小的船，停泊得满满当当。随着一边厚厚的闸门慢慢关上，另一边的闸门缓缓打开，就像某种审核盖章，不一会儿放出一条船，又放出一条船……被陆续放出的船，鸣笛几声，突突地走远。

这一点，让我想起作家苏童在苏州也看过船。苏童回忆，他家窗外是河道，每天从河道里经过无数的船，他最喜欢看"客舱的白色和船体的蓝色泾渭分明"的常熟船。一个少年，猜想着航行中的船，远去的秘密。

我有一段关于长江客船的记忆。那年刚工作，到沪上买衣服和书，头天下午，坐车到一个叫作高港的码头，买四等舱的票，坐申汉班去上海。

申汉班，船体是果绿与白色相间的那种。记得是四五点开船，汽笛一声，景物依稀，故乡远。顺水走，也就是上游往下游，我们在甲板上张望长江风景，发现宽阔的江面上，船其实是贴着江岸在走，在扬子江上航行，卧听汩汩江流，子夜十二点停靠江阴码头。翌日一觉醒来，东方既白，船已到吴淞口附近，紧攥护栏，远眺江岸，见浪头翻涌，水天一色。船像一只大鸭子游入黄浦江，看两岸移动的风景之后，缓缓停靠十六铺码头。一阵嘈杂和混乱，我们夹杂在鸡鸭鹅的一路鸣叫声中下船。回过头来，与身后那经过一夜航行而暂时停泊歇息的客船挥一挥手道别。

一座城市的繁华，往往从一座水码头开始。20年前，我生活的长江边上的小城，那些从乡村来的小火轮，经过了一夜航行，睡眼惺忪，喷着白烟，徐徐停靠。

水码头流传着动人的传奇：收锚解缆，船与岸即将分离，从岸上传来急切的呼喊。这不是为某篇小说设定的妹妹送哥哥的离别，可以想到从小城起航的小火轮，沿途停靠的那些大小水码头，会有多少这样的故事发生。

每一条河流都通往一座热闹的小镇、安静的村庄。船，问候每一个人，将城市的繁华扩散开去。

曾经忙碌热闹的河流，不知从何时再也没有船犁过的痕迹。高速年代，人们弃舟登岸，一眨眼工夫，消逝得一溜烟，态度是浮躁的，没有坐船时的淡定。

船是河流的插图。有时候，我会怀念船，想坐船做一次远行。

停船相问

停船相问是水路上的一个旧姿势。两个素不相识的人，坐着船，在旅途上遇着了。一个对另一个说，帅哥呀，你老家在哪儿？要到什么地方去哦？妹子家住建康城外的横塘。听口音，咱们恐怕还是老乡哩。

此时，江南的河道上，莺飞草长，柳絮飞扬。

风轻、水响，天光云影，两个人隔着水面，邻着船，在水面上聊天。说话声贴着水面可以传得很远。唐朝的河流上有两个人说话，就像两个在网上偶然遇到的陌生人，彼此搭讪聊天。

长干里，南京的一个古地名，至今还在，其时人烟繁华，桨声相闻。我到南京拜访大抱恩寺遗址时，在长干里附近买烟，出门时隐约看到六朝烟雨，那个船上的女子已然弃舟上岸开小超市。

古人坐船，船泊在水面上，或者，柔篙轻桨，船速缓慢，是可以有一搭没一搭聊上几句的。船离开了，彼此成为对方眼中的一个小黑点。

换到现在，高速公路上是不允许停车的，停车相问，只能换到省道或乡道上。不外乎是这几句：小主从哪儿来？那个地方忙不忙？旅店客栈还有没有空床？有空调和热水吗？农家乐的土菜有什么好吃的？短暂的交谈过后，彼此上车关门，一踩油门，绝尘而去。

停船相问就不同了，路途还长，天色还亮，旅途寂寞，又没有手机微信可以聊天，打发消遣，偶尔遇到一个同是天涯赶路人。遇到了，就是缘分，就不紧不慢，聊上几句。

中国的水运文化有几千年历史，在高速公路网还没有编织之前，客货运输大多依赖水路。

我在过往的岁月里曾经坐过船。一次是 6 岁时随外祖母坐船到乡下亲戚家去，200 里水路，要走大半天，一夜。迢迢水路上，那时见对面老远驶过来一条船，内心欣喜。

那时，垂髫小儿和外祖母坐在船上张望，对面驶来一列拖船。小火轮拖着一长溜的船，装着货，从坐着的客船旁飘过，两条船交汇时，翻涌水波浪花，裹挟着风，有水丝打在脸上。外祖母眼尖，认出了旁边那货船上的一个熟人。那人也认出了外祖母，站在甲板上，彼此挥手打招呼，并留下话：大嫂子你这是上哪儿呀？船擦肩而过，风声水声淹没了说话声，烧煤提供动力的年代，那队船，走远了。

一次是在江南古运河边。18 岁，去苏州，开始人生的第一次旅行，回程时归心似箭，路过无锡，想着早点回家，和同伴到轮船站买夜班船票，其时票已售完，我们无奈地徘徊在河边。

看见那条驶往老家的客船时，它静静停泊在轮船站旁边的一个码头上，如一匹马拴在桩上，前面是负责牵引的小火轮，后面是二层客船，船身涂着绿油漆。它就浮在古运河上，波光船影，水岸氤氲，有个人蹲在小火轮的舷边撩水洗东西，船尾写着那条船的归属地。巧的是，同伴的父亲正是那家轮船公司的，于是便隔河相问，说明原委。哪知那个人非常客气，不但免了船票，提前让我们上船，还安排我们躺在船舱床铺休息，一路上免费招待，观江赏景。

停船相问，存一种古意。让我至今怀念船，怀念水面上那一段人与人之间很近的距离。水天茫茫，二人互在彼此的船上。不问房产几处，桑田几亩，而是巧笑问家乡。

春光若箭，船若梭。问过之后，聊过之后，两条船相向而行，也许彼此互加好友，也许此生不再相见。

在唐朝诗歌的河流上，一船如瓢。

水中烟

鱼在水中拽起水中烟，游得慢的是小楷；游得不紧不慢的是行书；游得飞快，且摇头晃脑的是狂草。

我们看东西，要从多种角度看，飘在空中的是灰和烟，腾腾在河床水体中的也是灰和烟，是水中灰，或水中烟，是另一种美的呈现。

浣衣

浣衣是女子的一种优美姿态。

浣，这个字，与衣搭配，一双素手搓揉，微凉的流水如丝绸，从指缝间流过，才有一种动态美。

在古代，男人骑马，女人浣衣。女人在清亮的河水中轻搓慢揉，男主外女主内，日子过得不疾不徐。女人一边浣衣，一边想着细细密密的小心思。那洗涤晒干的青衫上，留有河水的清香。

到古镇浣衣，把一件岁月风尘里的衣裳拿到古镇河里去洗。我会找到久违的码头，掏尽口袋里的那些芜杂、钱财和隐私，把一件衣服交给一条河。

"噗"，一朵衣花绽放水面，那个洗衣的人，手脚麻利。一件衣服，跃入河中，从没有过的畅快、舒展。浸湿的衣服，在水面逗留，饱吸水分，以一种悠缓的节奏飘悠下沉。关键时候，总有一双手轻轻一拽，俯下身子，拧一拧，洗净衣上的尘垢。

浣衣要静。把浣衣当作过程，才能入画入境。如果彼时动静过大，或者肢体夸张，就像一幅淡淡水墨画，泼上过浓的色彩，意境全无。

宜雨中。牛毛细丝，轻扬飞絮，飘入水面。我会看到，垂髫小儿站在一边，袖口裤管卷得高高，露出藕节一般结实的臂腿，撑一柄油纸伞，为母亲挡雨。这时候,水清鱼静,斜风细雨不须归。

宜月下。身后岸上垂柳的倒影,汩汩水流,鸟的梦呓。此时,那些清亮的河道,涌动汉唐的流水,倒映明清的建筑。在石埠头洗过的那件衣服,挤干,放在一只涂过桐油的古朴木盆里……

沈从文的文字里,常闪过水边洗衣的女子。在湘西,"河滩上各处晒满了白布同青菜,每天还有许多妇人背了竹笼来洗衣,用木棒杵在流水中捶打,訇訇地从北城墙脚下应出回声"。那有一下,没一下,木棒杵敲击石头的声音,传到耳边,灵动、清脆,实在好听。

浣衣是河畔的舞蹈,在中国许多地方都可以看女子浣衣——

一行石阶斜插水面,江南古镇,清亮的水边。这时候,细若针尖的小鱼苗、小蝌蚪,像一只只小逗号,从鱼卵上挣脱而出,一点,一簇,三五成群,在脚踝间钻来绕去。

西施的浣纱石,半遮半掩,荡漾在诸暨城南苎萝山下的春波里。浣纱女巧手借水的浮力,水涌则浮,水浅则沉。浮沉之间,浣起纱来,使搓与揉恰到好处。

我曾在淮安一座漂母祠前,遥想淮阴侯韩信当年家贫无依,腹中饥。垂钓于城下河边,在附近洗纱的漂母施以饭食,识英雄于微贱之时。

山间浣衣,情境不同。有一年,在婺源。薄雾清亮的清晨,几个女子在山涧边浣衣,水清见底,卵石历历。路过的人只顾看风景,而忘了归。

"长安一片月,万户捣衣声",那些浣衣的女子哪儿去了?木棒杵丢失在岁月里。

机洗年代,更侧重于浅浅一桶水,搅拌、缠绕那些汗渍、酒精和油腻,而缺少了酣畅淋漓的均匀呼吸。天地之间,明晃晃一盆干净的水,还有什么尘垢不能荡涤?

到古镇浣衣,把那件衣裳挂在旅店的窗口,透明阳光穿透晾干,套上洗净的衣裳,带走唐宋明清的味道。

水中烟

灰尘总是在空气中传播，一匹马奔跑过有曳起的灰尘，一辆汽车驶过有扬起的灰尘，我小时候在室内打扫，拍打某件物品时，有弥漫逸散的灰尘，难不成水中还会有灰？

是的，水中有灰尘，我叫它水中灰，或水中烟。

在乡村，早晨起来，清亮亮的小河边爬满螺蛳，河水清澈见底，乡人伸开双臂用两只手捧，河床上泥雾腾腾，并向四周扩散，河水部分被搅浑了，泾渭分明，它是水中灰。

水中烟，是水中的泥土受到搅刮，呈灰尘状在水体扩散，就像岸上的沙土被风吹拂，在空气、天空中扩散。

多美呀，像淡墨，缓缓移动，缓缓奔跑，一团、一绳、一线，只有河水清澈，你才能看到水中灰。河水浑浊了，被污染了，你到哪儿去看水中灰？

水浑浊、污染了，就没有对比，也看不到烟或灰。

清澈的河水，是映衬灰或烟的，就像蓝蓝的天衬托白白的云。水中灰，它是一幅抽象画，羊和狗，树和草，或像两朵蘑菇云，又像一管泼墨在水中四散开去。

水中烟，有时候还是农人罱河泥，在一条水清的河上生成。

河水清澈，水草袅袅，农人的罱具伸到水里，厚厚的膏泥之中，一使劲，河泥被罱到船上，罱具把水搅得并不是那么浑，水中有一溜浅浅扩散的烟尘。罱上的河泥，大多倒在一口干涸的水塘沤着，做肥料。这样的肥料，施在田地里绝对天然无污染。从前，我的一个乡下亲戚每年冬闲都要撑一条水泥船罱河泥，罱上来的河泥倒在麦田里。

有个古镇，罱上来的河泥制青砖，河泥烧制的青砖古朴而结实，千年古镇掩映在一片青砖灰瓦之中。

这些在水中腾腾，在水体中扩散的，是水中烟。如果在岸上，它会尘土飞扬，沾在你的头发、衣服上。

而在水中，它们是节制的、舒缓的，像一种意境在生成、渗透，全在于清水的衬托。

在私家园林看一尾红鲤摇尾游弋，将沉淀水中的尘埃、枯叶掠起，水中灰，或烟，断断续续，在水中划一道细痕。

在山涧沟渠看几尾小鱼觅食，水至清，亦有痕。痕，是寻觅、奔波，碌碌的风尘，有风即有尘，在水中亦莫不如此。

一眼清泉，底无泥，则无烟，纵有小鱼在水中嬉戏，水的源头来自砂岩缝隙，水中的沉淀物少，鱼游过，淡若无烟。

古村沉没水底，有没有水中烟？在浙江淳安千岛湖水下考古现场，透过电视直播镜头，我看到潜水员像鱼一样游过水下古村的砖墙、牌匾、台阶、石坊，游过之处，所曳起的一股细细的泥浆在追逐、扩散，它就是水中灰，或水中烟，让人想起从前，远古村落的鸡鸣狗吠，一缕炊烟在村庄上空缓缓飘荡……

一缕水中烟，有粗烟和细烟。

冬天穿皮焐子的捕鱼人蹚过水，踢腾的是粗烟；一条古灵精怪的小鱼贴着河床游过，掠起的是一溜细烟，如缕，如线。

游泥如烟墨，在水中慢慢扩散、濡染，最后烟或灰，慢慢沉淀下去，渐渐就消失了，水体恢复澄明。

一条鱼，在清水中游动，掠起水底沉淀物，若隐若现，或粗或细。那些被波澜曳起的灰或烟，是鱼在水里写字，字若鱼，鱼如字。

鱼在水中曳起"烟"，游得慢的是小楷；游得不紧不慢的是行书；游得飞快，且摇头晃脑的是狂草。

我们看东西，要从多种角度看，飘在空中的是灰和烟，腾腾在河床水体中的也是灰和烟，是水中灰，或水中烟，是另一种美的呈现。

鱼子与鸭蛋

不投一鱼一苗，池塘中如何有野生大鱼？

蛋青色，是鸭蛋中的上品，它容易让人想到一种颜色——天青色，微烟雨，有一个女子好像在等什么人。

鱼子殇

我在一篇《杂鱼记》里写过："浅夏的杂鱼不忍下箸，有子。不光鲫鱼有子，花鱼有子，鳊鱼有子，乌鱼有子……连鲈鱼、鳝鱼、青虾也有子，'孕'味十足。"

鱼子好吃，不忍吃。吃了鱼子，江河里会少很多鱼。

鳝鱼子，鱼子中的熊孩子，子粒比一般鱼子要大，色泽金黄。

清代徐谦《物犹如此》里记叙：学士周豫爱吃鳝鱼，清炖时，见鳝鱼身体弓起向上而不倒。这条母鳝为护腹中鱼子，情愿将自己的头和尾浸入沸汤中，腹部都向上弯曲，忍受巨大疼痛护子而亡。

一个人，能感受一条鱼的疼痛，内心有大悲悯，天上飞的，水里游的，草上爬的，万物有心。

乌鱼护子，我在一条浅浅的水泽边见过。一团黑乎乎的小蝌蚪状的乌鱼子在水面上浮游，一公一母的两条乌鱼在旁边保护，款款移动的鱼子遇到其他鱼的骚扰，被冲散的队形很快又恢复团状。成年乌鱼陪护左右，忽上忽下，或盘桓水面，或沉入子群下面。这一对乌鱼父母是担心鱼子被天敌吃掉，在水体中游前游后，呵护自己的鱼子宝宝。

有些事情匪夷所思。屋后的一块洼地，在一次暴雨之后变成水塘。不久，水里有了鱼。可是，从来没有人往水塘里撒过鱼苗。那地方离河流和其他鱼塘也远，为什么活生生有了鱼？

有人去请教渔业专家。专家说，泥土里本来就藏着许多东西，沙尘暴里也有鱼子。一粒鱼子，不管被埋多深，裸露地表多少年，它们在等待，一旦机会来了，有了水，就会孕育出新的生命。

不投一鱼一苗，池塘中如何有野生大鱼？

《齐民要术》中说得头头是道："三尺大鲤，非近江湖，仓卒难求。若养小鱼，积年不大。欲令生大鱼法，要须载取薪、泽、陂、湖饶大鱼之处，近水际土沙十数载，以布池底。二年之内，即生大鱼。盖由土中先有大鱼子，得水即生也。"

意思是取湖沟港汊靠近水边的淤泥，铺垫在池底。两年之内，就会养出大鱼。原因很简单，就是这些土中本来就含有生成大鱼的鱼子。

母鱼已死，子焉能活？清初诗人施愚山说得颇有意味：将鱼子轻轻地拿出，勿损坏，勿著盐，分摊在稻草把的上面，等水迹稍干一些，浅浅地埋藏在水边的沙泥下，以免别的鱼来吞吃，自然就可以活了，但是埋藏的地方切不可离水。倘若在冬冷春寒的时候，用干燥的泥块捣成粉，将鱼子拌裹了、晒暖了，好好收藏起来，等到农历四月十五以后，撒放在河滩的水草中间，没有不活的。其余月份，随时可以投放，更方便。

历来鱼子被做成好多美食，比如鱼子酱、红烧鱼子、鱼子烧豆腐、蛋炒鱼子。

总有一些鱼子被吃掉，一些鱼子被保留，这是物竞天择，也是一条鱼生存繁衍下去的规律。

鱼子，附袅袅水草之上。可以想象，一条细小的鱼，细若针尖，在水中摆动，挣脱掉那一团卵衣，便款款地游向水的深处去了。

没有被吃掉的鱼子，终会变成一条鱼。

鱼子不死。

鸭蛋帖

小时候，我见过鸭憋不住，慌乱中，肥臀一撅，将蛋丢在水里，沉淀在一堆水草上。白壳蛋，衬绿水草，非常养眼。

蛋青色，是鸭蛋中的上品，它容易让人想到一种颜色——天青色。微烟雨，有一个女子好像在等什么人。黎明前的天空，就像一只鸭蛋，磕碰即破，月亮和太阳的双蛋黄，隐身其中，一磕一碰，天就亮了。

夏日咸鸭蛋，大抵如汪曾祺所说："高邮咸蛋的特点是质细而油多。蛋白柔嫩，不似别处的发干、发粉，入口如嚼石灰。油多尤为别处所不及。"那时候，高邮湖上飘荡着柔软的苏北民歌，长着密密的芦苇，水色清澄，草色如黛。

我生活的小城，与汪老的家乡相距不远。露水清晨的路边，有农人提了竹篮，里面垫柔软的秸草，或者木刨花儿，在卖鸭蛋。说不定，那些生蛋的鸭，与高邮的鸭还是亲戚关系。

平民生活的布衣菜饭，简洁的便是涨鸭蛋。将蛋壳敲裂，沿着碗口，使蛋清和蛋黄滑入一只青瓷花碗内，用筷子搅碎，一阵疾风骤雨过后，放盐、葱花、小银鱼，再浇上一层菜籽油，在饭锅里涨蛋。"涨"，实则上是"蒸"，可是此时此境，方言俚语，用得恰切。不一会儿，一碗黄澄澄、软塌塌的鲜嫩涨鸭蛋就出锅了，空气中飘散着鱼香和蛋香。

夏日乡村，看鸭生凌乱的蛋。应该有三五只散漫的麻鸭，间杂白鸭，大摇大摆踱步在柔软的时光里。滚落的蛋，三三两两丢落在软软的穰草上，这样的温馨场景，是寥寥数笔的、淡淡的水墨小品。

当然，养鸡养鸭干得出色，可以成为汪曾祺笔下的《鸡鸭名家》。一个是余老五，一个是陆长庚。陆长庚，人称陆鸭，心窍灵巧，是那一带放鸭的第一高手，他自己简直就是一只老鸭。"我"父亲的佣户赶鸭去卖，失散在白莲湖中，以10元代价请他来。陆长庚发出各种声音，即把鸭子从四面八方的苇丛中呼唤到岸边，还在342只鸭子中发现一只外来的老鸭，丝毫不差地说出它的年岁和斤两。

文人与鸭蛋，滚动着难言的尴尬。明万历时，有个鸭蛋状元黄士俊，年轻时家贫。34岁时，他想进京报考公务员，找岳父去借路费。岳父见他衣衫褴褛，连客厅都没让他进，只塞给了他两只鸭蛋。岳父家的仆人可怜他，偷偷给了他一点儿钱。没想到，黄士俊竟然高中状元。后来，他以"鸭蛋"为题，写了一篇诗帖，送给岳父。

女人与鸭蛋，闪烁母性光泽。《红楼梦》中的美人儿，大致是细腰削肩、鸭蛋脸，如探春、鸳鸯等，流露出一个时代的审美。

扬州鸭蛋粉，源于蛋的灵感。雪白、淡青，一枚鸭蛋的形状。待嫁闺中的女子，梳妆箧里放一只鸭蛋粉，搽在脸上香喷喷的；柔柔的樱桃小口，用薄薄的红纸润透。温婉的小家碧玉，配得上小巧玲珑的鸭蛋粉。

某日，女作家毕淑敏去扬州，遇到鸭蛋粉，心中起了疑惑："不知一向讲究对仗工整的古人，把抹在脸上的腮红和咽到肚里的佳肴放在一起，有何深意。"于是就想，"扬州的粉为什么好呢？扬州出美女，也不知是寻常女子用了谢馥春的香粉，就修成了倾国倾城的美女，还是扬州美女用了谢馥春，谢馥春从此名扬天下？"

鸭蛋粉只是半片，简洁的情愫，我猜想，它与爱情有关。水做的女子，钟爱水中的怜物。女子的红粉，浓缩成身边司空见惯的蛋的形状。那淡淡的清香，远不如法国香水浓烈、恣肆，但经搽、耐用，沉稳、内敛，不事张扬。

心中愿意收藏这样的女子，瓷般润泽，陶般朴质，鸭蛋粉般淡雅，一如远去的古典。

中国式村庄

离开那儿已经几十年了，时常梦见那个村庄，我甚至怀疑自己上辈子是不是那里的一株芦苇或者一棵树。

乡村地名

乡村地名，一个乡村的表情。就像一个人，站在田野上，佝偻着腰背，倒剪双臂，在谛听什么。

这个地方叫"刁铺"，高速入口旁的一个停靠点。不难想象，很多年以前，在这个舟楫相继的交通要冲，有一个姓刁的农民，头脑活络，摆个小摊子，做些火柴洋烛、纸烟瓜子的小营生。生意红火了，许多人看在眼里，纷纷效仿，久而久之，聚行成市，一个集市形成了。我每次经过这里时，都有一个奇怪的错觉，好像这个姓刁的农民，还坐在道边，搓着冻红的双手，在等待他的顾客，想点蚕桑之外的小心思。

散布在田野上，星罗棋布的村庄，河流是纵横交错的毛细血管。乡村的概念，是门前两株垂柳，屋后一片池塘。下雨的时候，也不感到寂寞，有雨点在荷叶上弹唱。

"荻垛"，三面环水，芦荻飘飞的草木村庄，栖息其中，蛙鼓虫鸣，炊烟袅袅，人之天性居住向往；"白马"，这地方牛粪与稻花飘香，曾留下神仙的痕迹，仙人骑大马飘然而去；"寺巷"，寺庙旁的小巷口，过去的人穷，住在寺庙附近，逢年过节庙里腊八粥赈济施舍，多少还沾点光。实在不行，卖点香烛、纸箔，也能糊个口，就算是听晨钟暮鼓，也落个耳根清净。

还有一个地方——菜官。种菜的也想当官？小人物也有大志向。只是理想与现实之间有点距离。不过，不难想象，早先居住在这里的村民也许是个落第秀才。科举失利后，那个梦越来越远，不得不面对现实，却又心有不甘，心中总不能没有梦吧？

其实，农桑无小事，管不好田垄地亩，生灵咋活？守不住青苗果园，子孙咋养？弄稼穑，侍蚕桑，乃天下第一品大官。

乡村里的事，往往先是一个人做，做着做着，许多人就跟上了。

我们这地方，乡村包围城市。那些在城里打工的农村人，天一擦黑，就像鸟儿归巢，从银杏树的这根枝叶跳到另一根枝叶，纷纷骑着电动车、自行车，车后座夹着锯子、瓦刀等工具，风尘仆仆，往乡下飞。现在不一样了，许多农村人在城里购了房。有的，干脆就在田野上办起了自己的加工厂。农耕文明，伸长颈脖朝着工业文明张望。

从乡村走出去的农家子弟，一柄瓦刀闯荡天下。纷纷带回云南、贵州、湖北的女人，原先一口土得掉渣的土话，掺杂着外地方言。那些女人，怀胎生了崽，成了婆娘，口音也潜移默化，对白是婆家的腔调，押的是娘家的韵脚，乡村也就渐渐有了南腔北调的味道。

乡村地名，也是一种耕读起居习惯。

去婺源，古朴的石坊"晓起"矗立村口。穿行在古民居之间，时光倒流，恍若一场黑白电影。

那时候，天还没有亮，雄鸡尚未打鸣，宝蓝色的天幕上缀着几颗稀疏的晨星，粉墙黛瓦隐约在一片雾霭之中。不远处，溪水潺潺的香樟树下，已有早起村民荷锄晃动的身影。读着李坑、晓起、西递这些乡村地名，犹如宋词小令，朗朗上口。

外婆的老家在黄海边上，那个叫陈洋的小镇。陈姓人家较多，据说多数是苏州移民的后裔。镇外有一片浩大的水，一眼望不到边的芦苇荡。当地人不叫芦苇荡，叫"洋"，浩瀚无边的意思。

乡村地名，是一只沾着泥星和草叶的青瓷花碗，那里面注满整个乡村的故事。

县志里的村庄

村庄，是乡人聚集而居，日出而作，日落而息的地方。

翻阅我们那个地方的县志，在古代有许多村庄，如拱，似斗状，环列四边，星罗棋布，它们是城池的花边。

明代万历县志中记载，本地有一千多个庄（镇），孙家庄、顾家庄、河家庄、韩家庄、营溪、焦港、张腰庄……这一片不小的疆域，东临沧海，潮音浩荡，先民牵牛骑驴，荷锄滴露，走在纵横阡陌上。

县志里的村庄，天高地广，掩映绿野。或临水而居，桨声欸乃；或于绿竹丛中，露出茅檐一角。有犬吠人声，鸡鸭呱鸣，板桥横亘，炊烟袅袅，混合泥土和猪粪气息。

县志上说，王家庄，明代王姓从姑苏阊门迁北首居；柳庄，明代移民于此，有大柳树一棵；红庙庄，旧有一红庙；十里铺，古驿站，距州城十里……恍若看到一群古代先民，肩披一身霞光，来到这一片混沌的处女地，逐水草而居。

我在一个叫刘庄的村子里，遇到在地里挖花生的刘大爷。刘大爷在农历七月十五这天给老祖宗烧纸钱，口中喃喃地说，都来拿钱吧，拿钱买酒喝。刘大爷的祖先，是明代"洪武赶散"年间乘船渡江来到这里的，先人坐在船上，见到这片高坡，船摇岸晃，有柳树的土地，祖先弃舟登岸，垦田养桑，到刘大爷这辈，已在这里居住了 400 多年。刘大爷说，从前村庄河道夹树，夏天很凉快，人撑船行其间，河、岸俱绿。

县志中的村庄，在故纸上只留下一个名字，更多的留给人们想象。比如，响林庄，"其地树木高幽深窈，风过瑟瑟作声"。县志上的几个字，让人想到那儿有很大一片林子，古木森森，高可盈丈，风入林，籁籁野响，藏着飞禽走兽，让人想到《水浒》中的黄泥岗；刘麻庄，"贩私盐的刘麻子葬于此地"，祖先在村外，晚辈猜测他的模样，也许其貌不扬，农闲时挑个担子走村串巷做些卖碗贩盆的小营生；王家庄，原先住着王姓人家，后来有了其他姓氏的加入，渐渐地，村庄有了包容性。

在县志中眺望古代村庄，茅屋疏疏，小灯盈窗，它们是美的。村庄里的人情也是美的，其乐融融，村人走动，喁喁有声。谁家做了好吃的，会给邻家送一碗，东家的孩子在西家玩耍，天黑了，就在西家吃饭，玩累了，就睡在西家。

县志里的村庄在水边，只有芦苇蒲草是它们的邻居。有些小土墩上，只有几户人家。

那些村庄一尘不染，外面的风挟着泥沙，被揉进水里。村庄一丝不扰，大门是敞开的，路过的人，口渴难耐，可以一脚跨进门里，舀一瓢缸里的水喝。

县志中的村庄，月亮升起来，很静。"汩汩"是水声，"啾啾"是宿鸟的梦呓，"哗啦"是惊鱼的泼刺，不看也知道溅开水花一片。偶有人声，"哐当"是近处渔家涉水淘米，还能听到撑篙人说话，隔着密密的芦苇传来，先喁喁，后嘤嘤，船行远了，细得只剩下一缕游丝。

县志里的村庄，雄鸡啼鸣中，炊烟袅袅，在天幕下寂静安详。

我在城里，听到两个卖菜的说话。"你是哪儿的？""蔡庄。""你呢？""官庄。"他们所说的这两个村庄名，县志里都有。我去寻找"十里铺"，是一个距州城十里，在古代驿道上马蹄得得、舟楫往来的地方，容易想到两个朋友之间，送客十里，依依惜别。如今地名还在，但村庄已如黄鹤一去，杳无踪影。

县志里的村庄，稻子很美。稻子成熟了，它们低着头，一片金黄。稻子收完后，一个稻草人还留在地里。

县志里的村庄，棉花很温暖。棉花地在村庄旁边，一颗颗饱满棉桃在炸蕾，洁白的棉絮从桃壳中喷薄而出。

我想在县志里的村庄过一宿。晨醒，枕上鸟鸣一片。这边白头翁吱吱刚歇，那边"柴刮刮"呱呱又起。雾气从苇塘慢慢消退，明晃晃的日头照得满湖刺目生辉。水的涟漪扩散开来，群鸟的欢叫更脆。船帮挤倒的苇秆，趴下，又摇摇晃晃地爬起。刚走几步，裤腿已湿漉一片。

县志中的村庄，有些已经不存在了。有些还在，不再有从前的气味和影子，它们只在县志里。那些地名告诉后人，我从哪里来，又要到哪里去，祖先曾在这里捧碗吃饭，筑梦守望。

中国式村庄

一个远离乡野的人，内心深处往往住着一个村庄。

我6岁那年，随外祖母到乡下去。像一只鸟儿偶然逗留，从此便记住那个叫陈洋的地方。

离开那儿已经几十年了，时常梦见那个村庄，我甚至怀疑自己上辈子是不是那里的一株芦苇或者一棵树。

一个人，在童年的时候，应该到村庄里去住住，那里有炊烟和牛粪的味道。人离开村庄太久了，会将草垛、庄稼和摇曳的天空，渐渐淡忘。真不知道，如果没有儿时那短暂几十天的乡村生活，我情感和想象的天空会是一种怎样的颜色？

内心深处住着的村庄，就像手机里储存的亲人和朋友的图片和号码，有时拿出来翻翻，心头涌上一阵温暖。

中国式村庄，印象中是许多村庄叠加的意象，绿意盈盈。

史铁生遥远的清平湾，"饲养场建在村子的最高处，一片平地，两排牛棚，三眼堆放草料的破石窑。清平河水整日价'哗哗啦啦'的，水很浅，在村前拐了一个弯，形成了一个水潭。河湾的一边是石崖，另一边是一片开阔的河滩"。这是史铁生的精神世界。

村庄，是一个人的家园版图。北方的村庄，月朗星疏，辽远开阔；南方的村庄，色调饱和，雨水充沛。

我曾在村庄里看戏，戏台搭在一座庙里。就这样，搬来一只小马扎，坐在人堆里静静地听，恍若听到低处流水婉转流淌的声音，一条春天的河流，一川活泼泼的水，沿着绿茵茵的草岸，在一个地方拐弯，那些争先恐后的流水，抑扬顿挫。

鲁迅在《社戏》里说，他外祖母的家里，是一个离海边不远，极偏僻，临河的一个叫作平桥的小村庄，"到赵庄去看戏，赵庄是离平桥村五里的较大的村庄"。外祖母的家，是我们许多人去过的最美的地方。

我喜欢孙犁的荷花淀、采蒲台，这些白洋淀深处月色交融、诗与美的村庄，"月亮升起来，院子里凉爽得很，干净得很"。透过那些干净的文字，看到一个女人坐在小院当中，手指上缠绞着柔滑修长的苇眉子，又薄又细，在她怀里跳跃着……"像坐在一片洁白的云彩上。"

长江岸边的村庄，呈现另一种生命欢腾。我的一位邻居，小时候家就住在长江边，屋后有一片青青竹园，江潮退却，听到竹园里有一片声音哗哗乱响。探头一看，一条大鱼被冲上了岸。

城市的拥挤，让人心浮躁。一个人脆弱下来的时候，总会想起从前的时光，内心深处的那个村庄，保存他的童年快乐，哪怕只是短暂的做客时光。

独乐乐，不如众乐乐。"刘老二家的大狗子，考上大学啦！"乡村的大惊喜，与众多人分享，恨不得敲锣打鼓。乡野的气息，本来就没有围墙，小惊喜变成大惊喜，就像村庄烟囱里的炊烟，喜洋洋地飘过村庄上空。

诗人海子说："在五谷丰盛的村庄，我安顿下来，我顺手摸到的东西越少越好，珍惜黄昏的村庄，珍惜雨水的村庄，万里无云如同我永恒的悲伤。"只有村庄，在倾听海子的忧伤。

有位同事，听村庄的风，从村头到村尾，沿着房屋巷道呼呼而过。掠过村庄的风，掠过小河，就钻到庄后那一片密密的小树林里去了。他为什么观察得那么仔细？同事笑笑：我在村庄生活了几十年。

一个人，内心深处住着一个村庄，这个人是充实的。这时候，村庄是活的，群鸟翻飞，这个人的内心也跟着动，就想到那些棉絮的白、青菜的绿和谷子的黄。

第五辑　柴火香

老灶台旁惆怅客，心里有湿漉漉的雾和迷蒙的水汽；嘴里有从前的老味道，像牛一样反刍；满眼是游过天空，袅袅升腾的炊烟。

他把这种生活称呼为"四美"，有美景，有善地，有佳茗，有美食。茶与藕粉，演绎一段有腔调的江南生活。

大嚼之趣

饮食布衣，一日三餐，浆水箪食，吃饭与喝粥，声响殊异。

饭且不说，单单喝粥有呼呼之声，一家老小的餐桌上风生水起。

吾乡"萝卜响"，佐清粥之小菜，喝一口粥，咬一口萝卜响，有大嚼之声。

萝卜响，萝卜腌制的酱园小菜，咸甜酸脆，尤其是脆，咬嚼起来，呱嗞呱嗞之声不绝于耳。

生吃萝卜也有大嚼之声，我曾见人腮帮鼓动，夸张地生吃萝卜。李渔说，萝卜有浊气。我觉得生气的人适宜吃萝卜，打一个嗝，则气消通畅。

大嚼之人，心情大好。他在嚼着食物，也在抒发心情，痛快淋漓。所以，水浒中的好汉，在他们的快意人生中大嚼牛肉。而宋代诗人杨万里平素喜爱梅花，以花大嚼，他曾说："老夫自要嚼梅花。"杨大叔在梅树密密的山谷里，只身倚着一棵老梅，摘一朵嚼一朵，嚼得摇头晃脑，古今几人相比？

大嚼时如入无人之境，忘乎所以，根本不注意有人看他。我小时候看到拉板车的人捧一纸猪头肉坐在板车上大嚼，我见那个人吃猪头肉时，嘴里馋虫四蹿，看得直咽口水。

大嚼的声响会传染，想吃而又吃不到，让我至今怀想那年那月的猪头肉，不知道它究竟是个啥滋味。

想得而得不到，有人用画饼充饥来安慰自己，也有古人用大嚼来幻想。汉代桓谭《新论》说："人闻长安乐，则出门而向西笑；知肉味美，则对屠门而大嚼。"有个人，天真得很，他听说长安城里车水马龙，一派繁华，出门时面朝西而笑；知道肉的味道很香，经过肉铺时鼓腮大嚼。就连三国时曹丕也觉得这个人挺有趣："过屠门而大嚼，虽不得肉，贵且快意。"没钱买肉，对着肉铺大嚼，权当吃到香喷喷的肉了。

大嚼是一道表情包，一个人在时光的空间里恣肆而为。旧时熟肉店有老旧对联：过门容大嚼，入社要本分。金圣叹留下遗言："豆腐干与花生米同嚼，有火腿滋味。"这是他大嚼过后的人生体验。

　　郑板桥吃狗肉，大嚼。有富商千金求字画未得，于是设局在他暮归的路旁草庐烹狗肉。板桥闻香叩门而求一口狗肉，据案大嚼后作为回报，为富商写字写到手发软。

　　史湘云吃鹿肉，大嚼。《红楼梦》第四十九回，史湘云大嚼烤鹿肉，一面吃，一面说："我吃这个方爱吃酒，吃了酒才有诗。"还说是真名士自风流，虽然"这会子腥膻大吃大嚼，回来却是锦心绣口"。

　　清人顾禄认为吃素食也可大嚼，他有《题画绝句》："绿蔬桑下淡烟拖，嫩甲连膝两又过，试把菜根来大嚼，须知真味此中多。"菜根嚼而别有滋味。

　　回想乡间吃饭时，田陇的风，吹荡着荷花和草叶的清香，直扑碗中。大嚼之声，多了真实，少了修饰。

　　我在一村庄里，见农妇捧着一只大花海碗，边走边吃，不时地停下来，扒拉着碗中的饭食大嚼。她大概是为了寻一个地方凑热闹。或者，有什么事要到邻居家去，又怕耽误了吃午饭，所以，一边走，一边大嚼。

　　大嚼有大情境，小风格。

　　小孩吃黄豆，大嚼。豆硬如铁，稚口小儿，铁齿铜牙，咬豆时嘎巴嘎巴，成年人望而徒生羡慕，想念丢落的牙齿。

　　老头吃花生米，大嚼。花生米好下酒，老头儿一口酒，两三粒花生米，老酒与花生米是绝配，大老儿不动声色，嚼之声动十里。

　　妇人吃黄瓜，大嚼。妇人手执一根黄瓜，伏天充饥又解渴，吃黄瓜的声音，呱滋呱滋。

　　写武侠小说的古龙先生曾说过，吃得是一种福气。能吃的人不但自己有了口福，别人看着他开怀大嚼，吃得痛快淋漓，也会觉得过瘾之至。

　　大嚼，腮帮鼓动，爱憎分明，全然忘了吃相，神态是投入的。

　　至于得不到的食物，在想象中大嚼，嚼着嚼着，那味道也就来过了，带来暂时的满足。

　　一个人在凉风晓月时，面对美食，想到那些曾经得到与得不到的东西，他会大嚼而笑。

柴火香味

清人童岳荐编撰的《调鼎集》里讲到，用不同的柴火烹煮食物，会风味各异。"桑柴火：煮物食之，主益人。又煮老鸭及肉等，能令极烂，能解一切毒，秽柴不宜作食。稻穗火：烹煮饭食，安人神魂到五脏六腑。麦穗火：煮饭食，主消渴润喉，利小便。松柴火：煮饭，壮筋骨，煮茶不宜。栎柴火：煮猪肉食之，不动风，煮鸡鸭鹅鱼腥等物烂……"

从乡下来城里多年的朋友，想吃一口老灶台炖的干咸菜红烧五花肉。他酒喝多了，口中寡淡，想吃老味道的五花肉。有一次，在大酒店里，朋友如梦呓般问服务生，有没有用杂树枝烧的五花肉，说得人家一脸茫然。我见过他吃红烧五花肉，"呱叽、呱叽"，如老猪拱食，喉骨翻转。

用柴火煮饭粥，饭粥里有树脂和草木的清香，是袅袅升腾的烟火气息浸入饭中。灶釜之下，噼啪作响，那一蓬跳跃火焰舔着锅底，忽明忽暗。

柴火，堆在乡人的房前屋后。深秋，我在黄山附近的古村看日出，黎明时站在半山腰上。此时，村庄晨光熹微，粉墙黛瓦，炊烟袅袅，粗似泼墨，细若游丝。每一个飘着炊烟的烟囱下，都有一个弓腰，低着头，用柴火做早饭的徽州女人。

土灶台，隐逸在旧时光里。用土砖垒砌，糊上黄泥石灰，烹煮一年四季，一家老小，简单而快乐。

这几年，虽然城市里也陆续开了不少以土灶台为名义的小餐馆。朋友说，他从不去那些地方，那些餐馆只有形式，没有灵魂，它可能只是沦为一个商标。

厨房里，叮叮当当，挂着腊肠、腌鱼、风鸡、猪蹄……土灶台的味道多地道啊。

麦草烧饭，卷一个草把，添入灶膛，干草烈火，火焰翻卷，灶沿锅盖，噗噗作响。稻草熬粥，柴火熄灭，一星如豆，水汽缭绕，"咕噜、咕噜"，粥花微漾。

土灶台是个在冬天让人感到温暖的地方。人生最初的欲望，都是从灶台出发的。锅膛内，如梦幻般的柴火灰，若明若暗。曾经放过两只长而大的红薯，柴火灰烤红薯，清香四溢。

朋友记得在老家用棉花秆炒韭菜的那个喧响氛围，头刀韭切成寸段，锅置旺火上，倒入韭菜，"刺啦、刺啦"，柴火转瞬即灭，锅的余热一脉传递，乡间土屋弥漫柴韭清香。

一个喜欢走一段路不时回头张望的人，鬓角有霜，内心就会有惆怅。朋友经常做梦，梦到小时候捡树叶，用树枝在灶台铁锅里烧饭，烧出香喷喷的大米饭。朋友说，等到退休后，想租块空地，用三块石头摆成三角形，架住一口小铁锅，抱来一大捆杂树枝做燃料，淘米煮饭。

"牛粪粥"，用干牛粪煮的粥，有特殊的清香。湿牛粪，一摊一摊甩在墙上，待干后，铲下来当柴火，煮粥。牛吃草，干牛粪自然可当柴火烧。有一次，朋友给我讲了一个笑话，说有个城里亲家，到乡下做客，他只知道牛粪粥好吃，但不知道怎么做，于是煮粥时把一小块干牛粪细细掰下，放入粥中，以为这样就能煮出一锅"咕噜"翻滚的好粥……朋友讲故事，自己一个人先笑出声来。

我也怀念从前灶下的柴火，柴之焰，四蹿奔突，呈一簇花绽放。坐在灶旁，一手拉着风箱，一手往锅膛里添柴火，添玉米秆、棉花秆、芦苇秆、杂树枝……弄得满灶噼啪作响。那时，我对站在灶台旁炒菜的表姐说，火还够旺吧？我肚子饿了，口干舌燥，能不能先来一碗呀？

人到了一定的年龄，就会变得多愁善感。我想到乡下亲戚家走走，到土灶台旁执勺舞铲，使出浑身的力气，劈柴煮饭。

或许，我们只不过是土灶台旁的一个过客，灶台也只是一种象征。老灶台旁惆怅客，心里有湿漉漉的雾和迷蒙的水汽；嘴里有从前的老味道，像牛一样反刍；满眼是游过天空，袅袅升腾的炊烟。

围一桌好菜

春天是会友的季节，几个人在春风里，穿朴素的衣裳，围一桌好菜。

清代顾仲在《养小录》里说腌雪："腊雪贮缸，一层雪，一层盐，盖好。入夏，取水一勺煮鲜肉，不用生水及盐、酱，肉味如暴腌，肉色红可爱，数日不败。此水用制他馔及合酱，俱大妙。"

在古人眼里，雪不但能腌，而且腌过的雪还能做菜。实则上是在雪中放入盐，贮于缸中，便于保存。

腌过的雪会咋样？盐入雪后，便化了。雪化了，一缸雪，滩瘪下去，变成半缸水，半缸居家过小日子的烧菜卤水。

那些寻常日子里的温馨情愫，学古人腌雪那样，且行且惜，将那些认为美好的东西封存收藏起来，等到春暖花开做一桌好菜。

春风十里，拎半斤荠菜。周作人认为春天的好菜是荠菜，他在《故乡的野菜》中说："荠菜是浙东人春天常吃的野菜，乡间不必说，就是城里只要有后园的人家都可以随时采食，妇女小儿各拿一把剪刀一只'苗篮'，蹲在地上搜寻，是一种有趣味的游戏的工作。"

的确，荠菜的路数是野了些，野到早春在荒野的砖缝里伸懒腰，田埂上仰天晒太阳，野到春暖花开的时候一不小心就会在脚下，瞪着眼看着你。朝阳河坡的荠菜喜欢成片生长，绿油油的，占满了每个角落，不一会儿就挑了半篮子。《诗经·谷风》也说："谁谓荼苦，其甘如荠。"野菜中，荠菜的味道是最好的，无腥苦，无怪味，摘些叶子用手一搓还有些淡淡的甜香，这种不偏不怪的味道，与其他食材混在一起，淡者出味，浓者提鲜。

做一桌好菜，螺蛳头炒韭菜要上的。韭菜，长在古代文人的菜园子，随手可摘。螺蛳头是我们这儿的特产，老太太摊一脸盆儿在街边摆卖，脸盆里有青螺蛳、白螺蛳，老太太拿一根针，将用开水焯过的螺蛳肉一颗一颗从壳里挑剔出来，挑出来的一丁点大的肉，叫螺蛳头。

韭菜炒螺蛳头这道菜，宜春暖花开时做，潜伏在泥中休眠的螺蛳纷纷爬出。青壳螺，肥而不腻，韧而不老。将螺蛳头在热油锅里先炒，入糖、醋、酱油，猛火翻煸。螺蛳头有八分熟，再炒韭，两者合在一起，拌匀，再撒上白胡椒粉。想到有个朋友一只手扶酒杯，腾出的一只手直接从一盆水煮螺蛳里捏出一只青螺蛳放在嘴边嘬吸，嗞嗞有声，我就要笑。好多有能耐的人，碰上好吃的，总是不管不顾。

吾乡早春的一盆河歪烧咸肉，也合河鲜炖春风。普通人吃过，一定会学着自己做。河歪就是河蚌，鹬蚌相争里的那只河蚌，外壳乱纹，黑褐色，将刚出水的河歪洗去稀泥，小厨子拿刀背将河歪壳敲几下，剔下河歪肉，再用刀刃去扁，将河歪肉扁紧扁实，将腊月腌制的咸肉切成块，入姜、黄酒、水，置锅上煮，小火炖，河歪肉不烂不好吃。临起锅时，再加些冬笋同烩。

春卷用野荠菜作馅，摊放在皮子上，将两头折起，卷成长卷，下油锅炸成金黄。包春卷要用春卷皮，我们这地方，把烙春卷皮叫作"甩春卷皮"。甩春卷皮，挺有意思的：一个光头胖男人，手上粘着一团面粉，黏而有弹性，光头胖男人把炭炉子支得老高，齐到胸前，炉子上置一铜皮平锅，面团在烧热的铜皮上一甩，掀下来，就是一张春卷皮。一甩，又是一张春卷皮，一甩一甩之间，案台上已经码了一层春卷皮。圆形的春卷皮薄如蝉翼，拎起一张春卷皮，在阳光下看，透过稀疏纹理能够看见熙攘的市井人影。

一桌好菜，是一种意境、心情和愿望。

只待春风，围一桌好菜。它让人想起清代诗人何钱的《普和看梅云》："小几呼朋三面坐，留将一面与梅花。"二三人围坐，对饮小酌，爱山川风物、饕餮美食，爱这春暖花开、清风晓月时烟火民间的俗世生活。

想念古代美食

照菜谱去做菜，不知道能不能烧出一桌好菜。

如果按照唐朝的菜谱去做，会做出唐朝的风味吗？按照宋代的菜谱做，还能不能有宋代的心境口感？

假设吃着唐宋的菜肴，穿唐装、宋袍，坐在一座老房子里，恍若回到古代。

清代有个叫袁枚的老头儿，写了一本《随园食单》，也不知道能不能被收录到厨师学校的培训教材里去。

老头儿妙语如珠，他对"作料须知"巧打比方："厨者之作料，如妇人之衣服首饰也。虽有天姿，虽善涂抹，而敝衣褴褛，西子亦难容。"让不少现代吃货、棉布文人想念古代美食。

关于刀鱼二法，袁老头儿津津乐道："用蜜酒酿、清酱，放盘中，如鲥鱼法蒸之，最佳。不必加水。如嫌刺多，则将极快刀刮取鱼片，用钳抽去其刺，用火腿汤、鸡汤、笋汤煨之，鲜妙绝伦。"这样做出的菜，应该适合谢师宴。

网络时代的文艺妹子，喜欢韩餐的小清新风格。实在不行，偶尔学一学《红楼梦》中茄鲞的做法，秀一把厨艺，以示上得厅堂，下得厨房。

大老板请客，亲朋好友、以前的同事上司、生意场上有过往的人，往来谈笑，作揖相迎，是必不可少的。我的亲戚吴老板过生日，在小城最气派的酒店摆了50桌，他让酒店按《随园食单》的菜谱去做，凉菜中上一只"捶鸡"，厨师朝他干瞪眼。

快，让吴老板心里发慌。他做梦都想吃一只古代慢长的土鸡。有一次，到山区旅游，天麻麻亮，他和老婆去了露水市场，买了四只不吃饲料，只吃虫子，山里散养的老母鸡。

如果把《随园食单》中的菜谱分类，海参三法、鱼翅二法、梨炒鸡、八宝肉、羊肚羹、鹿筋二法、尹文端公家风肉……大概可作为生意场上的公关宴；猪头二法、干锅蒸肉、红煨羊肉、白片鸡、素烧鹅，可作为家宴如小儿满月、儿女订婚、过生日之类的菜谱。

至于，蒋侍郎豆腐、程立万豆腐、蓑衣饼、杨中丞西洋饼、萧美人点心……古代私家菜、点，仅适合那些路边精致小馆，边吃边聊，喁喁私语。

《随园食单》虽然有名，却不是重口味，江南淮扬风格，清雅绵甜，多河鲜海鲜，少麻辣。

清代有个叫顾仲的人，也有一册《养小录》，教你烹炒几个古代小菜，适合闲情小资男女居家过日子。工薪阶层，恐怕无此雅兴。

我学了他的"暗香汤"。摘半开的梅花，连同蒂儿放进瓷瓶，一两，用炒盐一两撒入。用箬、竹叶，厚纸密封。到了夏天，打开，放少许蜜杯中，加花三四朵，倒进滚开水，当茶喝，可爱，也很香。夏天，有朋友来访，竹榻小坐，可揽月入怀，边饮边谈。想想，都有诗意。

腌雪，也有新意。把雪贮存到缸里，一层雪一层盐，盖好，入夏后，取水一勺煮鲜肉，肉味就像腌过的那样鲜美。

酱蟹，用厚甜的酱，取鲜活大蟹，麻丝捆扎，手捞酱，把蟹像团泥巴一样用酱团好，装进罐里封存。两个月后开罐，脐壳很容易去掉，可以吃了。如果脐还不容易去掉，再封起来等一些日子。吃时，用淡酒把酱洗下，酱仍可供厨房用，比原来还鲜。

还有橙糕，橙用刀四面切破，煮熟，取出。去核捣烂，加白糖，稀布沥汁，放瓷盘里。再上火炖过，结成冻后，切着吃。

古代的菜谱，不知道会对谁的胃口，也不知滋养过什么人。有趣是，袁枚其实只是一位只会说不会做的美食品鉴家。

茶豆与山药豆

秋天蔬食当中，喜欢茶豆与山药豆。

二豆玲珑，颜色搭配，一绿、一黄。茶豆，圆长；山药豆，如肾。从长相上看，各有性情。

茶豆，说白了就是毛豆。毛豆长到秋天，丰腴，饱满，我们那儿叫"茶豆"，或"隔壁香"。毛豆长成茶豆，跟茶有什么关系？我没看得出来，看了几十年也没有看得出来，大概是豆色比以前更青，接近绿茶之色。

豆色，豆的颜色。茶豆在秋天适合与萝卜缨合炒，或者炒苏州青，绿绿青青。萝卜缨微涩，是胡萝卜、白萝卜萌出的细发，洗择干净，茶豆与萝卜缨这两个秋天的素食便纠缠在一起。茶豆炒此二物，口感清妙。

秋天的茶豆实在好剥，吾家两岁稚童，一学就会。吾家小童见大人剥茶豆，以为好玩，便凑将过来，也要剥茶豆，大人将茶豆撕一个豁口递给小童，小手左右撕剥，竟也剥出豆豆。

剥茶豆撩拨小童的好奇心，小童吃茶豆，用手直接抓到嘴里。他喜欢吃茶豆，这是吃人间饭食以来第一次吃茶豆。

鲁迅在小说《社戏》中提到剥豆："几个到后舱去生火，年幼的和我都剥豆。不久豆熟了，便任凭航船浮在水面上，都围起来用手撮着吃。吃完豆，又开船，一面洗器具，豆荚豆壳全抛在河水里，什么痕迹也没有了……"鲁镇的看戏人，把豆壳扔到河里，豆壳在水上漂，过一会儿就不见了。

茶豆老了，农人将豆秆连根拔起，摊在日头下晒，晒干的秸秆渐渐蒸发去水分，用木棒敲打，茶豆滚落一地，它们变成黄豆。

秋天的时候，中午吃茶豆，下午很有可能会吃到山药豆。

山药豆，《本草纲目》上说："此即山药藤上所结子也。长圆不一，皮黄肉白。煮熟去皮食之，胜于山药，美于芋子。霜后收之。坠落在地者，亦易生根。"

此豆好玩。一颗一颗缀在一根山药藤上。小豆，如肾，一根藤的肾，植物与大地之肾。长成熟后，一碰即落。

楼下有一块闲地，三四年前不知谁在此种过山药豆，也不见收。此后，那棵山药藤年年爆山药豆。细瞧过它，开始是几粒小疙瘩，后来就鼓成一粒粒小山药豆。植物很有意思，你不碰它，它自顾自长，豆落了，第二年再爆，还是不厌其烦地爬满一长藤山药豆。

喜欢煮山药豆茶，茶汤入糖，鲜甜。山药豆的味道，怪怪的，无从言说，除了山药，没有哪一种食物与它比拟。味道独特，它才是山药豆。

山药豆可做"糖雪球"，把山药豆煮好洗净，白糖加水熬成糖稀浇在山药豆上翻炒，表面再滚些白芝麻出锅冷却，市井上常有摆卖。

有些地方把土豆叫作山药豆，看来有时还会把名字弄错，土豆是土豆，山药豆是山药豆。山西出过"山药蛋"文学流派，不明就里的人，还以为那些作家喜欢吃山药豆，或者是边吃山药豆边写作。反正文章里有乡土的味道。

山药豆长在老城人家山墙上，一架藤萝，用细草绳牵引；山药豆长在乡下，爬在树枝、竹篱笆上，反正那样子有型，也很美。

腊味意境

腊味，是风吹出来的。这样的味道，腊月里才有。凛冽的风，吹透肉食的纹路肌理，把腊月的味道，浸进去了。

腌一只鸡，把它悬挂在风口里慢慢地吹。吹干的鸡，又叫风鸡，搁到锅里蒸，腊香四蹿。

腊味是一种意境。家家户户，老墙上挂的，屋檐下吊的……满满当当，颇显阵势。一根长竹竿上，晾挂一串鸡鸭鱼肉，也不怕显财露富。

这样朴素的制作与吹晒，小人物烟火苍生的萃取、表达和升华。把日子过成一段段有滋有味、有色有形的腊味情调，像小说、戏曲、书法、绘画一样，渗透到质朴无华的居家生活。

寻常百姓过年，哪怕他是个光棍汉，也会踱到肉摊上，剁一块肉，拎着，再踱回去，用细细的盐小心地码过，挂在屋檐门，那块肉就成了腊肉。如果是块鸭腿，就叫腊腿。

儿时，外婆买新鲜的带皮五花肉，分割成块，用盐和花椒、八角、茴香等香料腌渍在一只陶缸里，再将五花肉风干，渐入佳境。

乡村里的腊味，用树枝、柴草慢慢熏烤。挂于灶头顶上，或吊于烧柴火的烤火炉上空，利用烟火慢慢熏干。熏好的腊肉，表里一致，煮熟切成片，透明发亮，色泽鲜艳。

在一座村庄，我看到一农妇扛着竹竿挂着十几只腊鹅，在赶日头晾晒。一抬头，见到树上悬几只琵琶腿，以一棵冬天的树为隐约背景，就在陌生路人的头顶，想那腊味在高处，寒风透彻，待些时日，便滋味入骨了。

渐渐风干，是一种程序和态度。腊味当然不是新鲜的肉食，而是把一爿猪肉或者一条青鱼、一只草鸡腌了，保存下风的味道，像烟一样慢慢浸入肌理，扩散、融合，就地道了。

腊味不分大小，一只猪头可以制成一块腊香猪头；一只鸡腿，也不拒绝它成为一块美食的理由。某年，在浙西南畲族山村，到一户人家做客，看到木结构的房子里挂满腊味，山风点染，烟熏火烤。

腊味情调，是文人的情调。沈从文在沅江上给张兆和写信："我在常德买了一斤腊肝、半斤腊肉，在船上吃饭很合适。"看来腊味是适宜在旅行时吃的，便于携带和烹饪。

它肯定是道文人菜。人与文，全在一个"味"字，腊香浓重，咸甜适口，柔韧不腻。有的是腊味合蒸，取腊肉、腊鸡、腊鱼，入鸡汤和调料，下锅清蒸；有的是腊肉腊肠，色泽鲜艳，味道醇香，肥而不腻；有的是腊味煲仔饭，简单便捷，分量不大，米粒中带肉香。

俗人吃地道的腊味菜，饭锅清蒸油亮亮的腊肠，端一盅小酒，细嚼慢品，这完全是一副老调之人乐滋滋的过时做派。

营造的空间，虚实相生，情境全在一根绳子上。老式庭院里，与朴素的棉布衣裳一道晾晒，在风中招摇，色泽金黄，愈发澄明。此时，鹅黄的蜡梅开了，天井里悬挂一行美味，撩拨着小日子，垂涎欲滴，岁月静谧。

有些腊味不在意吃，而在意收藏和保存。徽州古村西递的老宅里，我无意中瞥见一户人家，房梁上挂着色泽油亮的老腊肉，在朦胧的光线中半明半暗，老宅里也就飘忽着一种宁静旷远的旧年味道。

腊味是俗的。恰当时，还点缀和铺陈一种意蕴和节奏。有一次，在一家小餐馆里，我在厨房和一厨子聊天，那个厨房后院的天井里的一根绳子上挂着猪耳、香肠、风鹅、猪舌，远远地看去，就像悬挂在灰黑的屋檐空间下的一溜色泽金黄的味觉道具，忽然觉得，那串腊味大概不是预备着吃的，而是用来渲染一个餐馆氛围的。

温暖的蔬菜

大白菜的白皙，没有略施脂粉，瓷一样的白，黄玉一样的嫩黄，捧在手里沉甸甸的。这样的颜色，在北方，将会在一冬天收藏，抚慰视觉，熨帖辘辘饥肠。

蒜有好脾气

一季山水是迷人的，餐桌也是如此丰富。

灶台上，有黄瓜、刀豆、茄子……还有各种各样的小杂鱼，它们都要用到蒜，用蒜来调节味道。

有了蒜的菜肴中，味道更丰富。

蒜有好脾气，也很随和，尤其跟鲜味融合，遮盖去什么，让另一部分充分显现。比如，烧小杂鱼，蒜抑其腥味，扬其鲜味，让食物的味道显其长处。

有些食物，滋味寡淡，用蒜泥来伴，味道有了伸缩的余地。比如，凉拌黄瓜、拌蒸的紫茄子、炒刀豆，都要放点蒜泥。

一季山水里的植物有很多，夏天也才如此迷人，如此丰富。

老蒜在上年的秋天栽种，到了冬天长蒜叶，青碧的蒜叶。蒜叶切碎做作料，下一碗阳春面，面汤的味道就立马变得不一样。如果没有蒜，面里总少了什么东西。到了春天，大蒜长成蒜苗，它自己也成了一棵独立的蔬菜。

总是配角，食物美味中不可或缺的配角。它在春天里抽出身来，自己当一回主角，等到蒜苗已老，地里的蒜头膨胀开裂，长成新蒜，一个瓣、一个瓣，抱作一团（有次，我数了数，一颗蒜有 8 个瓣）。

红皮蒜头粉墨登场，此时草木葱茏，夏天已经开始，它要陪这一季山水。

一季山水里有各种各样的蔬菜，出产在山水间，长在季节里。

我喜欢凉拌海带，放点蒜泥。烧小龙虾，要用蒜泥……蒜是用来调情的，调节美食情调和味道氛围。有家小饭店，菜单上有蒜泥河虾，虾裹在一层蒜泥中，下面再垫冰块，入糖，吃在嘴里冰凉津甜，食者如蚁，成了一道特色菜。

新蒜头上市，一时吃不掉的，晾晒风干，可腌酱蒜头。酱蒜头的腌法：用一个干净的容器装入蒜头，倒入调好的酱油汁，密封半个月，主要是糖和醋。从前，在我们小城有家百年"一美"酱园，制作的酱蒜头甜酸爽口，适宜在夏天傍晚搭白粥，喝两三口粥，咬一瓣酱蒜头。经过老酱缸腌渍的蒜头，风味已经发酵，性格收敛，了无浑气。

蒜泥就是这样，它遮盖味道，并不破坏味道；它丰富味道，并不改变味道，做着锦上添花的事。

一季好山水，有好食材。许多食材都需要好脾气的蒜泥。它不擅长分工，却长于合作。合作后，蒜泥参与了多种味道，内容就更丰富了。

我喜欢在夏天出游，还会遇见美食。你如果是一株菜，会愿意变为蒜，变成蒜泥吗？

写着蒜，忽然就笑了，想起好脾气的吾友老 K 的蒜头鼻。老 K 说，这是有福以后有钱的气象。老 K 果然在 52 岁那年发了财。每个人的鼻型不同，蒜头鼻是其中一种，仅像蒜而已。看一个人的鼻子是否好看，不仅要看鼻形，还得看全部，以及嘴巴、脸、鼻子的摆布比例。我远观老 K 的鼻子，和他的脸倒蛮对称，这当然是题外话。

蒜，用张小泉菜刀轻轻一拍，变蒜泥，入凉拌海带丝、酒醉泥螺，立马味道大变，景物渐渐明朗，蒜味如风般四蹿，鸟在枝头叫，蝉贴树皮鸣，远处山峦云雾翻涌，心中便有了一季山水。

大师的萝卜

张大千有幅《杨花萝卜》，用笔、象形、位置、赋彩，独具匠心：杨花萝卜左二相依，右二分开，两个正立，一个微侧，一个匍匐在地。每一个萝卜，大小各异，新鲜的萝卜缨长短不一。彩色虚实结合，浓淡得当，逸散着温润、玲珑、活泼之气，让人感觉此萝卜清脆可口，正如先生题款中所云"甘脆不减哀家梨"。

红萝卜，清新可人，颜色干净爽朗，让人视觉抚慰，食欲大增，尽显大师位置经营和赋彩用笔灵活生动的高超画艺。

萝卜好玩，长长的、瘦瘦的，也有胖胖的、圆圆的，匍匐在地里。有的萝卜种得浅，半截身子裸露在外面，头顶上牵着长长的萝卜缨，圆头圆脑的。

买二斤张大千的萝卜，回家烹一桌菜。

萝卜是君子，与诸物搭配，浊者自浊，清者自清。

萝卜烧肉，猪肉是食物中的王者，霸气，味道十足。但凡是肉的食物，味道中都有浊气、荤气、市侩气，但萝卜不卑不亢，吸附肥肉中的油腻，萝卜还是萝卜，猪肉还是猪肉。

此物煮鱼，中和鱼的腥气，通融它的鲜气，萝卜把鱼的鲜味转化提升，变成萝卜中的至味。萝卜善于借味，它让张扬者变得低调，骄傲者懂得谦卑，孤僻者学会通融。融者，则汇小鲜，聚大味。

萝卜豆腐汤，这是食堂里的一道名菜。此汤，萝卜条与豆腐，上上下下，沉沉浮浮，构成一锅汤的况味。萝卜味在汤中，豆腐味在萝卜中。

如果单烧，就是红烧萝卜。这是寻常的一道菜，也很好吃，但必须配蒜花，美味才达极致，这就像好女配浪男，组合起来，才有故事。

张大千的萝卜好玩，李渔的萝卜也好玩。李渔在《闲情偶记》中说，生萝卜切丝作小菜，伴之以醋，下粥最宜，恨其食后打嗳，有秽气。曾不想吃，但看到萝卜不同于葱蒜，"生则臭，熟则不臭，是与初见似小人，而卒为君子者等也。虽有微过，亦当恕之，仍食勿禁"。让人"呵呵"之后，想到萝卜和李渔。

有的食物味轻，有的食物味重，萝卜气清。

元代诗人夸赞萝卜："熟食甘似芋，生吃脆如梨。老病消凝滞，奇功真品题。"

清代植物学家吴其浚在《植物名实图考》中描绘过北京的"心里美"萝卜，说："冬飙撼壁，围炉永夜，煤焰烛窗，口鼻炙黑。忽闻门外有卖萝卜赛如梨者，无论贫富髦雅，奔走购之，唯恐其过街越巷也。"

有人调侃，萝卜烧肉有些许土豪气，萝卜烹鱼沾鲜气，萝卜豆腐汤有食堂气。可它一点儿也不生气，无论是大师画萝卜，还是农民种萝卜，萝卜还是萝卜。

我在菜市，看到有农妇卖萝卜。萝卜堆在地上，碧绿的萝卜缨在萝卜顶上，像一个孩子的乱发。

萝卜是素食，适合功德林等素食餐馆吃。萝卜烧肉，适合大众小酒馆吃，变成俗人菜。

农人收萝卜，一大堆萝卜怎么吃？自然是顿顿吃萝卜，还有腌萝卜。

在吾乡，早晨的烧饼铺里，有萝卜丝烧饼。萝卜被刨成丝，放在一只布口袋中，榨去汁，做馅，包在烧饼中。

萝卜丝包子，同样以萝卜做馅，萝卜潜伏在包子中，上蒸笼蒸，一竹笼，趴着8只胖乎乎的萝卜丝包子。

萝卜丝烧饼、包子，是最贴近百姓生活的本真食物，烧饼、包子可以抓着吃，匆匆走路，抚慰着小人物的肠胃。街边某个蹬三轮的，两只烧饼、三五个包子吃下去，能积蓄起半个上午搬运、辗转的洪荒之力。

而那些小而圆的萝卜，在酱园店里被腌成萝卜头，甜甜的、酸酸的，失去了先前的水润，成了酱菜中的一个可爱小老头。

一个人如果生气，可吃一根萝卜。生萝卜吃下去能打呃、顺气，怨气和恨意顿消。

在乡村，遇见一个扛锄头的人，他边走边吃，口中"呱叽、呱叽"，他在吃着一根大萝卜，不知道是不是大师的萝卜。

末刀韭

末刀韭是书中的末页，排队的末尾，韭菜中的末代皇帝。

末刀韭好吃着呢。有天和母亲坐在日头下，谈起末刀韭，肥嫩、鲜香，有韧劲，炒肉丝、炒蛋都行。吃过末刀韭，到菜市上转悠，心里老想着能遇到末刀韭。

卖末刀韭的农人，大多是一个胡子拉碴的老头儿，守菜市一角，成捆成捆的末刀韭码成一堆。一大捆末刀韭，像女人松散的头发，又像男人几个月未打理的毛发。卖末刀韭，论捆不论斤，一捆，买回去，慢慢地择，细细地理，理去枯叶杂草，油锅清炒，或者包饺子吃。

韭菜要吃头和尾。头刀韭和深秋的最后一刀，有初遇的欣喜和最后的依恋，同样滋味悠长。

头刀韭，细嫩，有毛茸茸的拱地初生状，让见惯了一冬天草木萧条景物的人，心生欢喜，适宜炒螺蛳头；末刀韭，有草木更替的离愁，留下的鲜香味道让人回味。头与尾，会想到"虎头豹尾""龙头凤尾"……这些词来形容韭菜。一次饱满的生长，精彩开始与完美收官，就像一篇文章的开头与结尾。

杨凝式的《韭菜帖》中没有提到末刀韭，他昼寝乍起，腹中甚饥时，正是夏天，友人馈赠美味韭花。如果是在秋冬，吃过末刀韭，他会在《韭菜帖》中添上一笔。

韭菜到了末刀韭，可做年终小结。我们这地方，长江下游的江岸，地气氤氲，吃过末刀韭，大冬天才算真正开始。

大冬天苍凉浩大，万物俱寂。韭菜匍匐于土表，末刀韭如果不割，会辜负了最后一茬美味。

锄刀，还是那把"夜雨剪春韭"的锄刀，那把在诗中存放了千年的农具，落在上面的雨滴早已风干，刀刃依然锋利，木柄包浆沉静，只是用它来割末刀韭，一年岁月，首尾相衔，流光接力。

末刀韭，一岁野外绿韭，戛然而止。韭黄不过是室内的栽培之物，李时珍说它"北人至冬移根于土窖中，培以马屎，暖则即长，高可寸许"。韭黄和韭菜，还是有些区别的。

韭菜这种蔬菜，是菜中挺好玩的小厮。割了还长，长了又割。春天，爆春韭，像杜甫诗中所说"夜雨剪春韭"。到了秋冬，"晚来天欲雪，能饮一杯无？"屋后田园还在，只是稍显寒芜，可割末刀韭。

我喜欢的情境，是在微寒的夜晚，和朋友出城八九里，择一乡野小镇，坐在土灶干柴、热气腾腾的小酒馆里。点菜时，会对酒馆的人说一声："老板，来一盘清炒末刀韭！"

韭菜耐长，像一个成年男子旺盛的胡须。农人栽韭菜，栽一次就够了，到了深冬，枝头寒雀啁啾，快下雪了，农人想起了什么，赶紧拿一把锄刀，下地割末刀韭。割了一大堆末刀韭。那时，大地上已有霜，那个人，弯腰在割末刀韭，末刀韭像那个人的风中头发一样飞舞。

有些蔬菜终要暂时匿迹，这是植物与自然的生长规律。

这华丽的一割，成为秋冬的绝响。想要吃露天的绿韭，只能等到来年了。

温暖的蔬菜

七色之中，没有哪一种颜色，比蔬菜的颜色还要生动朗润。

秋天的蔬菜以肥为美。杨贵妃青菜、李逵萝卜……肥厚，多髯须，颜色和体态也到了一年中最天庭饱满的时候，圆润而富足。

胡萝卜的黄，鲜艳的橙黄。一根粗硕的胡萝卜，像寥寥几笔水墨小品，斜依在一圈又一圈年轮清晰的白果树砧板上，用张小泉菜刀轻轻切片，一片一片，铺了满满一碟，水盈的橙黄，显现出来。

青菜的绿，是一种翠绿。裹紧的叶片，一瓣一瓣地掰开，泡在清水里洗，会看见叶片上分布着阳光岁月的奔跑筋络。茎是浅浅的碧，玛瑙和绿玉的颜色。这样的翠，又让人想到沈从文《边城》中一个小姑娘的名字。

家乡从前有家老字号的"翠绿饭店"。小时候过生日，外祖母总要领我到那家百年老店吃早茶。店里的翡翠烧卖，馅就是用青菜的叶和茎在开水里焯过，剁碎，再放在大铁锅里，掺入木耳、茶干丁，用素油煸炒，再上笼蒸，热气袅袅，做成好看又好吃的淮扬细点。那时候，心有疑惑：那个饭店的名字，怎么不像富春、功德林等老店那样，叫着顺溜、文绉绉的，偏偏叫"翠绿"？现在想来，一家地道的平民饭店，与稼穑、粗疏有关，它是抓住百菜之祖的青菜，倾心于那一种绿，充斥农耕时代的市井味道。

红萝卜，和白萝卜一样也是圆的，酷似女人发福的水桶腰。红萝卜被切成六瓣腌萝卜干，一串串晾晒在绳子上，红与白的对比，搭配得如此赏心悦目。还有一种青皮萝卜，也是在秋天的时候上市。人们管它叫青皮萝卜，其实是一种绿皮萝卜，青比绿称呼更儒雅些。那种绿，可真是耐看，从浑圆的两端玉白色开始，往萝卜腰身蠕动，就渐渐地变绿，淡绿是翠绿的稀释。一只青萝卜，绿中透白。看着这样的萝卜，你都不忍心咬上一口。

还有腌菜梗的白。那腌菜修长的梗和叶，抱在怀里，长可曳地，*潺潺着流动水意，折弯即破*。

与青菜有所不同，腌菜玉树临风。不是每一棵青菜，都可以长成腌菜。只有那些肥硕的，被农人挑出来单独栽。小时候，外祖母总要请人挑来一担，晾在家门前的一条绳上，在秋阳里吹晒，待到渐渐风干，码上盐，腌在缸里。过上半个月，缸内积一层厚厚的卤水，那是从腌菜的叶和茎里挤兑出来的。这时候，腌菜的白已然变成一种牙黄，早晨吃稀饭时就可以"嘎吱、嘎吱"咀嚼着被淋上麻油，切得细细的、嫩嫩的脆咸菜了。

肯定的是，大白菜的白皙，没有略施脂粉，瓷一样的白，黄玉一样的嫩黄，捧在手里沉甸甸的。这样的颜色，在北方，将会在一冬天收藏，抚慰视觉，熨帖辘辘饥肠。

蔬菜的颜色是真实的，体态也不遮不掩。天然的水灵，从泥土里长出来，长着、长着，就长成这样。

一盘子清趣

一个人喝酒，容易醉。一只虾喝酒，也容易醉。喝了酒的虾，称作"醉虾"。

将虾灌醉了，原本活蹦乱跳的虾，只能俯首帖耳。虾在没有被灌醉之前，在盘子里是不曾消停的，踢腾蹦跶，髯须铮铮，弄得一盘子乱响。

灌醉虾的，当然是白酒。一群虾真的醉了，晶莹的虾体，在酒液里几近透明。这时候，有人将酱油、麻油、糖、蒜泥、姜丝、芫荽，连同红腐乳汁，一股脑倒入，虾浸润在五味杂陈中。待它们沉沉睡去，做梦也想不到，已成为食客筷头上的锦食美味。

汪曾祺写虾醉，白虾醉后散漫的肢体语言："我们家乡的呛虾是用酒把白虾'醉'死了的。解放前杭州楼外楼呛虾，是酒醉而不待其死，活虾盛于大盘中，上覆大碗，上桌揭碗，虾蹦得满桌，客人捉而食之。用广东话说，这才真是'生猛'。"

岂止是一盘子乱响，碰到性烈、耐得酒力的，简直就是炸开了锅，食客倘若不注意避让，衣袖很可能被迸出的料液溅得酱迹斑斑。

一盘子乱响，在唐诗中，是芦荻飘飞的浔阳江头，琵琶女的"大珠小珠落玉盘"弄出来的声响。

其实，一盘子乱响，在寻常的烟火生活中，即是一盘子清趣。

一盘子清趣的，还有锅巴。若干年前，我和一帮扬州文友在小盘谷内雅聚，小盘谷系清代光绪年间两江总督的旧园，几个偶遇的人，一厢屋闹腾。席间，上了一盘子橙黄的小米锅巴，厨师往锅巴上浇盖头，盘子里发出一阵嗞嗞乱响，腾腾热气，袅袅上升而去。一款响菜，色、香、味、声的搭配，倒是与园子里的假山峰危、苍岩探水、曲径木窗，动静相宜。

梁实秋曾经写过虾仁锅巴汤："侍者一手端着一碗油炸锅巴，一手端着一小碗烩虾仁，锅巴放在桌上之后立即把烩虾仁浇上去，哧啦一声响，食客大悦……心里一高兴，食欲顿开。"

唐孙鲁的《一桌标准的江苏菜》中也提到虾仁锅巴汤："油炸锅巴一盘，趁热浇上勾过芡的鸡汁西红柿虾仁，油润吐刚，声爆轻重，列鼎而食，色、香、味、声，四者悉备。"

两位大师笔下的盘中声响，一个是一缕蒸汽轻烟，袅袅往上走；一个是稀里哗啦，缓缓平步飘散。

一盘子清趣，少不了筷子与瓷的清脆碰撞。两小儿争食，小哥俩一开始乖坐在餐桌前，早餐是米粥或者泡饭，清亮得可照见人影。外婆端上香脆的油炸花生米，红皮瓤上沾一层薄薄的白粒细盐。一小儿作小鸡啄食状，连撺数粒，往小嘴里急送，一副吃得恣肆相，筷头与盘子之间生生不肯停下。另一个怕自己吃亏，也不示弱。一阵雨打芭蕉，风卷荷叶，白瓷盘上竹筷雨点此消彼落，弄得满盘子叮叮当当。

有时候，盘子在锅内，家庭煮妇清蒸鳊鱼。鱼被去鳞洗净，放在锅里蒸。那条肥硕之鱼，生命力极强，仍在锅里挣扎，扑嗒扑嗒在跳。一盘子清趣，早已换成"一锅子乱响"。

一盘子清趣，不同于"一锅子乱响"。比如，小时候，外婆在锅里"咕噜咕噜"煮狮子头，瓦罐里熬老母鸡汤。或者，乡人请客，煨一只猪头。

一盘子清趣，是小家碧玉式的；而一锅子乱响，热气腾腾，场面巨大。

一锅子乱响

这个世界，有些声音非常奇妙。比如，一锅子乱响。

一锅子乱响，是那些锅里发出的"咕噜咕噜"声音，或疾，或徐，大珠小泡乱翻滚，散发滚烫诱人的香味。

儿时，外婆做狮子头，用苏州青肥厚的叶子裹衬。一阵急火过后，轻拢慢捻。粉嫩、圆润的狮子头，就像一只胖娃娃，躺在苏州青碧绿叶梗舒展开来的怀抱中，锅内翻动着形、神、气、韵，传来狮子头咕噜咕噜的鼾声。

我所在的小城，早晨有一碗鱼汤面，汤料是用鳝鱼骨熬制。头天，店家用猪油下锅沸至八成，将鱼骨和筒骨入铁锅煎炸，葱酒去腥，再用细筛过滤清汤，鱼骨里的骨髓、胶原蛋白、鱼的香鲜被一股脑儿地调动出来。第二天清晨，锅底舔着温柔之焰，锅内翻腾的是趵突之泉，熬上三四个小时，出锅舀汤。

山芋煮粥，一锅子乱响。山芋煮粥，硬和软的绝配。天冷的时候，有人冻得上牙和下牙直打哆嗦。此时，煮一锅山芋粥，耳灌"噗噗"之声，从头暖到脚。几只老山芋在粥里翻滚，翻滚的老山芋与一锅清粥忽上忽下，像两个武林高手比试拳脚；听上去，又像两个老头儿在相互埋怨吵架。宋人张耒写过一篇《粥记》："张安定每晨起，食粥一大碗。空腹胃虚，谷气便作，所补不细。又极柔腻，与肠腑相得……大抵养生命，求安乐，亦无深远难知之事，不过正在寝食之间耳。"

河水煮花藕，一锅子乱响。幼时，常见乡人从城河的船上搬来一口黝黑大锅，在河码头支一个锅灶，舀入带有植物清香的河水，把一堆花藕交给那口锅，添入干柴、枯芦苇，煨着一锅子乱响，站在那儿卖。大锅子煮花藕，不紧不慢。汪曾祺在《熟藕》里说："煮熟藕很费时间，一锅藕得用微火煮七八小时，这样才煮得透，吃起来满口藕香。"柴火在锅底传热，水汽冲击，花藕在大铁锅里"啪啪"乱响，让藕段和锅都微微颤动起来。

老虎灶烧水，一锅子乱响。多年前，我住的附近有间老虎灶，从早到晚，水汽氤氲。开老虎灶的名叫朱二小，一口大圆锅子，随着添煤加温，水汽微漾。就像一个人在冬天长跑，刚开始气息平静，到最后竟呼哧呼哧，水开了，有呼哨之音，一串水汽从厚木锅盖板缝隙处逸出，翻滚的水泡上蹿下跳。

大炉子烹猪头肉，一锅子乱响。从前，小城姚大、姚二俩兄弟卖猪头肉很出名。姚大耳根上夹根烟，拿着长柄大勺搅动。他的老婆在一只猪头上拔毛，漂净沥干后，用陈年老卤浸透，纱布袋装八角、花椒、小茴香、丁香、桂皮……数味草药，秘而不宣，径直放入一口直径三尺的大铁锅中，用松木火紧煮慢炖，锅内疑有圈舍里的隐约鼾声。

老母鸡煨汤，一锅子乱响。小媳妇刚生了娃，婆婆捉来老母鸡。老母鸡太劲道，没有办法，要补啊。婆婆蹲在砂锅旁，守着一炉子蓝火，听着一锅子乱响，美美地想着老母鸡汤。

砂锅熬草药，一锅子乱响。人吃了五谷会生病。一砂锅草药，当归、甘草、熟地、杜仲、枸杞子、车前子、益母草、山茱萸……当砂锅陶盖"啪啪"乱响，这时就有一屋子清苦的药香。

一锅乱响之后，声响渐渐停息，水汽氤氲渐入佳境。一锅子乱响，某种内在的自然节奏，一锅子的平民烟火奇妙声音。

杂食记

捶鸡，做得张扬，适合在餐馆里弄。在餐馆里做捶鸡，前店后厨，有一种相互呼应的热闹氛围。

一碎成茸，美食的工笔，把食物从一种形态转换到另一种形态，且柔且细腻。形态变了，味道更丰富，却是一种意境的升华。

敲鱼与捶鸡

有些美食做起来很麻烦，比如，敲鱼与捶鸡。

都是手工活计，很考验厨师的手艺，一个敲，一个捶，两个动词，干净利索，绝不拖泥带水，这和女人在河边青石板上浣衣裳不一样，棒槌敲打，挤兑皂沫，衣裳漂洗得很干净。经过敲或捶，鱼和鸡的味道会有些特别。

敲和捶，风拥着呼哨，调料慢慢渗透肌理。食物的味道也进入一定的境界，提升或者融合，这就像文人妙手写文章，给予必要的意境点染。

敲鱼是温州菜，作家林斤澜很擅长做家乡的敲鱼。敲鱼的制法奇特而且考究，选用刺少、肉质厚实的鲜鱼，去皮剔骨后，从背部将鱼剖成两半，再切成薄鱼片，蘸上淀粉，在砧板上用擀面杖慢慢敲，薄如蝉翼。

敲鱼是件费事的活儿，缺乏耐心做不成。林斤澜在《溪鳗》里解释："世界上再没有别的地方，吃鱼有这种吃法。本地叫做敲鱼，把肉细肉厚，最要紧是新鲜的黄鱼、鲈鱼、鳗鱼，去皮去骨，蘸点菱粉，用木槌敲成薄片，切成长条……"

捶鸡，也很费时。袁枚在《随园食单》中提到："将整鸡捶碎，秋油、酒煮之。南京高南昌太守家制之最精。"大约是将整只鸡用刀背轻轻捶松，捶得噼噼啪啪满屋回声，然后上笼去蒸。据说此菜肉质鲜嫩，松软可口，余味缭绕。

古代做捶鸡的高手，藏于大户人家。清代姚元之的《竹叶亭杂记》记载，有位叫莫清友的"扇痴"，待客热情，家人善制捶鸡，都中（京城）有"莫家捶鸡"之称。大概在朋友交流扇面时，留客吃饭，席上少不了一只捶鸡。

为了吃，弄出如此大的动静。这似乎不太符合过去大户人家内敛，怕显财露富，慢悠悠过日子的心理特点。

敲鱼，敲得斯文，极富耐心，这需要慢性格的人来做。林斤澜是个作家，写小说的，一边敲，一边构思。一条鱼敲好了，一篇文章也有了雏形。

捶鸡，做得张扬，适合在餐馆里弄。在餐馆里做捶鸡，前店后厨，有一种相互呼应的热闹氛围。

一般人做菜吃饭过日子，讲求安静，很少大动干戈，风风火火做一只捶鸡。除了家有喜事，订婚、升迁、过生日之类，就像范进中举，一家人喜欢得不行，摆数桌酒菜，倒是可以做几只捶鸡来助助兴，调节氛围。

这两样东西，我都没有吃过。到雁荡山时，没有去温州，离它咫尺，无缘错过。至于袁枚老先生吃过的那只原汁原味的清代捶鸡，我虽数度下咽口水，但那时还不知道自己在哪儿。与美食相遇，有点像爱情，要不偏不离、不亲不疏、不早不迟，正像一首诗所说："你见，或者不见我，我就在那里，不悲不喜。"

看来，做菜有其节奏和特点。我小时候，外祖母高兴时会做狮子头，在白果树砧板上将五花肉剁碎，剁成肉泥那般噼噼啪啪、嘈嘈切切，透着心情。

不是我们不想做敲鱼与捶鸡，快餐年代，人们把一些东西省略了。

做菜的声响，不单单是一阵子错杂喧响，而是一种态度，掩饰不住耐心、沉着、等候和享受。

你有开心事、喜庆事，会做敲鱼或捶鸡吗？做菜，还有过去那般忘情吗？

一碎成茸

做美食有写意和工笔，把食物做得精妙细致，属于后一种。

《说文解字》上说，茸，草初生时又细又柔软的样子。茸菜，是把食材剁碎成茸，滋味独特。

鱼茸，草鱼或青鱼，刮除鱼骨，用刀剁，愈细愈精妙。

剁碎成茸，是制作鱼圆的前奏。鱼茸呈黏糊状，乡人制作鱼圆时，用拇指和食指捏成圆孔，将鱼茸从孔中下在一口平底大铁锅里滚过，油声暴突喧响，煎至微黄，用铁丝漏勺捞起，晾于竹匾里。

清代袁枚在《随园食单》里向后人传授做水发鱼圆："用白鱼、青鱼活者，剖半钉板上，用刀刮下肉，将肉斩化，用豆粉、猪油拌，将手搅之；放微微盐水，不用清酱，加葱、姜汁作团，成后，放滚水中煮熟撩起，冷水养之。"

用一个"养"字，甚妙。鱼圆浮于清水中，圆溜、光滑、宛若白玉，拿筷子撩呈长形，放在青瓷盘中呈扁形，白皙弹嫩。一款嫩美食，不同境地，不同形状，若水一样，因势赋形。

鱼圆的历史可追溯到两千多年前，楚文王吃鱼时被刺卡了喉咙，当即怒斩司宴官，吓得厨师不敢再烹全鱼给他吃，想办法去掉鱼刺，把鱼肉剁成茸，做成鱼圆。

淮扬菜中的大杂烩，鱼圆不可或缺。一锅杂烩，入鸡汤，有肉皮、木耳、河虾、小青菜头，鱼圆香软弹牙。乡下宴请，结婚、生子，会上杂烩。几粒雪白的鱼圆，用来吊鲜，杂烩汤的鲜味立马活起来，鱼味通过鱼圆缓缓释放。

秦淮八艳之一的董小宛，做过鱼圆。董美人的鱼圆，与众不同，恍若见她系一围裙，站在江北水绘园的厨房做的灌蟹鱼圆，内孕蟹粉，色如琥珀，浮于清汤之中，白嫩宛若凝脂，柔绵而有弹性，食客作诗惊呼，有"黄金白玉兜，玉珠浴清流"之奇。

鱼做小饼，白鱼为上，青鱼次之。鲜鱼破膛洗净，去皮剔骨，斩成茸泥，辅以调料加水调成糊状。拌好的鱼茸用手挤在平锅上呈饼状，以文火烙之，两面翻烙至熟，置于筛中冷却。顾仲在《养小录》中说："凉水一杯新，慢加急剁成，锅先下水滚即停，将刀挑入锅中烹，笊篱取入凉水盆。斟酌汤味，下之囫囵吞。"

一虾成球，以新鲜河虾去壳，斩成茸泥，加入二成肥膘茸泥，辅以调料加水调成糊状，用手搅拌，虾茸挤成球状，至油锅内炸熟，待浮起，用漏勺捞起，置筛中沥油冷却，色泽牙黄，浑圆如珠。

工笔的美食，还有枣茸、蛋茸、椰茸……这些细细密密，将食材剁碎，花落如泥。

白白胖胖的蒜，去皮，用张小泉菜刀轻轻一拍，捣碎成泥。蒜茸，可以烧小龙虾，几个饕餮食客，露天而吃，酣畅淋漓。正像《水浒传》第4回所说，鲁智深大闹五台山，蘸着蒜泥吃狗肉，吃得口滑，停不下来，一连吃了十来碗酒——这是一位典型的古代吃货，为味痴狂。

在临水的餐馆吃过蒜泥河虾，一堆髯须铮铮、几近透明的淡水河虾，被蒜茸腌着，初看以为是醉虾，但盘里没有一滴酒，一层白白的蒜泥将河虾腌在里面，盘底置碎冰，吃在嘴里凉凉甜甜的，蒜泥的浑味荡然无存。

一碎成茸，美食的工笔，把食物从一种形态转换到另一种形态，且柔且细腻。形态变了，味道更丰富，也是一种意境的升华。

食堂的美食

食堂的美食，贮藏在一个人味蕾的深处。那些味道，想起来像牛一样反刍。

那些年，食堂是大众美食的集散地。大铁锅蒸出来的饭，色泽晶莹，颗粒饱满，香味扑鼻。食堂的菜，经过大铲勺的翻炒，浓油赤酱，被静谧地摆放在一溜油渍斑驳长条桌上的几只大铝盆里，散发袅袅热气。

学校或单位食堂，实惠且便宜。菜谱写在小黑板上，几行目录，提纲挈领："星期一，红烧大排、丝瓜炒蛋、海带虾米汤、糖醋鱼块、番茄蛋花汤；星期二，家常豆腐、凉拌黄瓜、鸡架冬瓜汤、清蒸咸肉、青椒炒肉丝、盐水花生……"歪歪扭扭，不知是谁的手迹。

虽都是些婆婆妈妈的家常菜，但也有几样让人至今未忘。如，大白菜猪油渣，油渣的醇香被白菜调动起来，曾经是那个年代美食的集体记忆。

20世纪80年代，我在一家肉联厂的食堂代伙。饭厅设在一座古寺的大殿里，坐在殿子里吃饭，高旷辽阔。

红烧狮子头、脆骨肉、扒骨肉、青菜肥肠汤、青椒爆炒猪心丝、大肉包子是食堂的主角。

狮子头，肯定是新鲜上好的五花肉，肉联厂的食堂斟酒不慢自己。那个胖厨师，用酷似李逵两板大斧的厨刀呼呼地剁肉，厨刀上下翻飞，五花肉被剁成肉泥。

青菜肥肠汤，至今再也没有吃过，可能是那家工厂食堂的独家菜食。那时候，我中午就餐只需打一份青菜肥肠汤便荤素搭配了，肥白瘦绿，而且一饭盒的汤，咕噜咕噜直喝得眼珠子打噎。

烧得比较美味，还有那道大杂烩。用小肉丸、鱼圆、肉皮、木耳、笋干，一锅炖，再入青菜叶、胡椒粉，山是山，水是水。

一锅香喷喷的大米饭，那是食堂的功夫，家中厨房是做不出来的，煮得不温不火、不稀不稠。如果一锅粥清亮得能够照见人影，那它就不是食堂里煮出的粥了。

手捏三两张灰白色塑料食堂菜票，在窗口排队打菜，菜票上面印有"伍分""壹角""炒菜"字样，以及萝卜、白菜图案，套印"某某厂食堂专用章"，文字、图案呈粉红色。

经常吃食堂的人，不外乎家在外地，抑或是一个单身汉。我与写小说的华君，经常低头不见抬头见。有一次碰面，他正在聚精会神地啃着一只红烧猪蹄子，我打招呼，华君先是一愣，继而热情寒暄，双手捧着一只猪蹄子，语音含混，让人忍俊不禁。

食堂的菜，雅俗共赏。雅的是扬州狮子头、大煮干丝；俗的是青菜汤和一碟五香萝卜干。

季羡林当年也到食堂吃饭。搬到中关园一公寓以后，附近没有什么饭铺，季羡林只好天天吃食堂。他拿着一个搪瓷大茶缸去食堂打饭。吃饭时，饭和菜都倒在茶缸中一块吃。吃馒头时，用茶缸盛菜，一只手拿馒头，另一只手拿筷子，像大学生一样，很快便吃完一顿饭，晚上总要多买一个馒头带回去。想不到那些大众菜品，曾经辅佐过一个大师的智慧。

食堂的菜，谁比谁强？网上有人晒校园美食，北大的酱肘子，清华的卤肉饭，武大清蒸武昌鱼、排骨藕汤、牛肉粉加虎皮蛋和热干面……

食堂的美食地图，不是一个人刨食的全部履历，却是一个人的一段吃饭经历。前后左右都是熟人，才有食堂的就餐氛围。相逢对视一笑，朴素餐桌又遇君，如果左顾右盼，四周见不到一个熟稔的脸，那他就不是在食堂里。

食堂的美食，五花八门，却很少会吃出一个胖子，也没有听说谁的生理指标"三高"。

杂鱼记

　　食鱼能让人静到什么程度？身心沉浸其中，意念沉浸其中，要辨刺，靠触觉与感觉。鱼肉入口，舌尖牙齿便开始四处搜索，一门心思，心无旁骛。

　　杂鱼是戏中的杂剧，文章里的杂句，木中的杂材。杂鱼，芜杂着，荒蛮着，烟水生动。

食鱼让人安静

　　吃肉让人粗鲁，饮酒让人亢奋，食鱼让人安静。

　　《水浒传》中，梁山好汉，吵吵嚷嚷，大碗喝酒，大口吃肉，大快朵颐，他们的行为举止是莽撞的，经常拿着刀与人斗狠。现实中，经常吃肉的人，气壮如牛，力拔千钧，他们的性格中缺少安稳妥定的成分。肉吃多了，脂肪堆积，容易成为一个胖子，喜肉食者中少儒雅绅士。

　　饮酒让人亢奋。饮酒在有些地方就称吃酒，酒过三巡，人便亢奋，煽情的话、称兄道弟的话、拔刀相助的话侃侃而出。亢奋中，有人手舞足蹈，有人哈哈大笑，有人啜啜而泣。

　　食鱼则不同，让人安静。鱼有多刺，或者说，食鱼刺多，适合一个人独吃，无论是肉质细嫩的江刀，还是味道绝美的槎头鳊，尤其是河鲜小杂鱼，均味道鲜美，却是刺多，让人不得不静。

　　食鱼让人安静，气沉丹田。这种静，出自内心。认识的一个朋友，喜垂钓，也喜食鱼，钓罢回来，大鱼清蒸，小鱼红烧，摆在案上，半瓶老酒，慢慢地滋，细细地品，消磨傍晚余晖里的曼妙辰光，喜不自禁。

　　野生的鱼，味鲜，刺也多。急性子的人，食不得，易卡。

牙口不好的人也食不得，即便性缓，也容易被卡住。

郑逸梅先生口中之齿所剩无几，因而风趣地自嘲为无"齿"之徒，这对吃鱼不利，他在《食品谈》中说："我恐骨鲠，也舍鱼食肉。"牙齿齐全者很难体会少齿者门关不紧，食鱼时的紧张畏惧之心，要辨刺，全靠舌与齿。鱼肉入口，门齿会在咬啮时阻挡鱼刺通过，如果齿少，势必增加"漏网"的机会。

宋人释惠洪的《冷斋夜话》记载有个叫彭渊材的文人，性迂阔而好怪。他曾说："吾平生无所恨，所恨五事耳。第一恨鲥鱼多骨，第二恨柑橘太酸，第三恨莼菜性冷，第四恨海棠无香，第五恨曾子固不能作诗。"鲥鱼多骨，被列为第一位。

彭渊材大概不是一个慢性子的人，至少食鱼时没有那份耐心。

多刺才能慢慢品味，这增加了食鱼时的难度，也设置了前提障碍，如若少刺，岂能吃出其中美味？

怀素在《食鱼帖》中抱怨："老僧在长沙食鱼，及来长安城中，多食肉，又为常流所笑，深为不便。"一个僧人吃鱼又吃肉，与出家初衷相悖，然怀素是个书家，他狂傲不羁，性格中有豪放和安静的双重成分。

人的喜怒哀乐，往往与食物有着密切的关系。有的食物能够使人快乐、安宁，有的食物则使人悲伤、忧愁、焦虑、愤怒，甚至是恐惧和狂躁。

吃什么样的食物能够让人安静？

碳水化合物是一种能使人平静下来的情绪食物，能促使大脑分泌一种神经递质，帮助人冷静并放松下来。

食鱼是否能够帮人促进神经递质的分泌？不得而知，但客观存在的多刺，不得不强捺快的举止行为，让他安静下来，除非他不食鱼。

食鱼能让人静到什么程度？身心沉浸其中，意念沉浸其中，要辨刺，靠触觉与感觉。鱼肉入口，舌尖牙齿便开始四处搜索，一门心思，心无旁骛。

《水浒传》里，很少看到粗壮大汉食鱼，倒是经常看见他们喝酒吃肉，在宋代鸡毛野店里酩酊大醉。

被鱼刺所卡，吾乡土法是咽饭团，或是饮醋。李时珍在《本草纲目》中提供取鱼刺的解套方法："用活泥鳅，线牢缚其头，以尾先入喉中，牵拽出之。"这在今天看来实乃不妥，鱼刺被卡当然是去找医生。

有急事、开心事，待一会儿食鱼，情绪不好、郁郁不乐、心情烦躁，最好莫食鱼。

食鱼，关键还是要心静。

杂鱼记

浅夏的杂鱼不忍下箸，有子。不光鲫鱼有子、花鱼有子、鳊鱼有子、乌鱼有子……连鲈鱼、鳝鱼、青虾也有子，"孕"味十足。

鱼子好吃，不忍吃，有红烧鱼子、鱼子豆腐煲、鱼子豆腐、土豆焖鱼子、蛋黄蒸鱼子，吃了江河里会少很多鱼。

杂鱼是戏中的杂剧，文章里的杂句，木中的杂材。杂鱼，芜杂着，荒蛮着，烟水生动。

这个时节，给自己找个理由，小饭馆里点一道江杂鱼，不贵。有野生鲫鱼、野生昂刺、野生小鳊鱼、野生草鱼，数味小鱼杂陈锅中烹饪，可红烧、清蒸、干锅、黄焖。杂鱼虽小，且杂，但味道鲜美，鱼子敦厚。

杂鱼锅贴，荒村野船，湖水烹鲜，没有吃过，倒是在大酒店遇到过几回，几尾杂七杂八的鱼，贴上薄面饼，油水浸润，鱼带饼香，饼沾鱼鲜，装在漂亮的瓷盘里，已成大菜。

吃小杂鱼，一团和气。两个气味相投的人，口味相似。

水体丰盈的时候，一团鱼子在水中漂浮。一只小逗号，摇摆、挣脱一下，便游向水的深处去了。我曾在暮春的河流边见黑鱼护犊，一摊鱼子在水面游移沉浮，两条大黑鱼生怕它们的孩子被其他杂鱼吃掉，一直紧随左右。

乡野访友遇大河，水流平阔。有人在河坡上搭窝棚，置一过河罾，捕鱼。捕到的杂鱼，养在网箱里现捞现卖，有鳊鲅、野鳊、花鲤、翘嘴白、铜头鱼。

彼时，花繁叶深谷雨天，网起水落，嘤嘤有声，十之九网有花鲤应声落网，打溅水花。打鱼人说，这个时候是花鱼场。想想也美，人间四月天，桃花甫谢，花瓣漂流，花鱼在水中穿梭，谈一场盛大恋爱。

流经村庄的河流，九九归一，入江。也有铜头杂鱼，误撞渔网，身段细长，有拇指那么粗，性情急躁，性格凶猛，吃其他小杂鱼。打鱼人说，铜头鱼不好吃，肉老。

肉老的杂鱼是野生的，不同于养殖的鱼，天天在江湖锻炼体魄，肌肉发达，煮熟后肉质紧缩，适合煲汤。

但凡有野性的东西，都有它的脾性。离开时，买四条鳊鱼，不大，最胖的才六七两，它们都是有态度的鱼。

小杂鱼，点名集合，从不同的方向游拢而来，在水中翻筋斗，群鱼若散花。

昂刺，长相有点滑稽，像戏中的铜锤花脸，额角两根尖利的触须，极似伸出的两支兵刃。昂刺善于煽情的是它的两只鳃，搅水的时候，浑身都在动。

虎头鲨，挺吓人的名字，其实是寸把长的小鱼。水泽里鲨鱼的袖珍孤本，喜欢悬浮在某个清澄的水域静止不动，俨然一副打坐的呆公子，还有几分禅意。

小鳑鱼古灵精怪，在水草间穿针引线，速度极快，要想逮住它也不易。

麦穗鱼，体形若一棵麦穗，随处可见。想钓麦穗鱼，不择水面，不谈技巧，下钩必有所获。

鳑鲏，明代姚可成的《食物本草》中提及："形类卿鱼而小，扁身缩首，颇似竹篦，处处湖泽有之。冬间煮食味美，夏、秋微有土气，味稍不及。"鳑鲏鱼，乡下野河极多。

长江里有一种叫"船钉子"的小杂鱼，跟随船一起浮游，粗如一支笔，有较重的腥气，经花椒、大茴香和糖醋盐等作料腌过，带上麻辣味，在油锅里略炸定型后，用锡纸包了烤出来，贴着鱼脊一吮，肉就落嘴里，嫩如奶酪。

野生的鳝鱼，现在很难捕到，要跑到很远、很静僻的乡野稻田池塘，投诱饵，放入竹笼子，有点"居声高自远"的意味……

杂鱼，讲究一个"杂"，游弋在不同的水层，有不同的风味。浮在水面的，肉质细嫩；居中层的，鱼肉紧实；潜在底层的，质地肥美；紧贴泥沙的，滑爽；追着船行走的，活嫩……就像人，不同的生存环境、不同职业，混出不同的肌肉。

烧杂鱼，如烹小鲜，水煮保留原味。油预热，葱、姜爆香，加水，少许调料，大火烧开，文火焖，掀锅盖，鲜香扑鼻。

李渔在《闲情偶寄》中说："食鱼者首重在鲜，次则及肥，肥而且鲜，鱼之能事毕矣。"我觉得，还在于一个"神"字。野村老叟，用小杂鱼煮一碗小鱼咸菜，下酒，嘴中咂巴，站在一旁的人看着也觉得口齿生津。

吃杂鱼的人，对待生活要求不高，心情安妥，极富耐心，他虽"才高于世，而无骄尚之情，常从容淡静"，是真的在品鱼滋味，不问鱼大鱼小，杂七杂八，心无旁骛。

品杂鱼，翻闲书。汉代刘向在《终身食鱼》里讲过一个故事，说从前有人送鱼给郑国宰相，没有接受。有人问他："子嗜鱼，何故不受？"郑相回答："我喜欢鱼，所以不接受鱼。接受别人送的鱼，会失去官职，也就无鱼可吃。不受，可得俸禄，一辈子有鱼吃。"

这个人，挺有意思，不接受别人送的鱼，是为了一辈子安心吃鱼。

粉粉生香

宋人饮茶极为讲究，把茶碾成粉，清新细腻，以沸水点之。点好的茶，会泛出一层乳白的泡沫，若在泡沫上稍事雕琢，亦称水丹青。

茶粉投入碗中，与水的比例也很考究，每次用一撮指甲盖大小的分量，水要充沛，分几回注入，充分搅拌。

茶，碾而为粉。葛、藕、红薯、芋头、山药、芡实、慈姑、菱角、荸荠等植物亦可加工成粉。

比如，藕粉。藕被制成粉后，倒少许于青瓷花碗里，先以适量清水浸润，然后用沸水冲调，一碗透明的藕粉便泼泼而成。藕粉调成的颜色，叫藕色，一种让人喜欢的颜色。

藕粉是怎样制成的？清代顾仲在《养小录》中说得较为具体："以藕节浸水，用磨一片架缸上，以藕磨擦，淋浆入缸，绢袋绞滤，澄去水晒干。每藕二十斤，可成一斤。"

20斤白花花的藕，才得一斤粉，可谓浓缩的全是精华。

可以想象，一口缸，架一块石磨，浆水兜在半透明的过滤纱布里，晃来晃去，天空有光线穿透而过，浆水一滴、二滴，跌到缸内……

据说，梁实秋喝茶后，喜欢再来一碗西湖藕粉。他把这种生活称呼为"四美"，有美景，有善地，有佳茗，有美食。茶与藕粉，演绎一段有腔调的江南生活。

说到水生植物的粉，芡实粉绕不过去。它可做粥，先用凉开水打糊，放入滚开水中搅拌，再拌入核桃肉、红枣肉，煮熟成糊粥，加糖，一碗清甜的芡实粥微漾着热气。所以，《本草纲目》说芡实粉粥固精气、明耳目，是一味平补良方。

去西塘古镇，遇见芡实糕。临河小店里有芡实糕卖，咬一口，有嚼劲，带有一股桂花清香。这种用芡实粉做的糕，有着独特的香味，做工考究，口感细腻，成为水乡古镇的另一种美食符号。

荸荠，古称凫茈，又称乌芋、地栗和马蹄。以荸荠粉拌和糖水蒸制而成的马蹄糕，是广东一道有名的小吃。荸荠粉细腻纯正，结晶体大，味道香甜，用它制作的马蹄糕软滑爽口，透明且富有弹性。

荸荠粉，清代《本草纲目拾遗》说："童北砚食规：出江西虔南，土人如造藕粉法制成，货于远方，作食品，一名乌芋粉，又名黑甘，寒无毒，毁铜销坚，除腹中痞积，丹石蛊毒，清心开翳，去肺胃经湿热，过饮伤风失声，疮毒干紫，可以起发（北砚食规）。"

江南有青团，亦有女孩子爱吃的菱粉糕。《红楼梦》第三十九回，婆子一时拿了盒子回来说："二奶奶说叫奶奶和姑娘们别笑话要嘴吃。这个盒子里是方才舅太太那里送来的菱粉糕和鸡油卷儿给奶奶姑娘们的。"清代《调鼎集》记载扬州人制作菱粉糕："老菱肉晒干，研末，和糯米粉三分，洋糖，印糕蒸，色极白润。"

每个人在童年都曾遇到一块糕，有过对一块糕的喜好。那些香甜、细腻，或绵软、润白的记忆，来自于植物制浆晾晒后的粉。

除了做糕点，小时候我见过有人在老虎灶上打凉粉。十几只荸荠色的小缸，绿豆粉用水浸润后，沸水倒入，打粉人手执一根木棍，在缸中不停地搅拌，放置一夜后，拿到街市上去卖。我那时坐在粉摊的小马扎上吃凉粉，被刨成丝的凉粉，淋酱油、麻油，加水辣椒、蒜泥、榨菜丁，入口清凉爽滑。

其实，凉粉在宋代已是网红小吃。孟元老《东京梦华录》里说到汴梁"细索凉粉"，以绿豆粉泡好，搅成糊状，水烧至将开，加入白矾并倒入已备好的绿豆糊，放凉即成。凉粉呈白色透明水晶状，与现代做法并无不同。

南方水晶糕，多用红薯粉、荸荠粉、葛粉、藕粉、芭蕉粉等淀粉，加入香精或天然色素，用冷开水调成厚汤，倒入烧开的沸水，锅中迅速不停地搅拌，成半透明的糊状，倒入器具中，凉开水没至表面，冷却切成小块，放入事先准备好的糖水中降温。

那些从植物中萃取，被做成圆的、长的，有着美丽名字的糕点，它原有的水香和清气得以一脉相承。

在菜市，我见一农人卖粉。坦率地说，买这些粉的顾客毕竟很少。这些粉被装在一只只白布口袋中，摆放在地上，等待赏识它的人来买。

我对这些粉充满敬意。它们本来都是一些浆汁饱满：水意盈盈的植物，被挤兑掉水分，以粉的形式存在，通过另一种形态转换，变成更加细腻缜密的美食。

老派的吃喝

汤包的吃法，据梁实秋说："取食的时候要眼明手快，抓住包子的皱褶处猛然提起，包子皮骤然下坠，像是被婴儿吮瘪了的乳房一样，趁包子没有破裂赶快放进自己的碟中，轻轻咬破包子皮。"

老派的吃喝，是闲情与古典的。

吃泥螺，用牙齿稳住泥螺，然后直对舌头，用气轻轻一吸，舌尖一舐，泥螺肉被剔出，泥沙留在壳中。那种吃法，与河里的螺蛳大抵相似。小时候，我做客苏北沿海的乡下，常有小木船从村庄旁的一条大河上漂过，船上卖些从海边运来的新鲜泥螺，那时吃泥螺，吃的速度很慢，吃势也很老派。

老派的吃喝，有一种奔跑的姿势与态度。臭豆腐干，是张爱玲喜欢的小吃之一，她曾描述自己追着买臭豆腐干的滑稽情形："听见门口卖臭豆腐干的过来了，便抓起一只碗来，噔噔奔下六层楼梯，跟踪前往，在远远的一条街上访到了臭豆腐干担子的下落，买到了之后，再乘电梯上来。"

老派的吃喝是一种文艺范。我的邻居，蹬三轮的张二爹，夏天喜欢用腊肠炖鸡蛋。老头儿捏着小盅酒，一边喝，一边哼哼唧唧唱京戏。腊味，小人物的烟火苍生萃取，把日子过成一段段有滋有味、有形有色的情调，像小说、戏曲、书法、绘画一样表达和升华，渗透到朴质的居家生活。

在我的印象中，推崇的老派吃喝，应该是红泥锅灶煮花藕。那口黑乎乎的大铁锅，浑圆而硕大，锅里码着整条的藕，再盖上严实的木锅盖，用旺火大煮、文火慢炖，经过悠长缓慢的煮，藕香四溢。春天，我去水乡看会船，在村子的一角有人在卖大锅煮花藕，见那裹着花头巾的农妇，用刀切一段段的熟花藕，软若豆腐。

老派的人，喝茶也很讲究。他们不会去喝那些瓶装矿泉水、纯净水，或者碳酸饮料。他们喜好天水泡茶，《浮生六记》里，芸娘在"夏月荷花初开时，以纱撮茶叶少许置花心，天明取出，以泉水泡饮，香韵尤绝"。饮露水茶，不仅是一种选择，还有一种从自然提取日月精华的智慧。

袁枚在《随园食单》中提到煮鸡粥："肥母鸡一只，用刀将两脯肉去皮、细刮，或用刨刀亦可。只可刮刨，不可斩，斩之便不腻矣。再用余鸡敷汤下之。吃时，加细米粉、火腿屑、松子肉，共敲碎放汤内。起锅时，放葱、姜，浇鸡油，或去渣，或存渣，仅可。宜于老人。大概斩碎者去渣，刮刨者不去渣。"大概是有些费事，现代人照此法炮制者，不多。

老派的吃喝，是气定神闲的全身心满足投入，那份精气神，心无旁骛，相对于快餐年代的潦草、仓促，追求一份唯美、精致。

老派的吃喝，也是一种音乐。古典主义的大提琴和小提琴、琵琶与古筝，沉浸在一种悠扬舒缓的节奏中。

所以，梁实秋的技艺、张爱玲的态度、芸娘的精致、袁枚的烦琐……构成老派吃喝的做派、风格和肢体语言。

正像台湾作家简媜在《肉欲厨房》里说："坐在餐桌前，细致地品尝每一道菜的滋味，用嘴唇测温，放入嘴里，咀嚼，吞咽，感受食物滑入体内，沿着食道进入胃所引起的那股电流。"这位性情女作家，完全熟悉胃部蠕动的节奏，在味蕾贪婪的时候，甚至觉得"自己的胃不仅安了磨豆机，而且还带了齿轮"。

老派的吃喝，是一种流派和风格，它不会因时间的新鲜而消失。

林洪的食堂

　　林洪的食堂，人多了去了。或者说，好多人是冲着林洪的食堂而去。

　　这位大宋进士开办的食堂，去的往往都是文人，也是附庸风雅的人。

　　林洪的食堂里都是些蔬食，喜欢他的人是一群素食主义者，他的那些菜，一派清川田园风光。

　　都有哪些菜？酥琼叶、苍耳饭、蟹酿橙、槐叶淘、拨霞供……印象较深的有一碟酥琼叶。林洪吩咐厨子，把琼叶蒸饼薄薄地切成片，涂上蜂蜜或油，再用火烤，口感大概是脆的，味道清香偏甜，这种小煎饼在城里吃不到。

　　人到了一定年龄，有了生活积累，才能猜度古人。那本叫《山家清供》的菜谱，是自己留给自己，写着玩的。有一回，我们几个人在山中，找了一家小酒馆，想到靠山吃山，点了林洪食堂里常有的几个菜，那个服务员摇摇头：这个真的没有。

　　林洪是林逋的后代，都说林逋梅妻鹤子，其实林逋是有过妻室的，不然林洪从何而来？总不能从石头缝里蹦出来吧。

　　林洪的食堂很出名，当然是文人圈里出名，普通人没有看过他的菜谱，也不知道林洪的食堂。比如，几个福建人，卖石头的，都是林洪老家那一带出来闯江湖做生意的，算得上是隔代老乡，坐在店铺里聊天喝茶。他们说，不知道林洪的山家菜。

　　林洪的食堂里没有小龙虾，蒜泥的，还是麻辣的，一律没有。林洪菜中保留食材的原味，不会掩人耳目，隐藏什么，遮盖什么，让某种味道抑制，某种味道升华，去迎合一部分的人，山之外的人。

　　食堂，说白了就是个餐厅，供应饭食、茶水饮料的地方。旧时，寺院或公堂中有之。

　　一拨人，中午在会食之所就餐。这个在晋代法显《佛国记》中早有记述："入食堂时，威仪齐肃，次第而坐。"意思说得明白，就餐前，顿衣洗手，缄默不言。进食时，坐在食堂里，面对一盘饭菜，正襟危坐，咀嚼含英，表情肃穆，以示对食物的敬重。哪像现在大酒店里人来人往，娱乐八卦，声色犬马，众语喧哗。

古人推崇书法"三味"：一味形美，二味神美，三味情美。

还推崇读书品"三味"："读经味如稻粱，读史味如看馔，读诸子百家味如醯醢。"读经书，如吃米面；读典籍，如食佳肴；读诸子百家，尝到好佐料中的妙味。

我觉得林洪的食堂也有"三味"。

一味清，有草木清气。这些清气，是草木本身的味道，清涩、清香，都在菜中保留，他保留的是草木味道、山的味道，其实就是民间的味道。

一味淡。菜浓伤脾胃，味重原来的气息都被俘掠了，林洪菜中保留食材的色泽，创造菜的意境，既不拔高，也不把原先的贬损，味淡有大味。

一味甜。不独是味觉上的享受，也可用作形容词或动词，多用于形容词，表示味道，也比喻美好的心理感觉。总想起温馨和愉悦的事，让人心里美，想到开心过往，心情大好。

每个人心中都有一个食堂。物以类聚，人以口味习惯区分。林洪的食堂里，坐在一起的，都是气味和口味相投的人。

古人留给后代的遗产，没有田亩房产、古玩字画、金银钱财，还可以留些其他什么？

林洪写了一本菜谱，他老家的后人，可以用他留下的遗产，开一个山中农家乐，店名就叫"林洪食堂"。

一个人，没有多大的思想留世，就留几个菜。几个菜中，有一两个，或许还对了今人的胃口。

除了林洪，清代嘉兴医家顾仲的《养小录》、文人袁枚的《随园食单》、扬州盐商童岳荐的《调鼎集》，都给后人留了几个菜。

菜谱也是文章，是一个人写的另一种妙味文章，他不但强调吃，还强调过程，推崇生活态度和生活哲学。

几个菜中，有这个人的爱好、修养、情趣、口味和脾气。

人有人品，菜有菜境；人如菜，菜如人。

黄雀鲊与扁豆鲊

荷香入味，取天地自然之精华，荷香里不仅有清香，还有色泽和水汽。擅作馔者，获植物之灵感，妙手偶得。

王羲之在《裹鲊帖》中提到一款荷叶美食："裹鲊味佳，今致君。所须可示，勿难。当以语虞令。"裹鲊，这不只是一道菜，还有对朋友的情义。做此味，要先腌制，用荷叶包裹着蒸，散发着诱人香气。

用一张硕大的荷叶，叶色青碧，纹理清晰，食材裹入其中，清香味已入。

当然，北魏贾思勰在《齐民要术·作鱼鲊》中提到："脔鱼，洗讫，则盐和糁。十脔为裹，以荷叶裹之，唯厚为佳，穿破则虫入。不复须水浸、镇迮之事。只三二日便熟，名曰'曝鲊'……"这是用荷叶包裹鱼片，快速腌制成的鲊，所以既叫裹鲊，又叫暴鲊。因为荷叶另有一种清香，裹鲊的香气超过普通的鲊。

我住的附近，不远处有片池塘，见荷叶硕大，举擎摇曳，老想着掐一两片荷叶，回家做裹鲊，请朋友喝酒。

裹鲊不仅仅有鱼制品，还有黄雀鲊、茄子鲊、扁豆鲊。

黄雀鲊，堪称古代网红美食。黄庭坚在《黄雀鲊》里说，雀鸟用来作为制鲊的美食，张公从浦阳送来，煮面片有了这种鲊让他大为高兴。他又说，若送往京师，帝王也会视之为珍品。

在一片秀美的林子，黄雀和麻雀相似，但不是一回事。《本草纲目》里说："老而斑者为麻雀，小而黄者为黄雀。"

一只雀，或几只雀，在天空飞着，有时也栖息在一棵大树上。

黄雀在古代很常见，《诗经·秦风·黄鸟》中说："交交黄鸟，止于棘。"那些叽叽喳喳降落在荆棘上的黄雀，想来是呼上飞下的。

宋代有本《吴氏中馈录》记载做黄雀鲊的家传秘籍："每只治净，用酒洗，拭干，不犯水。用麦黄、红曲、盐、椒、葱丝，尝味和为止。却将雀入匾坛内，铺一层，上料一层，装实。以箬叶盖，篾片扦定。候卤出，倾去，加酒浸，密封久用。”一个殷实之家，总有几个家厨，有几个拿手菜，黄雀鲊是其中之一。

对于这样一款古代美食，我心驰神往。乡下的朋友王小二打来电话，说要请我吃黄雀鲊，体验半天古代生活。饭后，我问王小二，说好的黄雀呢？王小二指指盘子，就是这个，从卤菜店买来，鹌鹑代替了黄雀，味道也很不错。不禁想到，汪曾祺在《异秉》里提到的，他家乡的熏烧摊上有用蒲草包裹着上笼蒸的蒲包肉，不知道有没有以荷叶裹着的黄雀鲊。

鲊，用米粉、面粉等加盐和其他作料拌制的切碎的菜。

蔬菜也可做出裹鲊之味。茄子鲊是将茄子切成手指粗细的长条，挂在细绳或铺在草席上晾晒脱水，将茄子条隔水蒸，蒸熟之后，拌上米面、八角、花椒等香料，加上红辣椒、盐，放在一个陶罐子里密封，短则几月，长则几年，开罐即食。

这几样裹鲊之味，给它们一些意境，人与菜，在江湖上相遇。

我去拜访朋友，倘若那个人住在蒲苇密密的水乡深处，乡间土灶烹几道小菜，朴素的餐桌，或许有一道小鱼鲊。鱼是小杂鱼，按照古人的方法烹制，有一种流传千年的鲜香。

如果那个人是在山中，那就更妙，当然会有一款黄雀鲊。野鸟在天空纷飞，为了做黄雀鲊，我多么希望能够逮几只宋朝的鸟雀。

当然，在乡下，就像我从前去过的那个在百里之外的小村庄，遇见一些瓜果，也遇见一些青蔬，主人捋袖和面，用米粉、面粉等加盐和其他作料拌制切碎的豆荚，做接地气的扁豆鲊招待客人。

满架秋风扁豆花，扁豆在清凉秋风中结荚，一朵紫白花就是一只扁豆，红扁豆、青扁豆，长在篱笆、矮墙。扁豆鲊这样的小菜，适宜东方既白、天青色里，乡村或山野里的人，摆一张小桌子，坐在门前佐餐吃稀饭。朴素、平和，一如往常的安静。

小酒馆的餐桌上是见得到裹鲊的。所不同的是古代的黄雀鲊不见了，取而代之是乳鸽鲊、鹌鹑鲊，且不论口味怎样，少了彼时彼地，气氛烘托，裹鲊的意境已没有从前的韵味。

想找从前的旧味，只能在乡野寻一小店，甫一坐定，便问店家：老板，有黄雀鲊与扁豆鲊吗？